reinhardt

W0320274

Helen Liebendörfer

Die Frau im Hintergrund

Historischer Roman

Friedrich Reinhardt Verlag

Titelbild: Wibrandis Rosenblatt
Rückseite (von links):
Johannes Oekolampad, Wolfgang Capito,
Martin Butzer

Alle Rechte vorbehalten
© 2013 Friedrich Reinhardt Verlag, Basel
Projektleitung: Claudia Leuppi
Druck: Reinhardt Druck, Basel
ISBN 978-3-7245-1875-4

www.reinhardt.ch

Vorwort

Dieser historische Roman handelt von Wibrandis Rosenblatt, einer bedeutenden Frau des 16. Jahrhunderts. Zwischen ihrem 20. und 41. Lebensjahr war sie viermal verheiratet, gebar elf Kinder und wurde viermal Witwe. Sie hat während der Reformationszeit im Hintergrund ihrer berühmten Ehemänner, den Reformatoren Oekolampad, Capito und Butzer, Wesentliches zum Gelingen der guten Sache beigetragen und das Bild der reformierten Pfarrfrau geprägt.

Ihre Lebensgeschichte steht auch als beeindruckendes Beispiel für unzählige andere, namenlose Frauen, die früher in aller Stille ihr Schicksal mit Mut und Durchstehvermögen meisterten.

Basierend auf Quellenstudien und historischen Fakten wird Authentisches und Fiktives zu einem Roman verbunden, wobei keines der Ereignisse und keine der namentlich aufgeführten Personen erfunden sind.

Basel 1527–1531

Die Gläubigen strömten aus der Kirche auf den sonnigen Martinskirchplatz hinaus und drängten sich zwischen den Bettlern hindurch, welche das Kirchenportal hoffnungsvoll umlagerten. Angeregt plaudernd verteilten sie sich auf dem Platz. Oberstzunftmeister Jakob Meyer trat derweil zu Oekolampad, der gerade von der Kanzel heruntergestiegen kam, und blickte ihn mit seinen dunklen Augen ernst an:

«Johannes, ich danke Euch für diese Predigt. Andere versuchen ja mit kräftigen Scherzen und schauspielerischen Einlagen die Kirchen zu füllen und ahmen einen Kuckuck oder eine Gans nach. Ihr hingegen verzichtet auf solche Einlagen und trotzdem kommen die Leute in Scharen.»

«Ja, es ist das tollste Zeug, ärger als Weibergeschwätz, was einige Prahler auf den Kanzeln von sich geben und es bleibt kein Raum mehr übrig für die Verkündigung des Evangeliums. Ich bin sicher, dass wir Prediger sein sollen und keine Schauspieler, das waren die Apostel auch nicht.»

«Und ich bin wieder einmal mehr überzeugt, dass wir gut daran taten, in drei Kirchen nach der neuen Art predigen zu lassen. Auf Deutsch erreicht man die Gläubigen viel besser.»

Oekolampad nickte: «Das stimmt, wo das Wort Gottes unverfälscht vorhanden ist, da ist die Kirche.»

Jakob Meyer bewunderte einmal mehr die Kraft und Ausstrahlung, die von diesem Mann ausging. Mit seiner hageren Gestalt in der Gelehrtentracht, dem schwarzen Barett, dem edlen schwarzen Mantel, dem fülligen, gepflegten Bart und den klaren Augen entsprach Johannes Oekolampad mit seinen fünfundvierzig Jahren dem Idealbild eines Predigers. Die Männer achteten ihn und die Frauen verehrten ihn.

«Und gestern war wieder ein grosser Andrang bei Eurer Vorlesung über den Propheten Jesaja. Vierhundert Leute werden es wohl gewesen sein, meint Ihr nicht?»

«Doch, das kann sein, der Raum konnte sie kaum fassen. Es ist natürlich für die Leute wichtig, dass ich die Vorlesung nicht nur auf Latein, sondern auch auf Deutsch halte. Es wird zwar von einigen Professoren nicht gern gesehen, aber mir geht es darum, das Wort Gottes möglichst vielen näher zu bringen.»

«Und das könnt Ihr zusammen mit Euren ausgezeichneten Sprachkenntnissen wie kein anderer!»

Oberstzunftmeister Jakob Meyer war glücklich, diesen Mann zu seinen Freunden zählen zu dürfen. Noch mehr freute ihn, einen hervorragenden Theologen in Basel zu wissen, der in Wort und Tat mit gutem Beispiel voranging. An diesem Punkt seiner Gedanken angelangt, sprach er aus, was ihm schon lange am Herzen lag: «Johannes, Ihr solltet ein Zeichen setzen und heiraten!»

Oekolampad hob erstaunt die Augenbrauen, aber das Ansinnen überraschte ihn nicht.

«Nun ja, ich weiss, die Zeit ist reif dafür. Das Priesterzölibat muss aufgehoben werden. Und die Ehe ist eine ehrenvolle und heilige Sache, vor allem für einen Christen und Pfarrer.»

«Ganz meine Meinung.»

«Aber ich will nichts überstürzen und im Zölibat ausharren, wenn ich nicht eine christliche Schwester, einen Phoenix finde, aber dieser ist ein rarer Vogel.»

Jakob Meyer lächelte über diese Formulierung und entgegnete: «Vielleicht gibt es in den anderen beiden Kirchen, in denen auf die neue Art gepredigt wird, einen solch raren Vogel? Sprecht doch einmal mit Johann Lüthard, dem Prediger der Barfüsserkirche, ob er nicht jemanden kennt, der Euren Ansprüchen genügen würde.»

Oekolampad nickte zustimmend, denn er hatte auch schon an diese Möglichkeit gedacht. Lüthard hatte als einer der ersten Geistlichen von Basel den Mut gehabt zu heiraten. Man redete immer noch über ihn und nannte seine Frau spöttisch das «Barfüsserweiblein».

«Gut, ich versichere Euch, ich werde mich darum bemühen.»

Jakob Meyer nickte befriedigt und verabschiedete sich. Seine Frau Verena hatte im Hintergrund auf ihn gewartet, um dieses Männergespräch nicht zu stören. In ihrer weissen Haube und dem vornehmen grünen Kleid mit den raffiniert genähten Ärmeln bot sie ein ansprechendes Bild. Oberstzunftmeister Meyer betrachtete sie mit Wohlgefallen. Er verdankte ihr einiges, vor allem einen prächtigen Wohnsitz in der Aeschenvorstadt, den «Hirzen», und er störte sich nicht daran, dass er von allen Leuten «Meyer zum Hirzen» genannt wurde.

Oekolampad wandte sich dem Pfarrhaus zu, welches sich neben der Kirche befand. Es war eine ganze Häusergruppe, die sich aneinanderschmiegte, das Pfarrhaus ragte etwas über die andern hinaus, war jedoch nicht breit, dafür sehr tief gebaut. Auf der einen Seite wies es mit drei Stockwerken auf den Kirchplatz und die Martinskirche, auf der andern Seite erstreckte es sich mit mehreren Stockwerken bis zum Rheinsprung hinunter, der Gasse, die dem Rhein entlang führte. Der Blick von den Fenstern auf den breiten Fluss war besonders schön. Das Haus mit seinen vielen Zimmern diente Oekolampad zur Unterbringung seiner Eltern, die schon seit einiger Zeit bei ihm wohnten, seiner vielen Gäste, aber auch als Unterkunft für einige Studenten und Pensionäre.

«Eine untadelige Frau, die erst noch dem Haushalt vorsteht – das wäre durchaus wünschenswert», murmelte er, während er auf der engen, steilen Treppe in den ersten Stock stieg, um zu seinem Arbeitszimmer zu gelangen. Seine Mutter, Anna Husschin, hörte die Schritte auf der knarrenden Treppe und begab sich in die Küche, um Bescheid zu sagen. Das Mittagessen konnte bald aufgetragen werden. Es gehörte zu ihren Aufgaben, dem Haushalt vorzustehen und ihn zu organisieren. Sie spürte aber, dass sie in ihrem Alter dieses Amt nicht mehr lange auszuüben vermochte, auch wenn die schweren Arbeiten von Bediensteten verrichtet wurden. Sie war bereits über sechzig Jahre alt und hatte darauf gedrängt, zusammen mit ihrem Ehemann zu ihrem Sohn zu ziehen. Sie wusste, dass man im Alter gezwungen war, bei den Kindern unterzukommen, um die nötige Hilfe zu erhalten, einen andern Weg gab es nicht. Abgesehen davon war sie gerne von Deutschland hierher gezogen, denn sie stammte ursprünglich aus Basel.

Während Anna Husschin zur Küche eilte, um Bescheid zu geben, dass Oekolampad eingetroffen war, schüttelte sie gleichzeitig den Kopf beim Gedanken, dass sich ihr Sohn diesen Namen zugelegt hatte. Es war durchaus üblich, dass sich Gelehrte ihre Namen ins Lateinische oder Griechische übersetzten, das wusste sie. Oekolampad klang wirklich interessant und viel eindrucksvoller als der Name Husschin. Sie hatte sich die Zusammensetzung des Namens aber erst erklären lassen müssen. Die griechischen Worte «oikos» für Haus und «lampad» für Schein waren passend übersetzt und alle kannten ihren Sohn unter diesem Namen.

Oekolampad legte unterdessen seine Unterlagen auf eine Truhe in seinem Arbeitszimmer. Über der Truhe hing an der Wand ein Gestell, auf welchem einige wertvolle Bücher aufgereiht waren. Der ganze Raum wirkte durch die schlichten Holzwände und die Holzdecke etwas asketisch, aber der Blick aus dem Fenster liess die Einfachheit vergessen. Dieses Zimmer hatte Oekolampad für sich und seine Studien ausgewählt, weil die Sicht auf den Rhein und hinüber nach Kleinbasel und weit ins Wiesental hinein für ihn jedes Mal eine helle Freude und Erholung bedeutete. Auch jetzt trat er als Erstes zum Fenster, um sich an diesem Ausblick zu erfreuen. Der tiefblaue Himmel, der sich über die Häuser und über den Schwarzwald erstreckte, sowie der Blick zum Kirchlein auf dem Tüllinger Hügel und zur bewaldeten Chrischona, liessen Oekolampad bewusst werden, dass er sich wohlfühlte in Basel, in welches er vor einigen Jahren gezogen war. Nicht nur der weite Himmel, auch eine angenehme Ruhe liess in ihm ein Gefühl der Zufriedenheit aufkommen. Am Sonntag arbeiteten die Handwerker nicht, deshalb hörte er nur das Pferdegetrappel eines Reiters, der über die Rheinbrücke ritt und einige Stimmen, welche sich lautstark unterhielten, Schwalben zogen über dem Rhein ihre Kreise und irgendwo bellte ein Hund.

Nach ein paar tiefen Atemzügen wandte Oekolampad sich schliesslich seinem Schreibpult in der Mitte des

Raumes zu. Es besass eine schräge Arbeitsfläche mit einem geraden Abschluss, auf welchem Tinte, Federkiel und Federmesser bereitstanden. Oekolampads Blick fiel auf das *Neue Testament*, welches griffbereit darauf lag. Es war vor mehr als zehn Jahren bei Buchdrucker Froben erschienen, das erste Mal, dass das Neue Testament auf Griechisch im Druck herausgekommen war. Eine Sensation! Erasmus hatte es herausgegeben, Oekolampad hatte als Korrektor für die hebräischen Anmerkungen mitgewirkt und auch das Nachwort verfasst.

«Jetzt hat man das Neue Testament des Erasmus, aber niemand macht davon Gebrauch», dachte er leicht empört. Er erinnerte sich gerne an die Zusammenarbeit mit Erasmus von Rotterdam und er verehrte ihn immer noch als grossen Gelehrten. Nur war Erasmus in den vergangenen Jahren der Gleiche geblieben, ein romtreuer Christ, während er, Oekolampad, sich unterdessen zu einem Gegner des Papsttums entwickelt hatte. Schon alleine, dass er es wagte, das Evangelium oder die Epistel der Messliturgie auf Deutsch zu lesen, hatte ihn einst fast ins Gefängnis geführt, denn die kirchliche Lehre sah das Latein vor.

«Das unverständliche Gemurmel während der lateinischen Messe bringt niemandem Nutzen. Auch wenn ich die Gesetze verehrt wissen will, muss man bedenken, wie weit ihre Verbindlichkeit geht», ging es ihm durch den Kopf, und laut murmelte er, wie um sich zu verteidigen: «Die Gesetze sind der Menschen wegen da und nicht die Menschen wegen der Gesetze.»

Manchmal bedrückte ihn die grosse Verantwortung, die er im kühnen Kampf für die Änderungen im Glauben übernommen hatte. Die vielen Diskussionen und Anfeindungen zermürbten. «Dabei ist alles so einfach, man muss nur die Bibel zurate ziehen», dachte er nicht zum ersten Mal. Er legte sinnend das Neue Testament auf das Schreibpult zurück, wandte sich wieder der Aussicht zu und blickte zum mächtigen Universitätsgebäude am Rheinsprung, das schräg gegenüber seine direkte Nachbarschaft ausmachte. Er lächelte in Erinnerung an die vergangene Vorlesung. Der Zulauf hatte das übliche Mass weit überstiegen. Er war aber kein Pfau, der sich im Lob der Leute drehen und wenden musste. Ihm ging es einzig und allein um die Verbreitung des Wortes Christi. Er dachte ungern an den Neid einiger Professoren, vor allem weil die zuständigen Herren der Universität einst gezögert hatten, ihn in die Fakultät aufzunehmen. Oekolampads Lächeln vertiefte sich. Wo hatte er nur den köstlichen Satz gelesen? Natürlich, im *Lob der Torheit.* Das kleine Buch stand immer griffbereit zuvorderst auf dem Büchergestell. Er nahm es zur Hand, suchte die Stelle und übersetzte laut und fliessend aus dem Latein:

«Je grössere Stümper sie sind, desto hervorragendere Leistungen glauben sie zu bringen, desto mehr sind sie von sich eingenommen, desto lauter verkündigen sie von sich ihr Lob …» Schmunzelnd stellte Oekolampad das Buch wieder zurück. Erasmus war einfach nicht zu überbieten!

Im Haus *zum Kienberg* am Barfüsserplatz sassen zwei Frauen in der Küche, die beiden Witfrauen Mutter Magdalena und ihre Tochter Wibrandis Rosenblatt. Die Ähnlichkeit war augenfällig. Sie hatten beide einen zarten Körperbau, die gleichen dunklen Augen, dasselbe leicht fliehende Kinn. Aber der Kopf der Tochter Wibrandis war schmaler, ihre Züge etwas feiner und der Mund wirkte gleichzeitig entschlossen und empfindsam.

Wibrandis wohnte erst seit Kurzem wieder bei ihrer Mutter. Nach ihrer Ehe, welche nur zwei Jahre gedauert hatte, war sie zusammen mit ihrem Kind zurückgekehrt, denn ihr Ehemann Ludwig Keller war vor wenigen Monaten verstorben. Ihr kleines Mädchen, das ebenfalls den Namen Wibrandis trug, schlief still in der Ecke, mit dem Daumen im Mund und eingewickelt in ein gewobenes Tuch.

Die Küche war nicht sehr gross. Neben dem Herd führte eine steile Treppe zur guten Stube in den ersten Stock. Ein Sonnenstrahl fiel durchs kleine Fenster auf eine beschlagene Holztruhe, die an der Wand stand und Wäsche enthielt, und auf einen schlichten Holztisch in der Mitte der Küche, an welchem die beiden

Frauen beim Essen sassen. Es war eine einfache Mahlzeit, ein Erbsmus, das sie aber beide sehr gerne mochten. Die Zubereitung des Muses hatte wie gewohnt recht viel Zeit in Anspruch genommen, denn die Erbsen hatten zuerst mehrere Stunden in ungesalzenem Wasser eingeweicht und danach über eine Stunde gegart werden müssen. Zum Schluss hatten sie das Mus gesalzen und nun stand es fertig gekocht auf dem Tisch. Die beiden Frauen assen schweigend und in Gedanken vertieft, bis Wibrandis plötzlich den Löffel hinlegte, ihrer Mutter in die Augen schaute und fragte:

«Sagt mir bitte, Vater hat doch anstelle des Soldes ein herrschaftliches Schlossgut erhalten. Warum sind wir damals nicht zu ihm gezogen?»

Sie hatte bis jetzt nicht gewagt, danach zu fragen, obwohl schon viele Jahre vergangen waren, seit der Vater das Gut übernommen hatte. Sie erinnerte sich gerne an ihn, auch wenn er nur selten daheim gewesen war. Sie hatten damals in Säckingen gewohnt, aber den Vater hatte sie selten zu Gesicht bekommen, denn er stand in Diensten des Kaisers Maximilian und musste stets irgendwo in der weiten Welt kämpfen. Mutter Magdalena blickte erstaunt auf.

«Wie kommst du jetzt gerade darauf? Das ist ja schon so lange her!»

Wibrandis gab keine Antwort, sah sie aber abwartend an. Mutter Magdalena ass mit gerunzelter Stirn einige Löffel, bevor sie eine Antwort gab:

«Nun, dein Vater war immer unterwegs. Er kämpfte überall und weiss nicht wo, und ich hatte keinerlei Stütze an ihm. Deshalb zog ich mit dir und deinem Bruder in mein Elternhaus zurück nach Basel. Als dein Vater dann zum Ritter geschlagen wurde und dieses Schloss zugesprochen erhielt ...», sie zögerte und rührte in ihrem Teller, «... na ja, wie soll ich es erklären? Er war ein anderes Leben gewöhnt, abenteuerlich und wohl auch nicht ohne Frauenzimmer, und als Schlossherrin wäre ich gänzlich fehl am Platze gewesen, glaub mir.»

Sie zuckte mit den Achseln, um zu zeigen, dass diese Angelegenheit sie nicht mehr weiter berührte. Wibrandis fühlte, dass ihre Mutter mit diesem Kapitel ihres Lebens längst abgeschlossen hatte. So drang sie nicht weiter in sie und wandte sich ihren eigenen Problemen zu. Ihr Blick schweifte zu ihrem kleinen, schlafenden Mädchen. Sollte es auch ohne Vater aufwachsen? Wibrandis kannte das Schicksal. Ihr Vater war zwar hin und wieder auf der Bildfläche erschienen, bevor sie nach Basel gezogen waren. Sie erinnerte sich an seine stattliche Erscheinung in der gut geschnittenen Uniform, aber viel mehr war ihr nicht im Gedächtnis geblieben. Sie bewunderte ihre Mutter, die eine resolute Frau war und sich mit allen Problemen alleine durchzuschlagen vermochte. Sie konnte auch nachvollziehen, warum sie nach Basel ins Elternhaus übersiedelt war und danach nicht mehr zurück wollte nach Österreich. Die Basler

Bevölkerung hielt sich gerne distanziert von Österreich, im Grossen wie im Kleinen.

«Es ist nicht zufällig, dass ich darauf zu sprechen komme», nahm sie den Faden wieder auf, «Ihr wisst, mein kleines Mädchen hat auch keinen Vater mehr, seit Ludwig gestorben ist. Was ich damit sagen will oder besser fragen wollte: Ist es schwierig als Frau, sein Leben bevogtet und ohne weitere männliche Stütze zu bewältigen?»

Mutter Magdalena legte den Löffel beiseite. «Komm, sag schon, was beschäftigt dich? Du weisst, eine Frau steht zeitlebens unter der Schutzherrschaft eines Mannes. Zuerst ist es der Vater, dann der Ehemann, und als Witwe bekommt man einen Vormund. Weshalb stellst du plötzlich solche Fragen?» Wibrandis fühlte sich durchschaut und senkte den Kopf. Etwas verlegen eröffnete sie ihrer Mutter, was sie umtrieb:

«Nun, heute Morgen fragte mich Prediger Lüthard, ob ich nicht nächsten Sonntag in die Martinskirche gehen wolle. Oekolampad würde erwägen, zu heiraten.»

Nun war es heraus. Mutter Magdalena starrte sie an. Die Überraschung verschlug ihr die Sprache:

«Oekolampad?», fragte sie hilflos, «will heiraten? … Dich?»

«Ich weiss es nicht. Vermutlich hat Lüthard mit ihm über mich gesprochen. Ihr wisst, dass ich öfters mit seiner Frau, dem ‹Barfüsserweiblein›, verkehre.»

Mutter Magdalena legte ihren Löffel auf die Seite, sie konnte nicht mehr weiteressen. Welche Aussichten, welch ein Leben, das sich ihrer Tochter eröffnete! Sie wusste, dass im Pfarrhaus am Martinskirchplatz stets viele Gäste ein und aus gingen. Sie erinnerte sich auch an einige ihrer Namen. Es waren alles bekannte Persönlichkeiten, alles Leute, die sich für den neuen Glauben einsetzten. Und Oekolampad war nicht nur Prediger, sondern auch Professor an der Universität. Sie wusste, er war eine eindrucksvolle Erscheinung mit seinen über vierzig Jahren.

«Vergiss nicht, dass er viel älter ist als du», fasste sie ihre Gedanken zusammen, «und dazu musst du dir bewusst sein, dass du provozierst, wenn du einen Priester heiratest. Der Zorn und Spott der Altgläubigen wird auch auf dich fallen.»

Wibrandis nickte und ihre Augen blitzten. «Gerade das reizt mich. Endlich kann ich auch etwas tun. Nicht nur zusehen, sondern tatkräftig für die gute Sache eintreten.»

Sie schwiegen beide und hingen ihren Gedanken nach. Mutter Magdalena kam rascher zu einem Ergebnis:

«Die Idee, nächsten Sonntag in die Martinskirche zu gehen, finde ich gut. Danach können wir überlegen, ob du dir diesen Mann als Ehegatten vorstellen kannst. Du bist noch jung, aber ich denke, es wäre gut für dich, wenn du wieder einen männlichen Schutz hättest und die Kleine einen Vater. Aber lass dir Zeit und übereile nichts.»

«Können wir denn überhaupt nein sagen?», fragte Wibrandis mit gepresster Stimme.

«Doch, natürlich können wir das. Es sprechen ja gewichtige Argumente dagegen, schliesslich ist er ein Priester und müsste eigentlich das Zölibat einhalten.»

«Darum geht es ihm wahrscheinlich hauptsächlich, denke ich, er will mit dieser Heirat ein Zeichen dagegen setzen.» In diesem Moment bewegte sich das Kind und schlug die Augen auf. Wibrandis bemerkte es und rief:

«Hallo, mein Mädchen, aufgewacht? Komm, lass uns zusammen zum Markt gehen.»

Während sie das Kind hochhob, fühlte sie eine grosse Kraft in sich. Ihre Augen blickten entschlossen und um ihren Mund spielte ein kleines Lächeln. Ihr war gerade in den Sinn gekommen, dass sie mit Lüthards Frau reden könnte, das «Barfüsserweiblein» wurde zwar verspottet, aber auch hoch geachtet.

«Ich werde auf dem Weg zum Markt Lüthards Frau einen Besuch abstatten und sie um Rat fragen», rief sie ihrer Mutter zu, «sie weiss ja genau, was es bedeutet, einen Priester zu heiraten.»

Sie legte sorgfältig ihre Haube um den Kopf, zog eine frische Schürze an und warf sich ein Wolltuch über ihre Schultern. Dann nahm sie ihr kleines Mädchen an der Hand und trat auf den Platz hinaus, den die schlichte, fast strenge Kirche dominierte. Sonst aber bot der Barfüsserplatz einen lebhaften, geschäftigen Anblick: Ochsenkarren standen da und Mägde, die Wasser am Brunnen holten und zusammen Neuigkeiten austauschten, einige Kinder spielten, aber auch Hühner und Hunde trieben sich herum. Von der Gerbergasse her wehte der wenig angenehme Geruch des Gerberhandwerks herüber, ein Zeichen, dass das Wetter wohl bald ändern würde. Das Kind rannte auf seinen wackligen Beinen zu einigen Knaben, die mit einem Reifen spielten, danach wollte es ein paar Hühnern zusehen, die gackernd einen Fuss vor den andern setzten, und auch ein am Himmel kreisender Storch musste ausgiebig bewundert werden, welcher auf dem Dach der Barfüsserkirche sein Nest gebaut hatte. Wibrandis brannte darauf, das «Barfüsserweiblein» aufzusuchen, um auf ihre drängenden Fragen eine Antwort zu bekommen. Deshalb nahm sie ihr kleines Mädchen energisch bei der Hand, um endlich den geplanten Besuch abstatten zu können.

Es folgten kalte, harte Wintertage. Der Schnee lag wochenlang auf den Strassen und Gassen. Man duckte sich meist unter einer grauen Nebeldecke. Die Wege hatten sich in Morast verwandelt und die nassen Kleider und Schuhe trockneten kaum mehr am warmen Ofen.

Im Februar starb Oekolampads Mutter. Als Wibrandis davon hörte, wusste sie, dass nun die Entscheidung fallen musste. Sie hatte unterdessen mehrmals zusammen mit Mutter Magdalena in der Martinskirche den Gottesdienst besucht und war zu einem Entschluss gekommen. Die Ruhe, die Oekolampad beim Predigen ausstrahlte, seine ernsten, aber stets freundlich blickenden Augen, seine grossen, starken Hände, aber auch seine klaren Aussagen, hatten ihre Bedenken beseitigt. Auch Oekolampad hatte sie immer wieder betrachtet. Ihre aufrechte Haltung und ihr feines Lächeln nahmen ihn sofort für sie ein, aber auch ihre wachen Augen, welche klar und entschlossen blickten, beeindruckten ihn. Mit ihrer schlichten, aber sauberen Kleidung, die weisse Haube sorgfältig über ihre Haare gelegt und den Hals mit dem Tuch bedeckt, vermittelte sie ihm das Bild einer bescheidenen jungen Frau aus gutem Hause.

«Die Frau hat hervorragende Feinde wie Freunde des Evangeliums in ihrer Familie», schrieb er seinem hochverehrten Freund Zwingli nach Zürich, um ihn von seiner geplanten Heirat in Kenntnis zu setzen.

Mit Oberstzunftmeister Jakob Meyer diskutierte er sein Vorhaben ausführlicher. Er war froh, jemanden zu haben, mit dem er offen reden konnte.

«Wibrandis Rosenblatt stammt aus ehrenwertem Geschlecht. Ihr Vater wurde von Maximilian zum Ritter geschlagen und kämpfte in halb Europa, während ihre Mutter, eine Baslerin, hierher zog, um im Elternhaus für die beiden Kinder eine behütete Erziehung zu gewährleisten. Ihre Mitgift ist klein, aber ich möchte nicht, dass sie grösser sei.»

Meyer lächelte: «Und vergesst nicht, dass sie zweiundzwanzig Jahre jünger ist als Ihr!»

«Ja, aber sie hat nichts von jugendlicher Ausgelassenheit an sich.»

Oberstzunftmeister Meyer wusste, worauf es bei diesem Schritt hauptsächlich ankam und meinte besänftigend: «In der Erkenntnis Christi ist sie ganz hübsch bewandert.»

«Ja, ich könnte es nicht besser wünschen. Bittet den Herrn, dass die Ehe glücklich und dauerhaft sei.»

Die Hochzeit des sechsundvierzigjährigen Oekolampad mit der vierundzwanzigjährigen Wibrandis im März 1528 bildete das Stadtgespräch in den folgenden Wochen. Der grosse Altersunterschied gab zu Diskussionen Anlass. Es kam hin und wieder vor, dass ein gestandener Mann eine jüngere Frau heiratete, aber dass ein Prediger das Zölibat brach, war ein Punkt, der viel Kopfschütteln verursachte. Oekolampad folgte mit diesem Schritt den andern bedeutenden Reformatoren, namentlich Luther und Zwingli, aber auch Wolfgang Capito und Martin Butzer in Strassburg, deren Freundschaft ihm sehr wertvoll war. Der Spott blieb, wie erwartet, nicht aus, vor allem von den Altgläubigen. Der Gelehrte Erasmus von Rotterdam meinte ironisch:

«Oekolampad hat ein junges, nicht unfeines Mädchen geheiratet. Nun wird ihm die fleischlose Fastenzeit nicht zu schwer fallen.»

Und der Jurist Bonifacius Amerbach doppelte mit baslerisch spöttischem Geist nach:

«Ein Mann im fortgeschrittenen Alter mit zittrigem Kopf und von magerer Gestalt hat eine mehr als zwanzig Jahre jüngere, feine und saftige Frau heimgeführt.»

Aber davon hörte Wibrandis nichts. Die Ruhe im Hause ihrer Mutter hatte sie nun getauscht mit dem turbulenten Alltag eines Reformators. Sie hatte alle Hände voll zu tun, denn die Gäste gaben sich die Türklinke in die Hand. Dazu sorgte sie auch noch für die zahlreichen Studenten und Pensionäre, kümmerte sich um den betagten Vater von Oekolampad, natürlich auch weiterhin um ihr kleines Mädchen, und umsorgte ihren Ehegatten. Die spöttischen Stimmen drangen nicht bis zu ihr durch, aber eine grosse Freude erlebte sie, als ihr von den Frauen der Reformatoren in Strassburg Glückwünsche zugesandt wurden. Sie lief zu Oekolampad ins Arbeitszimmer und rief lebhaft:

«Schaut, Agnes Capito hat mir ein kostbares Gebetbuch geschenkt und von Elisabeth Butzer habe ich einen persönlichen Glückwunsch erhalten.»

Oekolampad sass an seinem Schreibtisch und war so vertieft in ein Buch, dass er nicht sofort reagierte. Wibrandis zögerte. Sie wollte ihn nicht stören. Aber da spürte er ihre Anwesenheit und hob die Augen.

«Entschuldigt, ich habe nicht zugehört.»

Sie lächelte mädchenhaft: «Hier, ein Brief mit Glückwünschen zu unserer Hochzeit von Elisabeth Butzer. Ist das nicht schön?»

«Oh, das ist wirklich nett. Elisabeth war ja Nonne, bevor sie Butzer heiratete. Sie weiss, was dieser Schritt bedeutet.»

«Oh, davon hatte ich keine Ahnung. Das war für sie sicher keine einfache Entscheidung, zu heiraten.»

«Es ist für alle kein leichter Entschluss – viele von uns waren ja Priester oder Nonnen. Aber wir Evangelischen zeigen damit, dass das Zölibat ein Unsinn ist. Es steht nirgends in der Bibel geschrieben.»

«Ich weiss, darüber haben wir ja vor unserer Heirat gesprochen. Aber schaut, hier schickt mir Agnes Capito noch ein wertvolles Gebetbuch.»

«Sogar ein Gebetbuch! Das ist wirklich schön. Schickt ihnen als Dank etwas Schweizer Käse; den von Bellelay lieben Butzers besonders, und grüsst sie von mir.»

Wibrandis nahm sich vor, gleich am nächsten Tag den Käse auf dem Markt zu besorgen, der von Bellelay war zwar der teuerste von allen, aber das reute sie nicht.

«Schaut Euch dieses Buch an, das ich gerade vor mir habe», unterbrach Oekolampad ihre Gedanken, «es ist einfach köstlich, tiefsinnig und mit humorvollen Holzschnitten geschmückt. Es macht mir seit Jahren Spass, darin zu lesen.»

«Wie heisst es denn?», fragte Wibrandis neugierig und trat näher.

«*Das Narrenschiff.* Es ist von Sebastian Brant verfasst worden vor etwa dreissig Jahren. Aber es bleibt immer aktuell, denn es beschreibt die menschlichen Schwächen.»

«Die menschlichen Schwächen?»

«Ja, die Menschen mit ihren verschiedenen Schwächen sind allesamt Narren. Hier zum Beispiel schreibt er von den Geld-Narren:

Viel Narren freut nichts in der Welt,
es sei denn, dass es schmeckt nach Geld.
Sie gehören auch ins Narrenfeld.»

Wibrandis schmunzelte und nahm vorsichtig das Buch in die Hand, um das Bild zu betrachten.

«Ein Narr, der auf einem Esel reitet!», lächelte sie und las:

Geldnarren gibt es überall
So viel, dass man nicht weiss die Zahl.
Sie haben lieber Geld als Ehr,
nach Armut fragt jetzt niemand mehr.»

«Treffend ausgedrückt, nicht wahr? Auch der Schluss ist sehr überzeugend», unterbrach sie Oekolampad, zeigte auf den letzten Abschnitt und las:

Gerechtigkeit um Geld ist feil.
Durch Geld käm mancher an das Seil,
wenn er damit nicht kauft sich los.
Das Geld löscht weg manch Sünde gross.
Ich sags auf Deutsch, wie ich das mein:
Man hängt die kleinen Dieb allein.»

«Man hängt die kleinen Dieb allein – sehr treffend!», lachte Wibrandis. Sie begann, im Buch zu blättern.

«Die Bilder sind einzigartig. Da könnte ich mich lange damit beschäftigen.»

«Ja, einige Bilder sind vom berühmten Albrecht Dürer. Er weilte gerade in Basel, als Brant *Das Narrenschiff* drucken liess. Brant wohnte übrigens hier ganz in der Nähe, an der Augustinergasse, gleich dem Kloster gegenüber, direkt beim Brunnen. Aber ich habe ihn nie kennengelernt, er zog vor meiner Basler Zeit fort nach Strassburg. Unterdessen lebt er nicht mehr.»

«Schade, das wäre bestimmt eine interessante Begegnung geworden mit einem Mann, der die menschlichen Schwächen derart aufs Korn nehmen kann.»

Nachdem sie einige Bilder eingehend und schmunzelnd betrachtet hatte, legte sie das Buch sorgfältig auf den Tisch zurück. Ein Buch war kostbar, sie wollte es auf keinen Fall beschädigen.

Ende des Jahres, genau am Weihnachtstag 1528, schenkte Wibrandis einem Knaben das Leben. Er erhielt den Namen Eusebius, was fromm bedeutet, und wurde, wie es üblich war, drei Tage nach der Geburt getauft. Einige Ratsherren standen Pate; Wibrandis freute sich aber hauptsächlich über die Patin, denn es war Verena, die Frau von Jakob Meyer zum Hirzen. Wibrandis selbst konnte dem Taufakt nicht beiwohnen. Sie hatte noch das Wochenbett zu hüten, denn die Gefahr einer Infektion war nach der Geburt besonders hoch. Sie selbst fühlte sich wohl, aber der Gesundheitszustand des kleinen Eusebius machte Wibrandis grosse Sorgen und liess sie nächtelang nicht schlafen, was nicht dazu beitrug, wieder zu Kräften zu kommen.

«Er schreit und wimmert und will nicht recht trinken», äusserte sie sich besorgt gegenüber Mutter Magdalena.

«Achte darauf, was du zu dir nimmst, es überträgt sich auf die Muttermilch und ist dann für den Kleinen schlecht verträglich.»

«Ja, das habt Ihr mir schon einmal gesagt; ich habe alles versucht, aber es bringt nichts. Ich mache mir grosse Sorgen. Wenn ich gestillt habe, singe ich ihm Wiegenlieder, dann ist er ruhig, aber sobald ich damit aufhöre, beginnt er zu schreien. Auch die Hebamme weiss keinen Rat.»

«Habt ihr es mit Kräutern versucht, mit Thymian, Fenchel und Melisse? Man hängt sie neben der Wiege auf.»

«Ja, das haben wir. Aber es nützte nichts. Und die Hebamme will mir keine weiteren Kräuter empfehlen, denn sonst kommt sie in den Ruf, ein Kräuterweiblein oder gar eine Hexe zu sein.»

«Natürlich, das verstehe ich.»

«Wir haben auch seine Stirne mit Muttermilch und Rosenwasser eingestrichen. Aber trotz allem, er wimmert nachts und ich kann kein Auge zutun. Vielleicht spürt er die Spannungen, die in der Luft liegen?»

Es war die Situation der Neugläubigen in der Stadt, die Wibrandis und Oekolampad besonders beschäftigten. Der Rat von Basel brachte es seit Jahren fertig, sich weder für die eine noch die andere Glaubensrichtung zu entscheiden. Bürgermeister Meltinger vertrat mit seinem ganzen Gewicht die Altgläubigen, während Oberstzunftmeister Jakob Meyer zum Hirzen als Anhänger der Reformation sich vehement für diese Richtung einsetzte. Es standen sich die Altgläubigen und Neugläubigen in etwa derselben Stärke gegenüber.

«Das kann ich mir nicht vorstellen», entgegnete Mutter Magdalena überzeugt, «wie soll der kleine Eusebius die Spannungen merken? Es herrscht ja kein Krieg. Die Pattsituation führt nur dazu, dass der Rat beide Richtungen gewähren lässt, sei es bei öffentlichen Streitgesprächen oder beim Druck von Luthers Schriften.»

«Ja schon, aber das Hinhalten bringt viel Unruhe mit sich, weil niemand weiss, was der nächste Tag bringen wird.»

Mutter Magdalena schüttelte nur den Kopf:

«Auf was für Gedanken du kommst! Ein kleines Kind schläft, schreit oder trinkt. Und uns Frauen hat es wenig zu interessieren, was ausserhalb des Hauses passiert.»

Wibrandis nickte zerknirscht: «Ihr habt natürlich recht. Aber auch wenn wir nicht mitreden können und uns nicht darum kümmern, was ausserhalb des Hauses geschieht, so betreffen uns Frauen die Spannungen trotzdem. Ich zittere jedenfalls um Oekolampad, denn er ist durch seine Stellung sehr exponiert», ereiferte sie sich.

«Ja, das ist wohl so. Ich denke jedoch, es wird bald eine Entscheidung fallen. Der Bischof hat der Stadt ja schon vor längerer Zeit den Rücken gekehrt.»

«Aber er lässt die Domherren und Geistlichen ihren Einfluss geltend machen, wo immer es möglich ist.»

«Sicher. Aber trotzdem versammeln sich die Baslerinnen und Basler immer zahlreicher unter den Kanzeln der reformatorischen Prediger. Und sie drängen auf einen Entscheid der Regierung. Ich denke, es kann nicht mehr lange so weitergehen. Kümmere dich nicht mehr darum und sorge für deinen Eusebius», schloss

Mutter Magdalena entschieden das Gespräch. Wibrandis merkte am Tonfall, dass sie nicht mehr weiter darüber reden wollte. So begab sie sich in die Küche, um nach dem Rechten zu sehen.

An einem der folgenden Winterabende sass Wibrandis mit einer Näharbeit beim Fenster, denn es dämmerte bereits. Man hörte das Spinnrad der Magd surren und ein Student las laut aus der Bibel vor, als Oekolampad in die friedliche Stimmung hineinplatzte:

«Denkt, ich war heute wie gewohnt in der Gartnernzunft, als man während der Gespräche plötzlich lauthals die Abschaffung der Messe forderte, zu den Waffen griff und Gewalt androhte, wenn es nicht vorwärts ginge.»

Der Student hob den Kopf: «Gewalt anwenden? Der Herr behüte uns davor!»

«Oh ja. Die Herren wussten nicht wie wehren, also schickten sie nach Oberstzunftmeister Meyer mit der Bitte, dafür zu sorgen, dass jedermann heimginge. Und er hatte Erfolg, denn die Männer gaben nach und legten ihren Harnisch nieder.»

«Dem Herrn sei Dank, dass wir Jakob Meyer haben, er ist die Ruhe selbst», entgegnete der Student.

«Wenn er nur auch unsern Eusebius besänftigen könnte!», bemerkte Wibrandis, der ihr häusliches Problem näher stand. «Ich mache mir ernsthafte Sorgen um ihn. Heute Nacht habe ich wieder kein Auge zugetan.

Ich hörte den Turmwächter auf dem Martinskirchturm jede Stunde ins Horn blasen.»

Oekolampad, noch ganz bei den Erlebnissen der letzten Stunde, schien dieses Problem unwichtig, aber er bemerkte, dass sich Wibrandis grosse Sorgen machte.

«Der Herr wird es richten, das wisst Ihr, nicht wahr?»

Wibrandis nickte ergeben und begab sich in die Küche, damit Oekolampad ihre Erschöpfung nicht sah. Sie wollte ihm etwas zu trinken holen. Die Glut im Herdfeuer glimmte und verströmte eine angenehme Wärme. Auf einem Schaft standen fein säuberlich nebeneinander mehrere Kessel und Pfannen, einige Mörser, zwei Hackmesser und vielerlei irdenes Geschirr. Ausserdem blinkten auf einem Gestell aufgereiht Zinnkannen und ein paar Lichtstöcke aus Messing. Wibrandis machte sich am Feuer zu schaffen, griff dann nach einem Becher und goss etwas von dem Wein hinein, den sie am Morgen aus dem Keller hatte holen lassen. Sie hatte ihn im vergangenen Herbst auf dem Markt vor dem Rathaus erstanden, denn der Wein, den Oekolampad zusätzlich zum Lohn erhielt, war ziemlich sauer und mundete ihm wenig. Ihre Gedanken waren aber nicht bei der Sache, sondern kreisten immer noch um den kleinen Eusebius.

«Wenn ich nur wüsste, was man tun könnte», murmelte sie und wischte sich die Hände an der Schürze ab, «wenn er nun irgendwo Schmerzen hat?»

«Es ist schade, dass Paracelsus nicht mehr hier ist», liess sich da Oekolampad vernehmen, der ihr nachgefolgt war, «er hätte sicher ein Mittel gewusst, um unsern Eusebius zu beruhigen.»

«Oh ja, da habt Ihr recht! Leider ist er aber vor einem Jahr fortgezogen.»

«Es blieb ihm keine andere Wahl. Er hat mit seinen forschen Forderungen viele vor den Kopf gestossen. Die Ärzte glaubten nicht an seine neuen Methoden und Paracelsus verurteilte dafür ihre traditionellen Ansichten.»

«Aber seine Vorschläge waren nicht von ihm erfunden, sondern er sammelte sie an ganz verschiedenen Orten und bei unterschiedlichen Personen und verwertete sie, hat man mir gesagt.» Oekolampad nickte.

«Ihr wisst ja, dass er einige Zeit mein Gast war hier am Martinskirchplatz, bevor er sich eine eigene Bleibe besorgte. Aber ich muss sagen, dass ich seine ziemlich angriffige Art beim Diskutieren nicht sehr schätzte. Damit erreicht man selten etwas.»

«Aber er hatte Erfolg, er hat zum Beispiel Buchdrucker Froben von seinem Fussleiden erlöst.»

«Nun ja, das hat die Ärzte natürlich erst recht erbost. Sie wollten Froben ja bereits den Fuss abnehmen.»

«Und Paracelsus konnte ihn ohne weitere Folgen heilen – unglaublich! Als Frau verstehe ich davon natürlich nichts, aber ich stelle fest, dass unserm Eusebius die traditionelle Hilfe bis jetzt nicht viel gebracht hat», erwiderte Wibrandis mit leicht gereizter Stimme und blickte auf den Sandsteinboden. Oekolampad betrachtete sie besorgt und bemerkte ihre dunklen Ringe unter den Augen.

«Ihr solltet schlafen gehen, statt ernste Gedanken zu wälzen», bat er, «vielleicht gelingt es ja in dieser Nacht, ein paar Stunden Schlaf zu bekommen.»

Wibrandis war dankbar, dass Oekolampad ihre Sorgen teilte, denn sie wusste, dass das nicht selbstverständlich war. Die Versorgung der kleinen Kinder gehörte ausschliesslich zu den Aufgaben der Frau. Konnte es sein, dass der neue Glaube auch hier einiges ändern würde?

«Ich hoffe es und wünsche auch Euch eine gute Nacht!»

Mit diesen Worten griff sie entschlossen nach einem Lichtstock, der ihr half, den Weg in die Schlafkammer zu erhellen.

Die Wintermonate des Jahres 1529 waren sehr streng, wochenlang lag Schnee in den Strassen und rund um die Stadt, und viele Wölfe machten die Umgebung unsicher. Sie rissen den Basler Hirten Schafe, Schweine und Rinder. Und obwohl man Wolfsgruben anlegte, erzielte man keine nennenswerten Erfolge. Viele Leute deuteten es als schlechtes Zeichen, als Vorboten kommender Teuerung. Wibrandis liess sich von den Meinungen nicht sonderlich beeindrucken. Wölfe waren keine Seltenheit und näherten sich oft der Stadt. Deshalb verweilte man nach Möglichkeit innerhalb der Stadtmauern, sie boten sicheren Schutz gegen die wilden Tiere und anderes Gelichter.

Aber den 8. Februar würde sie nie vergessen! Wibrandis war gerade wieder einmal mit dem kleinen Eusebius beschäftigt, als Mutter Magdalena vom Marktplatz her eilends das steile Gässchen herauf kam. Sie wirkte ziemlich aufgelöst, denn ihre Haube war verrutscht und die Haare schauten wirr darunter hervor. Ausser Atem berichtete sie aufgeregt:

«Sie sammeln sich auf dem Marktplatz vor dem Rathaus, Hunderte von evangelisch Gesinnten, und alle sind bewaffnet! Sie wollen den Rat zwingen, endlich eine Entscheidung zu treffen. Sie sind ganz aufgebracht und niemand gelingt es, sie heimzuschicken. Was sind das nur für Zeiten!»

Sie sank mit einem Seufzer auf die Bank nieder, welche in der Stube stand, und versuchte, sich zu fassen.

«Ich erinnere mich, dass Johannes vor einiger Zeit berichtete, dass es in der Gartnernzunft schon fast zu einem Aufstand kam», entgegnete Wibrandis bedrückt. «Und auch an andern Orten beginnen sich die Leute zusammenzurotten. Es geht nicht nur um den neuen Glauben, es geht auch um mehr Rechte, die das Volk wünscht. Das hat mir Oekolampad kürzlich auseinandergesetzt.»

Sie öffnete trotz der Kälte das Fenster und lauschte zum Kornmarkt hinunter. Es brodelte auf dem Markt, man konnte es deutlich hören. Bedrückt schloss sie das Fenster wieder und setzte sich zu Mutter Magdalena, um zu warten, was die nächsten Stunden bringen würden. Es war zermürbend. Immer wieder öffneten sie das Fenster und lauschten in die Dunkelheit hinaus. Der Brunnen auf dem Platz plätscherte leise und der Turmwächter blies treulich Stunde für Stunde in sein Horn, wie es seine Aufgabe war. Es klang nicht erhebend, das verlangte niemand, es musste einfach laut sein.

«Wenn er mit seinen Tönen die Geister in der Luft vertreiben soll, hilft es vielleicht auch unten im Tal?», bemerkte Mutter Magdalena. Sie versuchte, mit Humor die angespannte Stimmung etwas aufzulockern. Sie fühlte, ihre Zukunft, ja die Zukunft der ganzen Stadt stand auf dem Spiel und glich der Finsternis draussen.

«Die Regierung tagt ununterbrochen», liess sich da Oekolampad vernehmen, der nun ebenfalls ausser Atem in die Stube trat. Auch er war das Martinsgässchen in grosser Eile hochgestiegen. Er war blass und ballte die Hände zu Fäusten. «Auf dem Marktplatz stehen über tausend evangelisch gesinnte Basler. Sie sind bewaffnet und verlangen vom Rat, dass er den neuen Glauben anerkennen und einführen soll. Ich selbst war im Rathaus. Es verläuft turbulent. Und die Menge auf dem Platz wartet trotz der Kälte auf eine Entscheidung und wird immer unruhiger», schloss er sorgenvoll.

Es waren lange und bange Stunden. Der Morgen dämmerte bereits, als Jakob Meyer endlich bei ihnen erschien, um erleichtert zu berichten:

«Die Entscheidung ist gefallen. Der Durchbruch der Reformation ist nun endgültig beschlossen! Der Rat hat sich durchgerungen und schliesslich zwölf Anführer der katholischen Partei ausgeschlossen. Bürgermeister Meltinger verliess danach wütend und überstürzt den Saal. Er wird die Stadt nun verlassen. Ihr wisst, was das bedeutet!»

Er fuhr sich durch sein kräftiges, glattes Haar. Die tiefen Linien um seinen Mund schienen sich noch verstärkt zu haben in dieser ereignisreichen Nacht, aber seine dunklen Augen unter den buschigen Brauen leuchteten.

Auch auf dem Marktplatz hatte die wartende Menge die Neuigkeit erfahren und jubelte. Aber die Leute waren in ihrem fanatischen Feuer angestachelt und drängten nun voller Triumph Richtung Münsterplatz, dem Sitz des Bischofs und der Geistlichkeit. Die aufgestaute Nervosität und Wut entlud sich am Bauwerk. Die Menge schlug auf die Marienstatue am Eingang und hämmerte auf die Figuren im Bogenfeld ein, bis es einigen Männern gelang, durch die Seitentüren ins Münster zu gelangen. Die tobende Masse stürmte hinterher. Sie zertrümmerte hemmungslos, was bis anhin der frommen Andacht gedient hatte, die kostbaren Heiligenfiguren, die glänzenden Monstranzen, die Bildwerke, nichts wurde verschont. Einige schleppten die Holzstatuen und Altarbilder ins Freie und entzündeten mit den Kerzen, welche auf den Altartischen gestanden hatten, unter grossem Gejohle ein Feuer darunter – es brannte lichterloh und auch noch, als sich längst alle verzogen hatten.

Während sich nach diesem Bildersturm die erhitzten Gemüter langsam beruhigten, besserte sich auch der Gesundheitszustand des kleinen Eusebius. Wibrandis dankte Gott dafür und Oekolampad meldete es seinem Freund, dem Reformator Wolfgang Capito in Strassburg, welchem er die Nachricht vom Durchbruch der Reformation sofort überbringen liess. Und Capito antwortete hocherfreut, dass auch in Strassburg am 20. Februar die Reformation durchgesetzt worden sei. Oekolampad brachte den Brief zu Wibrandis, welche in der Stube mit einer Näharbeit beschäftigt war, und berichtete ihr die Neuigkeiten.

«Nun hat auch in Strassburg die gute Sache gesiegt, das ist grossartig», lächelte Wibrandis erfreut, und ohne die Augen von der Näharbeit zu nehmen, fuhr sie fort, was ihr schon seit einiger Zeit auf der Zunge brannte:

«Aber viele Professoren haben Basel verlassen und erst noch der berühmte Erasmus von Rotterdam. Schade, ich war immer besonders stolz, dass er in Basel weilte.»

Sie blickte forschend zu Oekolampad, um festzustellen, ob sie ihn mit dieser Bemerkung erzürnt hatte.

«Cuius regio, eius religio», dozierte er und sein Gesicht wirkte plötzlich hart, «wer sich nicht auf das Glaubensbekenntnis der Regierung verpflichten will, der muss gehen, ob Professor oder Erasmus, es wird keine Messe mehr gelesen. Daran gibt es nichts zu rütteln.»

«Erasmus soll die Stadt nicht gerne verlassen haben, hat man auf dem Markt erzählt.»

«Natürlich nicht. Es war ihm wohl in unserer Stadt. Ihr wisst, ich schätzte ihn sehr, schätze ihn immer noch, aber Erasmus wollte keine extreme Reform, nie so heftig und radikal, wie es jetzt geschehen ist. Diese Methoden verabscheute er. Er predigte immer Mässigung und meinte, man könne eine langsam fortschreitende Reform durchführen, sozusagen in Raten. Und nun gab es diesen Schnitt, und der Fanatismus hatte die Oberhand. Damit wurden seine Vorstellungen mit Füssen getreten. Er wird wohl bitter enttäuscht sein.»

«Ihr meint, auf die zurückhaltende Art und Weise des Erasmus wäre nichts erreicht worden?», fragte Wibrandis interessiert.

«Nein, bestimmt nicht. In Rom will man keine Reformen und man beschäftigt sich sowieso mit andern Dingen, zum Beispiel mit dem Bau eines riesigen Petersdoms.»

«Ja, wir sind weit weg von Rom», antwortete Wibrandis sinnend.

«Genau. Seit Monaten hören sie dort von den Problemen, aber es interessiert niemanden, was nördlich der Alpen vor sich geht und wenn, dann wird es sofort im Keim erstickt und der Kirchenbann ausgesprochen», meinte Oekolampad bitter.

«Nun, jetzt sind wir ja glücklicherweise nicht mehr abhängig von Rom», schloss Wibrandis befriedigt.

Der Frühling kündigte sich bereits zaghaft an, als Wibrandis nach der Geburt endlich wieder ausgehen durfte. Der erste Ausgang war festgelegt und führte in die Kirche. Danach freute sie sich, dass sie nun wieder den Markt besuchen konnte.

«Kommt», forderte sie ihr kleines Mädchen und Mutter Magdalena auf, «lasst uns zusammen einkaufen gehen, es ist nicht mehr gar so kalt draussen.»

In ihrem langen, dunklen Rock aus dickem Wollstoff, der mit einem Gürtel gerafft war, dem umgeworfenen Wolltuch und der eng anliegenden Haube wirkte sie so schlank, wie vor der Schwangerschaft, und sie machte sich unternehmungslustig auf den Weg. Sie liefen zusammen das schmale Martinsgässlein hinunter, mitten durch den stinkenden Unrat, der sich dort angesammelt hatte, und landeten auf dem Marktplatz. Nach der wochenlangen Abwesenheit hatte Wibrandis das Gefühl, dass jeder Marktruf ausschliesslich für sie bestimmt sei, ob die Marktfrauen nun Korn oder Erbsen ausriefen, alles klang wie Musik in ihren Ohren. Sie wollte aber zum Fischmarkt, um zur Feier ihres ersten Ausgangs frischen Fisch zu besorgen. Sie nahmen den Weg durch die Eisengasse und gelangten zum Tanzgässlein. Bei der Einmündung blieben sie stehen und betrachteten mit Entzücken das Haus zum Tanz, dessen Fassade der Maler Hans Holbein vor Kurzem bemalt hatte. Was gab es da nicht alles zu betrachten! Sie konnten sich gar nicht sattsehen.

«Schau die vielen Leute, die tanzen», wandte sich Wibrandis an das kleine Mädchen.

«Und dort das grosse Pferd zwischen den Säulen!», rief die Kleine begeistert und stellte sich darunter, um es ganz genau zu betrachten. Es war so lebensgetreu gemalt, dass man in Versuchung kommen konnte, es zu streicheln.

«Man wird es wohl an diesem Ring an der Säule anbinden, denke ich», meinte Mutter Magdalena bedächtig.

«Und da, das Tier auf dem Sims über dem Pferd, ist das eine Katze?», fragte das Mädchen aufgeregt.

«Ich weiss es nicht, ich sehe es zu wenig genau, weil es so hoch oben ist», antwortete Wibrandis, «ich glaube schon.»

«Schade, dass Holbein fortgereist ist», meinte Mutter Magdalena, «solch bemalte Fassaden hätte ich mir noch mehrere gewünscht.»

«Er bekam leider nicht mehr genug Aufträge. Niemand wollte ein Porträt oder sonst etwas malen lassen in diesen unsicheren Zeiten. Er bekam kaum mehr Bestellungen.»

«Das kann ich verstehen. Heiligenbilder wollte wohl niemand mehr.»

«Nur ein paar Altgläubige. Und von diesen wenigen Aufträgen konnte Holbein nicht leben. Deshalb begab er sich an den englischen Hof. Nur seine Frau und die beiden Kinder sind noch hier.»

«Ach, die sind noch hier? Das wusste ich gar nicht.»

«Ja, sie wohnen an der St. Johann-Vorstadt. Holbein besitzt dort ein Haus. Aber vielleicht folgen sie ihm bald nach und reisen auch nach England, wer weiss.»

«Das würde ich mir gut überlegen, am englischen Hof geht es sicher ganz anders zu als in unserer Zunftstadt», meinte Mutter Magdalena und Wibrandis nickte zustimmend. Sie widmeten sich wieder den Bildern. Das Mädchen fand immer wieder neue Einzelheiten, aber schliesslich rissen sie sich los und stapften das Tanzgässlein hinunter. Es roch unangenehm, denn der Unrat lag knöcheltief in der schmalen Gasse. Zudem bahnte sich ein stinkendes Rinnsal seinen Weg abwärts. Ein grosser, brauner Hund, der umherstreunte und interessiert an den herumliegenden Knochen, dem Kot und den Küchenabfällen schnüffelte, trottete eine Weile vor ihnen her und scheuchte eine Ratte auf, welche sich zwischen den Abfällen versteckt hatte. Das kleine Mädchen griff ängstlich nach der Hand der Mutter.

«Lass nur, die tun dir nichts», beruhigte Wibrandis ihr Töchterchen und nahm es fest bei der Hand, «die Ratte versteckt sich lieber. Und wir sind gleich beim Fischmarkt, da findet der Hund bestimmt andere Sachen, die ihn anlocken.»

Der Fischmarkt zählte neben dem Kornmarkt zum belebtesten Platz der Stadt. Hier verkauften nicht nur die Fischer ihre Fische, sondern die Bäcker legten in der Nähe auch ihre Brote aus, und die Waage für den Salzverkauf fand man ebenfalls nicht weit entfernt. Ein prachtvoller gotischer Brunnen bildete das Zentrum des Platzes. Der reich mit Figuren geschmückte Brunnstock endete mit einer Fiale. Auf der Spitze des steinernen Türmchens stand ein kleiner goldener Engel mit Palmzweig. Rund um den grossen Brunnentrog reihten sich die Fischbänke aneinander. Der Platz wurde eingerahmt von bescheidenen Handwerkerhäusern. In den Werkstätten im Erdgeschoss sah man einige Schuhmacher an der Arbeit, aber auch einem Harnischmacher und einem Gürtler, einem Apotheker und einem Goldschmied konnte man bei der Arbeit zusehen. Wirtshäuser waren an diesem wichtigen Platz ebenfalls zu finden. Vor allem das *Gasthaus zum Storchen* wurde oft von Fremden aufgesucht, es war das wichtigste Haus am Platz. Hier gab es einzelne zu den Gästen passende Absteigequartiere, eine «Strassburger Kammer», eine «Solothurner Stube», eine «Kammer zu Venedig» und sogar eine Kammer für weibliche Gäste, das sogenannte «Jungfrauengemach».

Das kleine Mädchen achtete weder auf die Wirtshäuser noch auf die Handwerker, sondern rannte zu den Fischbänken. Die vielen Fische zogen es magisch an, aber auch der leise sprudelnde Brunnen mit dem farbigen Brunnstock und den vielen grossen und kleinen Figuren.

«Schaut die vielen Engel», frohlockte es, während Wibrandis sorgfältig einige frische Fische auswählte.

Die frischen Fische waren leicht zu erkennen, denn die Fischordnung verlangte, dass einem Fisch, der nicht am selben Tag verkauft werden konnte, der Schwanz abzuschlagen sei.

Mutter Magdalena nahm die Kleine auf den Arm und deutete auf die Engel am Brunnstock: «Siehst du, wie unter ihren Kleidern die kleinen Zehen hervorschauen?»

«Ja, und einige machen Musik», rief die Kleine begeistert. Dann wanderte ihr scheuer Blick zu den toten Fischen, welche vor den Verkäufern auf den Fischbänken lagen. Mutter Magdalena liess das Kind wieder auf den Boden gleiten und nahm es an der Hand.

«Kommt, wir nehmen auf dem Heimweg den Weg zum Brückentor und steigen den Rheinsprung hinauf, damit ich das alles auch wieder einmal sehen kann», schlug Wibrandis vor, nachdem sie die Fische eingepackt hatte. Der intensive Fischgeruch mischte sich nach wenigen Schritten mit dem Duft nach frisch gebackenem Brot, um dann wieder dem üblen Geruch einiger Rinnsale zu weichen. Erst der kühle, frische Wind am Rheinufer blies alle Düfte hinweg.

Im Juni des gleichen Jahres suchte ein schreckliches Unwetter die Stadt heim. Es regnete nicht nur sehr stark und ohne Unterbruch, stundenlang, die ganze Nacht hindurch und auch den folgenden Tag, die Schauer waren auch begleitet von Blitz und Donner.

Am Himmel stand eine unheimlich drohende, dunkle Wolkenwand, welche nicht weiterziehen wollte. Der Wasserspiegel des Rheins stieg höher und höher. Mit grosser Sorge beobachteten die Leute die dunkelbraune Wassermasse, welche gefährlich an den Brückenpfeilern und Hölzern rüttelte und Baumstämme und Schwemmholz mit sich führte. Am Morgen des 14. Juni trat plötzlich der Birsig über die Ufer, der Fluss, welcher im Tal zwischen dem Münsterhügel und dem Petersberg hindurch floss und bei der Schifflände in den Rhein mündete. Normalerweise war der Birsig eher ein Rinnsal, der in zwei Armen den Häusern entlang lief und alle Abwasser, viel Schmutz und Kot aufnahm und bei Trockenheit erbärmlich stank. Nun aber überschwemmte er mit einer gelbgrauen Flutwelle die ganze Talstadt, die Gassen und Plätze. Die Glocken läuteten Sturm. Die Zunftleute eilten zu ihren Waffen, denn in Notsituationen war die Stadt besonders gefährdet und die Stadtmauern mussten gut bewacht werden.

Wibrandis und Mutter Magdalena standen wieder einmal am Fenster und lauschten hinunter zum Marktplatz. Sie meinten fast, den Birsig rauschen zu hören. Etliche Leute kamen das Gässlein hoch geflüchtet, vor allem Frauen und Kinder, aber auch ein paar alte, gebrechliche Personen stapften mühsam die Gasse hoch, um in der Martinskirche ins Trockene zu kommen. Ausser Atem berichteten sie wild durcheinander, was im Tal geschah:

«Das Wasser hat die ganze Talstadt überflutet. Es läuft unkontrolliert durch die Gassen und reisst alles mit, die Metzgerbänke und Tröge und auch einige der kleinen Brücken. Mannshoch läuft es die Freie Strasse hinunter.»

«Und der Marktplatz ist ein einziger See, man könnte darauf Schiff fahren!»

«Es ist noch schlimmer als vor zehn Jahren am Barfüsserplatz. Damals staute sich innerhalb kurzer Zeit das Wasser bei der Stadtmauer und der Einfluss in die Stadt war mit herumtreibendem Holz verstopft.»

«Eben genau das ist wieder passiert! Die Wassermassen stauten sich durch die Baumstämme und das Geschiebe, und plötzlich brachen sie durch und ergossen sich meterhoch in die Strassen.»

«Ja, und das viele Wasser sucht sich nun einen Weg durch die Gassen, es läuft vom Barfüsserplatz zum Marktplatz gegen die Brotlauben und zum Fischmarkt hinunter. Der Keller unseres Hauses ist schon ganz überflutet – niemand vermochte zu wehren, weil das Wasser zu schnell und tief kam. Es ist furchtbar!»

«Ja, es ging alles so rasch, dass ich gar nichts mitnehmen konnte. Meine Hühner müssen wohl ertrinken. Und die Ratten fliehen in ganzen Rudeln. Schrecklich – man meint fast, die Welt will untergehen!»

«Was für ein Jahr! Zuerst der Bildersturm und nun eine solche Katastrophe! Es ist eine Strafe Gottes.»

Wibrandis und Mutter Magdalena brachten den aufgeregten, frierenden Leuten ein paar Decken. Immer wieder trafen weitere Personen ein und wussten Neues zu berichten:

«Die Flut zerbrach im Kaufhaus das Gewölbe und das Ross des Kaufhausknechtes fiel durch das Gewölbe hinab und ertrank.»

«Du meine Güte! Und all die vielen Waren, die dort gelagert sind?»

«Samt und Seide werden wohl verdorben sein, obwohl man versuchte, möglichst viel zu retten. Man meint, der Schaden möchte mit hundertmal tausend Gulden nicht widerlegt werden!»

«Schaden haben wir alle, die wir unten im Tal wohnen! Nur hier auf dem Münsterhügel und auf der andern Seite am Petersberg und Nadelberg ist man sicher.»

«Aber es gab auch eine wunderbare Fügung», berichtete ein alter Mann, «ein Wiegenkind ist aus einem Haus am Fischmarkt gerettet worden. Die Mutter wollte zuerst ihre andern Kinder auf den Petersberg bringen, und als sie wieder zurückkam, war das Wasser schon viel zu hoch. Sie konnte nicht mehr zu ihrem Haus gelangen. Aber Hauptmann Reinhard ritt mit seinem starken Schimmel durch die Fluten und rettete das Kind.»

«Gott sei Dank. Möge Er dem Ganzen ein Ende setzen!»

Die Verwüstungen, die die Fluten des Birsig angerichtet hatten, zeigten sich, nachdem endlich das Wasser zurückgegangen war. Überall lagen dicker, zäher Schlamm, viel Holz und auch viele Steine umher. Drei Tote waren zu beklagen und unzählige Tiere. Das grosse Aufräumen begann, alle halfen mit. Sämtliche Zunftbrüder, die Geistlichen, die Edelleute und das Volk. Alle, die in der Stadt wohnten, wurden zu Fronarbeit aufgeboten zum Wegschaffen des Gerölls, das streckenweise mannshoch das Flussbett und die Gassen füllte. Der Rat bot gegen einen Taglohn auch Hilfskräfte aus den umliegenden Orten auf. Über zwanzigtausend Schubkarren voll Schlamm, Holz und Schutt wurden in den Rhein abgeführt. Auch der Brunnen auf dem Marktplatz mit der Statue des heiligen Christophorus war fortgerissen worden. Man beschloss, den neuen Brunnstock nun mit der Statue eines Geharnischten zu ersetzen.

«Neue Heiligenfiguren brauchen wir im protestantischen Basel keine mehr.»

«Genau. Und er wird so aussehen wie Henmann Sevogel, der Anführer bei der grossen Schlacht von St. Jakob, im Harnisch und mit Schild und Lanze», berichteten die Leute beeindruckt.

In den folgenden Wochen galt es, weitere Probleme zu lösen: Eine neue Kirchenordnung musste eingeleitet werden und eine Neuverteilung der Pfarrer an die verschiedenen Kirchen wurde vorgenommen. Die Neuordnung betraf Wibrandis und ihre Familie ganz direkt.

«Man will, dass ich als oberster Pfarrer ans Münster gehe, als Antistes. Wir werden also umziehen», eröffnete ihr Oekolampad eines schönen Tages, «wir werden schräg gegenüber vom Münster wohnen, im Hasengässlein.»

Für Wibrandis kam es nicht unerwartet, denn die Leute hatten längst angedeutet, dass man Oekolampad als Münsterpfarrer sehen möchte. Sie nickte:

«Euer Vater weilt ja nun nicht mehr unter uns. Er hat den ganzen Umbruch und die damit verbundenen Aufregungen zum Glück nicht mehr erleben müssen. Und die Kinder sind noch klein, sie werden alles unbeschadet überstehen. Auch den Umzug werde ich ohne Probleme meistern.»

Wibrandis wusste, dass sie wieder schwanger war, aber sie konnte auf die Hilfe der Magd zählen, also machte sie sich entschlossen an die Arbeit. Es fiel ihr nicht leicht, den Martinskirchplatz zu verlassen, denn sie hatte sich gerade eingelebt, und den Blick von den hinteren Räumen auf den Rhein würde sie vermissen, das war ihr schmerzlich bewusst. Sie war froh um ihren bescheidenen Haushalt. Es galt, nur einige Truhen mit Kleidern und Decken und das Küchengeschirr mitzunehmen. Um die kostbaren Bücher kümmerte sich Oekolampad selbst.

Als der Ochsenwagen beladen war, wanderte sie mit ihrem kleinen Mädchen an der Hand und Eusebius auf dem Arm die Martinsgasse entlang und durch die Augustinergasse dem Münsterplatz zu. Es war gegen Abend, die Sonne schien warm und tauchte die Westfassade des Münsters in ein wunderbar rötliches Licht. Die bunt bemalten Figuren traten deutlich hervor, der Ritter Georg in voller Rüstung auf dem braunen und der heilige Martin, der seinen Mantel mit einem Bettler teilte, auf dem weissen Pferd. Stets freute sie sich über die tanzenden Engel in ihren weissen Kleidchen und über die herrlichen roten Rosen am Hauptportal, und sie betrachtete interessiert das Kaiserpaar, das sich in farbenprächtigen Kleidern präsentierte, während sie dem Verführer und der törichten Jungfrau keinen Blick schenkte. Sie schaute vielmehr empor zu den beiden Türmen, die einen herrlichen Kontrast zum blauen Abendhimmel bildeten, und freute sich über das Bauwerk und darüber, dass doch noch viele Figuren den Bildersturm schadlos überstanden hatten.

«Hier nun wird euer Vater in Zukunft predigen», erklärte sie den Kindern. Der Gedanke, Oekolampad auf der Münsterkanzel zu erleben, erfüllte sie mit Stolz.

Einige Wochen später trat Oekolampad ziemlich aufgeregt in die Küche: «Stellt Euch vor, Zwingli kommt zu uns!»

Wibrandis schaute überrascht auf: «Zwingli kommt hierher?»

«Ja, er wird Zürich heimlich verlassen und bei uns übernachten. Dann werden wir zusammen nach Strassburg reisen, von dort noch Martin Butzer mitnehmen und zu Luther nach Marburg weiterreisen, um mit ihm über die Abendmahlsfrage zu reden.»

Wibrandis schluckte. Sie hatte mit Zwinglis Frau Anna bereits hin und wieder Briefe gewechselt. Nun war sie gespannt auf den Mann, von dem alle redeten. Ihr Blick zeigte eine gewisse Besorgnis.

«Ihr müsst Euch keine Gedanken machen und nichts speziell auftischen», beruhigte sie Oekolampad, der ihren Blick richtig deutete. Aber Wibrandis lächelte nur. Sie sah das anders, diesen besonderen Gast wollte sie gut bewirten.

«Die Reise wird nicht ganz ungefährlich werden», unterbrach Oekolampad ihren Gedankengang, «wir werden von Strassburg aus wohl mit militärischem Schutz weiterreiten müssen.»

Wibrandis runzelte die Stirn. «Die lange Reise macht mir etwas Sorgen, Johannes. Wird das nicht zu strapaziös für Euch?»

Es war eine aufrichtige Frage, aber eigentlich überflüssig, das wusste sie, denn deswegen würde er seine Pläne nicht aufgeben. Oekolampad schüttelte energisch den Kopf:

«Diesen Streitpunkt über das Abendmahl müssen

wir unbedingt beilegen, auch wenn Martin Butzer meint, es sei eher ein Streit in Worten als in der Sache.»

«Ihr und Butzer seid grossartige Vermittler. Trotzdem muss Luther ungleich härter und vitaler sein als Ihr, nachdem, was man so hört.»

«Ja, da habt Ihr recht. Zwingli und Luther sind die grossen Vorkämpfer Christi. Ich zähle mich ohnehin nur zu denen, die beim Gepäck sitzen.»

Wibrandis lächelte über diese Formulierung.

«Ihr wisst ja», fuhr Oekolampad fort, «ich suche nicht, was den Leib nährt, sondern was die Seele sättigt, mag das Brot beim Abendmahl aus Weizen oder nicht aus Weizen sein. Für mich i s t es das himmlische Brot.»

«Ja, da könnte man ewig darüber reden.»

«So ist es. Ich muss immer an den schönen Satz denken, den Erasmus einmal an Luther schrieb bei einem andern Streitpunkt. Erasmus meinte: Da die Sache auf jeden Fall erst am Tag des Jüngsten Gerichts entschieden werden kann, warum verschieben wir nicht die Entscheidung?»

«Wirklich schön gesagt. Warum also verschiebt Ihr die Entscheidung nicht?»

«Nun, weil wir Neugläubigen möglichst geeint auftreten müssen, sonst verlieren wir die Glaubwürdigkeit.»

«Ja, das leuchtet mir ein», nickte Wibrandis, wandte sich der praktischen Seite zu und legte die Kleider für die Reise bereit.

Als Oekolampad und Zwingli nach einigen Wochen von ihrer Reise zurückkehrten, erstatteten sie Bürgermeister Jakob Meyer Bericht. Er wartete bereits gespannt auf das Ergebnis.

«Und, hat es etwas gebracht?»

«Nicht so viel, wie ich erhofft hatte», antwortete Zwingli betrübt, «wir konnten leider keine gemeinsame Auslegung für das Abendmahl finden. Alle sind restlos überzeugt von ihrer Meinung. Luther meinte nur: Ihr habt einen andern Geist als wir.»

«Das kann schon sein. Ihr seid ja durchdrungen vom Glaubenseifer, lieber Zwingli», erwiderte Meyer und strich sich eine Haarsträhne aus dem Gesicht. «Ich kann mir vorstellen, dass es bei Luther auch nicht anders ist, jedenfalls habe ich ihn in den Briefen, die er mir schrieb, so kennengelernt.»

«Aber wir haben wenigstens eine Vereinbarung getroffen», mischte sich Oekolampad in das Gespräch, «wir hielten fest, dass wir uns zwar nicht einigen können, ob der wahre Leib und das wahre Blut Christi in Brot und Wein gegenwärtig sind. Aber dennoch soll jede Partei gegenüber der andern, soweit es immer das Gewissen zulässt, christliche Liebe erzeigen.»

«Das scheint mir eine kluge Formulierung.»

«Ja, das ist das Einzige, was wir gemeinsam unterzeichnen konnten», meinte Zwingli und fügte bei: «Ich bleibe noch über Sonntag hier und werde, wenn es recht ist, gerne im Münster predigen.»

«Natürlich, sehr gerne. Es ist uns eine Ehre.»

«Aber Orgelspiel wünsche ich keines während des Gottedienstes.»

«Das ist uns bekannt, auch bei uns in Basel ist das Orgelspiel mit der Reformation abgeschafft worden», lächelte Oekolampad.

«Aber, lieber Zwingli», liess sich Bürgermeister Meyer vernehmen, «mir wäre wichtig, dass die Leute Choräle auf Deutsch singen können, sie gehen direkt zu Herzen und bleiben haften. Seit ich *Ein feste Burg ist unser Gott* singen gehört habe, geht es mir nicht mehr aus dem Kopf.»

«Ja, da ist Luther eine grossartige Umsetzung des 46. Psalms gelungen», antwortete Zwingli etwas frostig, «aber Ihr wisst, für mich gehört Musik nicht in den Gottesdienst, sie lenkt vom Wesentlichen ab. Ich möchte das Bibelwort ohne Nebengeräusche verkünden. Ich habe nichts gegen die Musik, im Gegenteil, ich spiele selbst sechs Instrumente und habe auch einiges komponiert, vor allem Lieder mit Lautenbegleitung, die man im kleinen Kreis musiziert.»

Oekolampad versuchte zu vermitteln: «Es ist ja allgemein bekannt, dass Ihr, lieber Zwingli, den Gottesdienst ohne Musik wünscht. Ich denke, das kann man in Basel durchaus einmal so handhaben. Wir freuen uns auf das Wort Gottes und Ihre Auslegungen, nicht wahr, Jakob?» Bürgermeister Meyer nickte wortlos. Er hatte eben ein Beispiel geliefert bekommen dafür, wie die Diskussionen zwischen Luther und Zwingli abgelaufen waren, und für die Vermittlerrolle, die Oekolampad und Butzer gespielt hatten. Es war sicher keine leichte Aufgabe gewesen.

Wibrandis machte sich andere Gedanken. Für sie standen vor allem praktische Fragen im Vordergrund: Die Unterbringung des illustren Gastes und ein bescheidenes, aber ansprechendes Mahl.

«Ich werde einige Trauben holen in unserm neuen Rebacker vor dem St. Alban-Tor», äusserte sie sich ihrer Magd gegenüber, «ich nehme die Kleine mit und lasse Eusebius hier.»

Sie nahm das Mädchen an der Hand und wanderte mit ihm durch die Rittergasse und die St. Alban-Vorstadt zum Stadttor. Sie kamen nur langsam voran, denn es gab unterwegs viel zu sehen. In der Rittergasse stand ein braunes Pferd vor einem Hoftor, in der Vorstadt lockte eine Bäckerei mit ihrem Duft nach frischem Brot, dann kreuzten einige umherstreunende Hühner ihren Weg, die eifrig gackerten, danach musste ein Ochsengespann angestaunt werden und ein Schwein, das grunzend ihren Weg kreuzte. Zwischen den Häusern standen einige Scheunen und Ställe. Auch hier konnte man nicht einfach vorbeispazieren, es galt, ein paar Schafe ausgiebig zu betrachten, auch der dazugehörende Miststock wurde angeschaut, weil ein prachtvoller Hahn darauf sass und kräftig krähte. Und schliesslich musste Wibrandis das Kind vom Brunnen wegziehen, dessen Wasser es magisch anzog. Lächelnd betrachtete sie seinen braunen Lockenkopf. Es konnte gerade knapp über den Brunnenrand blicken, wenn es sich auf die Zehenspitzen stellte.

«Komm, wir gehen nun zu den Trauben», lockte sie, ergriff entschlossen die kleine Hand und liess sie nicht mehr los, bis sie endlich zum St. Alban-Tor und der hohen Stadtmauer gelangten. Wibrandis und Oekolampad hatten erst vor Kurzem vor dem Tor einen Rebacker erstanden, und so war sie besonders erfreut, die gewünschten reifen Trauben vorzufinden. Sie las die schönsten aus und legte sie sorgfältig in ihren Korb, während das Mädchen gleich ein paar in den Mund stecken durfte.

Auf dem Rückweg erblickte sie eine Gruppe von Aussätzigen in ihren Kniehosen und weissen, bis zu den Knien reichenden Siechenmänteln. Sie hielten sich hier in der Nähe des Stadttors auf, denn sie mussten ausserhalb der Stadt bleiben. Sie hatten sich mit einer Klapper bemerkbar gemacht, um die Leute zu warnen. Sie wohnten in den Siechenhäusern bei St. Jakob und durften nur an bestimmten Tagen in die Stadt hinein, aber ein Schellenknecht mit Glocke, Büchse und Bettelsack sammelte täglich Almosen in der Stadt für sie. Wibrandis blickte auf die von der Krankheit gezeichneten Gesichter und nahm spontan eine Traube aus ihrem Korb, legte sie an den Wegrand und gab den Kranken ein Zeichen, dass sie sie holen sollten. Sie hoffte, dass sie den armen Aussätzigen damit eine Freude machen könnte. Gleichzeitig bemerkte sie, dass von überall her Leute dem Tor zustrebten. Es war ihr fast entgangen, dass es bereits zu dämmern begann. Sie musste sich beeilen, denn sie wollte nicht riskieren, vor dem geschlossenen Stadttor stehen zu müssen. Sie packte ihr Mädchen an der Hand und ging schnellen Schrittes zum Stadttor. Tatsächlich stand der Torwärter bereits vor dem Tor und rief in die Runde:

«Wär no ine möchte, dä renn!»

Es entstand wie immer eine Torschlusspanik, alle rannten durch das Tor, bevor die mächtigen, hölzernen Torflügel geschlossen und verriegelt wurden. Etwas ausser Atem machte sich Wibrandis mit ihrem Mädchen und dem Korb mit den Trauben auf den Heimweg durch die Vorstadt, um Zwingli nun ein bescheidenes, aber gutes Essen servieren zu können.

Ein gu^{o}t gebackenz

Rib kese, menge den mit eyern
vnd scharbe gesoten spec dar zv^{o},
mache ein scho^{e}nen derben teyc
vnd fu^{e}lle den kese vnd die eyer dor in
vnd mache krepfelin vnd backe sie in butern oder
in smaltze noch der zit
vnd gib sie warm hin.

Abends, während sie sich zu Bett begaben, erzählte Oekolampad Wibrandis von seiner Reise:

«Ich muss Euch unbedingt noch von Katharina Zell berichten. Sie hat uns in Strassburg beherbergt und bewirtet, Zwingli und mich. Sie ist eine ganz besondere Frau, sie ist ziemlich resolut und weiss genau, was sie will. Ihr habt ja schon gehört von ihr, nicht wahr?»

«Ja, war sie nicht eine der ersten Frauen, die einen Pfarrer heiratete?»

«Genau. Und danach erlaubte sie sich erst noch, mit einer Schrift die Heirat der Priester zu verteidigen.» Wibrandis nickte, während sie in ihrem weissen Unterkleid ins Bett schlüpfte, das den grössten Teil des Raumes ausfüllte. Es stand nur mit dem Kopfende an der Wand, rechts und links konnte man ins Bett steigen, da man zu zweit im Bett schlief. Wibrandis deckte sich mit dem Leintuch zu und antwortete:

«Ja, sie ist bewundernswert, sie engagiert sich mit Wort und Tat. Und sie macht sich offensichtlich wenig daraus, was die Leute über sie reden.»

«Nun, Ihr ja auch. Ihr habt Euch auch nicht darum gekümmert, was die Altgläubigen zu unserer Heirat sagten», antwortete Oekolampad während er sich ebenfalls zu Bett begab. Mit halb geschlossenen Augen sah sie ihn an und antwortete schläfrig:

«Nein, das kümmerte mich nicht, warum auch? Wir waren ja nicht die ersten. Und nun ist die Heirat vollzogen und wir haben unsern kleinen Eusebius und ein zweites Kind ist unterwegs. Was sollen die Leute da noch viel zu reden haben?»

«Leute haben immer etwas zu reden», meinte Oekolampad, aber Wibrandis hörte es schon nicht mehr, sie war bereits eingeschlafen.

Es war ein kalter, strahlender Wintertag, als man im Saal der ehrenwerten Zunft zu Gartnern ins Zunftbuch als neue Mitglieder eintrug: «3. Januar 1530. Doktor Johannes Husschin, genannt Oekolampad, und Eusebius Husschin, sein ehelicher Sohn.» Nunmehr Basler Bürger geworden, hatte Oekolampad die E.E. Zunft zu Gartnern gewählt, weil schon der Grossvater von Wibrandis dort zünftig gewesen war. Das Zunfthaus stand an der Gerbergasse. Die Gartnernzunft vereinigte hauptsächlich Gärtner, Obst- und Kleinhändler und Wirte, aber auch einige Akademiker und Kaufleute. Oekolampad fühlte sich im Kreis dieser Zunftleute gut aufgenommen, denn die Zunftbrüder hatten sich schon früh dem neuen Glauben zugewandt und ihn bereits vor der Reformation lautstark vertreten, und bei ihnen hatte er auch viele seiner Vorlesungen auf Deutsch gehalten.

Am 15. März schenkte Wibrandis wiederum einem Kind das Leben, einem Mädchen. Sie nannten es Irene (Friede), war der Friede in diesen Zeiten doch ihr innigster Wunsch. Während Wibrandis mit ihren drei kleinen Kindern und den zahlreichen Gästen voll ausgelastet war, musste auch Oekolampad an vielen Fronten Kämpfe ausfechten. Der Übergang zum neuen Glauben wurde nicht überall widerstandslos akzeptiert. Schwer zu schaffen machte den Leuten, dass nun die zahlreichen Feiertage für die vielen Heiligen wegfielen. Man musste sie überzeugen, dass Arbeit etwas Gottgefälliges war. «Die Arbeit ist ein gut göttlich Ding», predigte Zwingli, und Oekolampad war froh, ihn zitieren zu können. Auch das Übertünchen der vertrauten Bilder an den Wänden der Kirchen barg Zündstoff. Die Leute hatten die Bilder geliebt, selbst die schauerlichen Szenen des Jüngsten Gerichts. Sie hatten sonst keine andern Bilder, die sie betrachten konnten. Nun waren keine fürchterlichen Teufel und keine rettenden Engel mehr zu sehen, das biblische Wort stand im Zentrum und die Wände zeigten sich in nüchternem Weiss.

Am neuen Wohnsitz am Hasengässlein rissen die Besuche nicht ab. Wibrandis hatte sich längst daran gewöhnt, noch zusätzlich Gäste bewirten zu müssen. Es waren meist Prediger, die wegen ihres Glaubens in Schwierigkeiten geraten waren. Die Gespräche bei Tisch drehten sich stets um interessante Glaubensfragen. Wibrandis mischte sich als Frau nie ein, aber sie machte sich trotzdem ihre Gedanken darüber. Und Oekolampad war glücklich, in ihr eine wertvolle Stütze zu haben und überliess ihr gerne alle organisatorischen Haushaltsangelegenheiten. Sie, die treusorgende Gattin, war für ihn der ruhende Pol.

Im Juni betrat Oekolampad schwungvoll die Küche und meldete begeistert: «Endlich eine gute Nachricht! Man hat Jakob Meyer zum Bürgermeister gewählt. Er ist nun der Mann mit dem entscheidenden Einfluss.» Wibrandis freute sich darüber, obwohl sie nicht ermessen konnte, was auf der politischen Bühne wichtig war. Aber sie wusste, dass alle nur mit Hochachtung von Jakob Meyer sprachen und ihn als vortrefflichen und klugen Mann bezeichneten. Allerdings konnte man sich über diese Wahl nicht lange unbeschwert freuen, denn am 4. Juli 1530 überraschte erneut ein Wolkenbruch die Stadt und die Umgebung. Wieder folgte eine Überschwemmung des Birsig, genauso schlimm wie ein Jahr zuvor. Die Wasser rissen in der Talstadt wieder alles mit, was sich ihnen in den Weg stellte. Die Menschen beteten inbrünstig in den Kirchen und Oekolampad versuchte, Trost zu spenden. Aber vor allem war nun der Rat gefordert. Er beschloss, die Ufer des Flusslaufs vor den Toren der Stadt mit Weidenbäumen zu bepflanzen. Auch eine regelmässige Säuberung des Bachbettes innerhalb der Stadt wurde beschlossen. Die Kloakenreiniger, denen man gerne aus dem Weg ging, säuberten den Fluss oft ziemlich nachlässig. Man erzählte, sie würden im Bachbett lieber Karten spielen, versteckt in einer Dole. Das musste nun besser kontrolliert werden, aber auch die direkten Anwohner des

Birsig hatten ihre Gewohnheiten zu ändern. Der frisch gewählte Bürgermeister Jakob Meyer trat nach dem Gottesdienst zu Oekolampad und bat ihn um Unterstützung.

«Es darf nicht so weitergehen und jedes Jahr eine Überschwemmung geben, deshalb müssen wir Vorsichtsmassnahmen treffen. Ich wäre froh, wenn Ihr mit den Leuten reden könntet. Ihr seid eine Respektsperson. Die Alte im Haus zum Kopf an der Weissengasse zum Beispiel hat ein Hintergebäude zu weit ins Flussbett hineingebaut, und auch die Abtrittanlage von Heinrich dem Kartenmaler muss weg. Könntet Ihr das den beiden nahelegen?»

«Natürlich, ich will es versuchen. Ihr habt ja mit der Organisation der Aufräumarbeiten schon sehr viel am Hals.»

«Ja, aber vor allem müssen wir etwas unternehmen, damit sich diese Katastrophen nicht wiederholen. Das ganze Flussbett innerhalb der Stadt muss bis zur Mündung in den Rhein frei sein von Bauten, weder Hühnerställe auf den Inseln noch irgendwelche ‹Privat› dürfen den Flusslauf bremsen, das hat der Rat bereits beschlossen.»

«Das meiste ist ja weggeschwemmt worden. Ich denke, damit wird es einfacher, die Leute davon zu überzeugen, da alle zusammen ihre ungesetzlichen Bauten wegräumen oder besser gesagt, nicht wieder aufbauen dürfen.»

Nach einigen Wochen konnte die Stadt wieder zur Normalität übergehen, der Birsig floss nun wieder wie gewohnt in zwei Armen als kleiner Fluss mit wenig Wasser entlang der Häuser, während sich in seiner Mitte kleine Inseln bildeten. Man sah ihm nicht mehr an, dass er vor Kurzem noch zu bedrohlicher Grösse angeschwollen war, so harmlos kam er daher.

«Wir haben beschlossen, dass der Torwächter vom Steinentor in Zukunft Alarm schlagen müsse, sobald das Wasser des Birsig zu steigen anfängt», erzählte Bürgermeister Meyer am Sonntag nach der Kirche Oekolampad von den letzten Massnahmen, die er getroffen hatte.

«Gut. Und die Männer der Webernzunft, die dort wohnen, müssten ihm sofort helfen, angeschwemmtes Holz beim Schutzgatter zu beseitigen», antwortete Oekolampad.

«Genau das haben wir in die Wege geleitet, und wir haben Seile und anderes Hilfsmaterial beim Wasserturm deponiert, damit im Ernstfall keine Zeit verloren geht. Und wir werden eine Erinnerungstafel am Rathaus anbringen, auf welcher die Höhe der Überschwemmungen eingezeichnet wird. Da soll am Schluss stehen: ‹Gott behüte uns vor Übel alle Zeit›.»

«Ja, möge Er uns behüten vor weiteren Überschwemmungen!»

«Habt Ihr den neuen Brunnen schon betrachtet?», fragte die Magd, während sie am Herd stand.

«Ein neuer Brunnen?»

«Ja, an der Augustinergasse, man hat den hölzernen ersetzt und einen neuen Brunnstock gestaltet und gestern aufgerichtet. Er ist ganz prächtig. Ein wunderschöner, grüner Basilisk thront auf der Spitze und hält das Wappen der Stadt Basel. Ich hole ja unser Wasser beim Brunnen auf dem kleinen Münsterplatz, das ist bedeutend näher, aber den neuen Brunnen musste ich mir ansehen.»

«Ich werde mit den Kindern morgen hingehen und ihn anschauen, und ihnen gleich die Geschichte vom Basilisken dazu erzählen», beschloss Wibrandis.

«Oh», überlegte die Magd etwas unsicher, «die Geschichte vom Hahn, der ein Ei legte, aus dem ein Basilisk schlüpfte? Ich weiss nie, ob man sie glauben soll oder nicht. Man hat ja einmal einen Hahn geköpft und verbrannt, weil er ein Ei gelegt hat.»

Bevor Wibrandis eine Antwort geben konnte, streckte Bürgermeister Jakob Meyer den Kopf zur Türe herein:

«Hat Ihr Gemahl wohl einen Moment Zeit für mich?»

«Natürlich, sicher. Kommt, ich bringe Euch zu ihm.»

Oekolampad erhob sich von seinem Schreibtisch, als er den ehrenwerten Gast erblickte. «Schön, dass Ihr mir einen Besuch abstattet, Jakob! Aber kommt, wir wollen zusammen etwas frische Luft schnuppern und einen Spaziergang zur Pfalz machen an diesem sonnigen Herbsttag und Ihr erzählt mir unterwegs, was Euch zu mir führt.»

Jakob Meyer nickte bereitwillig, und so überquerten sie zusammen die Rittergasse und schritten durch den stillen Kreuzgang des Münsters. Oekolampad dachte dabei an die eindrücklichen Prozessionen, die der Bischof und die Domherren früher durch den Kreuzgang geführt hatten. Er blieb stehen und betrachtete die wunderschönen Masswerkfenster. Es war ein ungemein stimmungsvoller Ort.

«Sie waren glanzvoll, diese Prozessionen», sprach er laut aus, was ihn beschäftigte, «aber nun steht das Wort Gottes im Zentrum. Das ist gut.»

«Ja, das ist viel besser. Ich denke auch jedes Mal, wenn ich im Münster Euren Predigten lausche, wie schön es ist, dass wir keine Heiligen und Altäre mehr brauchen und auch keine Messen, sondern das Herz mit den Worten aus der Bibel stärken und erfreuen können.»

«Wir werden von nun an hier im Kreuzgang Leute begraben, das ist ein wunderbarer Ort dafür», meinte Oekolampad nachdenklich, während er sich umblickte, «ich kann mir keinen schöneren Platz vorstellen.»

Jakob Meyer nickte zustimmend. «Ja, da habt Ihr recht, er ist wie geschaffen für einen Friedhof.»

Sie wanderten weiter, schlüpften vom Kreuzgang durch die hintere Pforte hinaus zur Terrasse, zur Pfalz.

Die Arbeiter der Münsterbauhütte waren seit einiger Zeit dabei, eine Stützmauer zu errichten. Die schweren, frisch behauenen Steine wurden mit einer Zange, dem sogenannten Wolf, und einem Flaschenzug sorgfältig nach unten gelassen. Die Arbeiten gingen langsam dem Ende entgegen, die Mauer war bald fertiggestellt. Jakob Meyer und Oekolampad sahen einige Zeit schweigend und interessiert zu.

«Wenn diese Terrasse fertig ist, werde ich den Blick hinüber zum Tüllinger Hügel und in den Schwarzwald und den unendlich weiten Himmel mit den spannenden Wolkenbildern noch öfters geniessen, ich liebe ihn besonders. Seit wir nicht mehr am Martinskirchplatz wohnen, vermisse ich den Blick», meinte schliesslich Oekolampad.

«Und dazu der Rhein, das langsam dahinfliessende Wasser ... es ist richtig beruhigend», nickte Meyer verständnisvoll. Sie sogen die frische Luft ein, und genossen für einen Moment die friedliche Herbststimmung. Schliesslich setzten sie sich auf die steinerne Ruhebank unter der grossen Linde, die vor einigen Jahren auf der Pfalz gepflanzt worden war. Der Baum war noch lange nicht so gross wie die uralte, bischöfliche Gerichtslinde, welche auf dem kleinen Münsterplatz wuchs, aber man konnte schon den Schatten unter den weit ausgebreiteten Ästen nutzen.

«Weshalb ich Euch sprechen wollte», unterbrach Meyer schliesslich die Betrachtungen, «es geht um Folgendes: Wie Ihr wisst, war ich kürzlich auf einer Gesandtschaftsreise in Heidelberg. Da lernte ich einen Mann kennen, einen Gelehrten, den ich mir für unsere Universität gut vorstellen könnte. Sein bescheidenes Auftreten hat mich beeindruckt. Er heisst Simon Grynaeus und er ist in Latein und Griechisch äusserst bewandert, aber auch in der Philosophie und den mathematischen Fächern.»

Oekolampad horchte auf. «Grossartig, das wäre wirklich eine Persönlichkeit für unsere Universität. Wenn ich es recht weiss, hat er vor ein paar Jahren Froben einige verloren geglaubte Texte aus der Antike zum Druck überlassen. Ob er wohl gewillt ist, ein Lehramt in Basel anzunehmen?»

«Deshalb komme ich zu Euch. Könntet Ihr Euch mit ihm in Verbindung setzen und ihn dazu bewegen? Basel hat ja einem Gelehrten viel zu bieten, die zentrale Lage, das gesunde Klima, berühmte Buchdrucker und vieles mehr.»

«Ich werde mich sofort um ihn bemühen. Die Neueinrichtung der Universität liegt mir genauso am Herzen wie Euch.»

«Ich möchte die Universität möglichst rasch wieder zum Blühen bringen. Ich habe mir überlegt, dass wir einerseits die Gebühren senken müssen, damit wieder Studenten hierherkommen wollen, und andererseits müssen wir die verwaisten Lehrstühle möglichst rasch wieder mit hervorragenden Personen besetzen.»

«Das sind sicher die richtigen Massnahmen. Wir sind ja die einzige Stadt der Eidgenossenschaft, welche eine Universität besitzt.»

«Richtig, und darauf bin ich stolz. Ihr wisst, es ist eine meiner wichtigsten Aufgaben als Bürgermeister, wieder einen geregelten Lehrbetrieb an der Universität zu garantieren. Mit Bonifacius Amerbach und Oswald Bär und Euch als Professoren ist mir ein wichtiges Anliegen erfüllt. Wenn nun noch Simon Grynaeus und Sebastian Münster unserm Ruf folgen, wäre ich glücklich.»

«Hoffen wir also auf eine Zusage», entgegnete Oekolampad. Sinnend blickten beide zum Rhein hinunter.

«Da sich mir gerade die Gelegenheit bietet, mit Euch zu reden, Jakob», nahm Oekolampad das Gespräch wieder auf, «habe ich noch ein Anliegen: Ich möchte gerne eine Mädchenschule einrichten am Martinskirchplatz. Die Klosterschulen fallen ja nun weg, Knabenschulen werden gerade eingerichtet, aber Lesen und Schreiben sollten auch die Mädchen lernen.»

Bürgermeister Meyer runzelte die Stirn. «Meint Ihr wirklich? Gebildete Frauen wünscht niemand.»

«Aber man kann sie mit Bibeltexten beschäftigen und beten lehren. Das ist wichtig für die Kindererziehung, ich sehe das bei meiner Wibrandis. Die Kinder lernen viel von den Müttern, meint Ihr nicht?»

Jakob Meyer dachte einen Moment nach: «Doch, ich glaube, so betrachtet ist das eine schöne Idee. Und deswegen braucht die Hausarbeit, welche die Mädchen ja in erster Linie lernen müssen, nicht zu kurz zu kommen.»

«Genau so meine ich es. Es würde uns Reformierten gut anstehen, wenn wir die Bildung förderten, nicht wahr?»

«Einverstanden, ich werde es im Rat zur Sprache bringen, Kirche und Staat gehören ja jetzt zusammen. Ich bin sicher, dass Euer Anliegen auf Interesse stossen wird. Und auf meine Unterstützung könnt Ihr zählen.»

Oekolampad packte die Gunst der Stunde und brachte noch ein weiteres Anliegen vor:

«Etwas anderes bekümmert mich auch noch: Die vielen Freudenhäuser! Man sollte sie schliessen und die Huren verbieten!», schloss er mit leicht zorniger Stimme.

Jakob Meyer runzelte die Stirn und schwieg etwas betreten. Schliesslich meinte er bedächtig und seine Stimme klang noch tiefer als sonst: «Ich weiss, es gibt vieles, was Euch bekümmert, aber wir müssen alle Änderungen langsam angehen, glaubt mir. Das Thema Dirnen ist ein heisses Eisen, das würde ich vorläufig noch etwas zurückstellen. Ich meine, jetzt soll erst einmal die neue Bettlerordnung in Kraft treten. Dann sehen wir weiter. Nicht alles auf einmal – habt etwas Geduld!»

Mit diesen Worten wandte er sich zum Gehen. Mit ruhigen Schritten lief er über den Münsterplatz und begab sich den Schlüsselberg hinunter zum Rathaus. Oekolampad blickte ihm sinnend nach. Auch wenn die Dirnen vorläufig noch geduldet wurden, er würde nicht locker lassen, nahm er sich vor, die Hurerei blieb ihm ein Dorn im Auge und er wusste, dass er mit seinem Anliegen nicht alleine dastand. Doch es leuchtete ihm ein, dass nicht alles auf einmal umsetzbar war. Er warf noch einmal einen Blick in die Runde. Das warme Licht an diesem sonnigen Herbsttag war ausnehmend schön und das Kirchlein auf dem Tüllinger Hügel, der Hörnlifels und der bewaldete Chrischonahügel schienen zum Greifen nahe. «Meyer hat recht», ging es ihm durch den Kopf, «wir haben schon sehr viel erreicht. Wenn ich nur daran denke, was sich innerhalb der letzten Monate alles geändert hat!» Zufrieden mit dem Erreichten riss er sich los und kehrte nach Hause zurück, um wie besprochen einen Brief an Grynaeus zu verfassen.

Wibrandis hatte unterdessen die kleine Irene gestillt und sich dabei Gedanken gemacht über die vielen Aufgaben, welche ihrem Ehemann aufgebürdet wurden. Sie sorgte sich um seine Gesundheit, denn seit sie verheiratet waren, hatte er keinen ruhigen Tag mehr gehabt. Die Ereignisse hatten sich überstürzt und mit der Einführung des neuen Glaubens gab es ungeheuer viel zu tun. Sie selbst konnte nur versuchen, ihm den Rücken möglichst freizuhalten, die Kinder gross zu ziehen und die vielen Gäste zu versorgen. Die meisten Besucher kannte sie kaum dem Namen nach, doch eines Tages stand Wolfgang Capito aus Strassburg vor der Tür. Er wollte zusammen mit Oekolampad an einer Tagung in Zürich teilnehmen. Sie traf ihn zum ersten Mal persönlich, aber der regelmässige Briefwechsel hatte ihn zu einem Freund der Familie werden lassen. Er war etwas älter als Oekolampad, nicht sehr gross gewachsen, mit einem kantigen Gesicht, einem gestutz ten Bart und mit tief liegenden, ernsten Augen.

«Wie geht es Eurer Frau Agnes?», fragte Wibrandis als Erstes.

«Danke, es geht ihr gut, ich soll Grüsse bestellen. Sie ist voll damit beschäftigt, Gäste zu bewirten und unterzubringen und die Kinder zu versorgen.»

«Ja, das kann ich mir vorstellen, mir geht es genauso. Nur ausgerechnet Euch darf ich nicht bewirten. Der Rat von Basel will Euch im Gasthaus *Storchen* empfangen. Schade, es hätte mir Freude gemacht, ich hätte gerne etwas mehr Zeit mit Euch verbracht.»

«Oh – aber ich komme ja auf dem Rückweg nochmals nach Basel.»

Wibrandis lächelte: «Auch dann will man im *Storchen* für Euch ein Essen geben und natürlich hören, was auf der Tagung besprochen wurde. Und da gehören wir Frauen nicht dazu.»

«Das ist mir natürlich eine grosse Ehre, wenn der Rat von Basel mich zweimal bewirten will. Dann wollen wir auf eine spätere Gelegenheit warten», versprach Capito und begab sich ins Studierzimmer von Oekolampad.

Wibrandis hatte gehofft, dass sich der pausenlose Einsatz von Oekolampad mit der Zeit etwas reduzieren würde, aber es wurde ihr immer wieder das Gegenteil vor Augen geführt. Auch zwei Jahre nach der Reformation gaben sich die Gäste die Türklinke in die Hand und suchten bei Oekolampad Rat oder erstatteten Bericht. Der Aufenthalt dauerte immer einige Tage, manchmal sogar Wochen, denn das Reisen von einem Ort zum andern war eine mühselige Sache. Es erschienen Abgesandte der Waldenser und berieten sich mit Oekolampad. Oder der junge Spanier Michael Servet mit seinen Ansichten gegen die Dreifaltigkeit und die Kindertaufe, er wollte sich trotz intensiver Gespräche nicht davon abbringen lassen. Und hin und wieder zitierte auch der Rat von Basel Oekolampad zu sich, weil ihm eine Predigt nicht gepasst hatte. All das brauchte Fingerspitzengefühl, viel Überzeugungskraft und grosse Ausgeglichenheit.

Es gab aber auch erfreuliche Dinge. Der andere gute Freund aus Strassburg traf eines Tages im Pfarrhaus am Hasengässlein ein: der Reformator Martin Butzer. Er wollte Oekolampad von seinem Zusammentreffen mit Luther auf der Coburg berichten. Voller Schwung trat er ins Haus und begrüsste Wibrandis mit einer tiefen, angenehmen Stimme.

«Meine Frau Elisabeth lässt Euch grüssen.»

«Schön, Euch persönlich kennenzulernen! Wie geht es Elisabeth?», erkundigte sich Wibrandis herzlich.

«Oh, sie ist wieder einmal in guter Hoffnung», antwortete Butzer und wurde plötzlich ernst: «Ich hoffe nur, das Kindlein kommt gesund zur Welt und bleibt uns erhalten. Ihr wisst, wir haben leider schon mehrere Kinder zu Grabe tragen müssen.»

«Ja, ich weiss. Das muss schwer gewesen sein für Euch.»

«Meine Elisabeth hat es nicht leicht, müsst Ihr wissen. Es wohnen sieben Studenten bei uns, dazu die vielen Gäste und die Kinder, und als Hilfe hat sie nur eine halbe Magd zur Verfügung für die schwerste Arbeit wie Holztragen und Wasser holen, und dann noch ein Kindermädchen, alles andere bewerkstelligt sie ganz alleine. Die viele Wäsche, und kochen für uns und erst noch für viele Gäste. Abgesehen davon muss sie mit wenig Geld auskommen, was nicht einfach ist, um die vielen hungrigen Mäuler zu stopfen.»

Wibrandis hob ihre Augenbrauen und nickte verständnisvoll:

«Das kostet sicher viel Kraft. Ihr müsst mir noch mehr von ihr berichten beim Abendessen. Ich habe extra Käse gekauft für Euch, Käse aus Bellelay, den mögt Ihr doch so gerne.»

«Oh, dass Ihr das noch wisst! Vielen Dank.» Wibrandis lachte. «Natürlich. Ihr seid berühmt für Eure Bestellungen von Schweizer Käse. Kommt, ich bringe Euch zu Johannes, er erwartet Euch schon ungeduldig.»

Kaum war Butzer im Arbeitszimmer von Oekolampad verschwunden, überraschte Bürgermeister Jakob Meyer sie mit einem kleinen Besuch:

«Ich komme, um Butzer zu begrüssen. Aber gleichzeitig möchte ich noch sagen, dass ich Euch neue Nachbarn einquartiert habe», meldete er frohgemut, «sie wohnen gleich nebenan im Häuschen *zum Löwenkopf*. Es ist eine kleine Familie, Thomas und Anna Platter mit einem Mädchen, gerade ein paar Monate alt. Sie dienten beide jahrelang bei Myconius, dem Schulmeister am Fraumünster in Zürich.»

«Oh ja, ich habe sie gesehen, als sie gestern ankamen», lächelte Wibrandis, «es war ein besonders reizendes Bild. Der Vater vorne an mit dem kleinen Kind und der Wiege auf seinem Rücken und hinterher die Mutter mit dem Plünderlein. Ich habe sie gleich begrüsst.»

«Sehr schön. Ihr werdet sehen, es sind keine wohlhabenden Leute, aber es steckt viel in ihnen. Thomas Platter ist eine interessante Persönlichkeit, müsst Ihr wissen. Er ist sehr gebildet, dabei ist er als Kind in einfachsten Verhältnissen aufgewachsen und hat Ziegen gehütet im Wallis.»

«Ziegen gehütet?»

«Ja, aber nun beherrscht er nicht nur Latein, sondern auch Griechisch, er hat es sich selbst beigebracht. Und weit herumgekommen ist er auch, in halb Europa.»

«Unglaublich!»

«Nicht wahr? Man hat mich nun gebeten, für ihn eine Stelle zu besorgen. Er wird künftig Oporinus in der Schule helfen.»

«Ich bin sicher, Johannes wird diesen neuen Nachbarn bald kennenlernen wollen. Kommt, ich bringe Euch zu ihm, Martin Butzer ist soeben eingetroffen.»

Nach einem sonnigen Herbst folgte ein milder, regenreicher Winter. Wibrandis war wieder in guter Hoffnung und vernahm es gar nicht gerne, als Oekolampad ihr eröffnete, dass er von Mai bis Juli eine grössere Reise nach Ulm unternehmen müsse. Sie schaute ihn ernst an:

«Drei Monate werdet Ihr weg sein? In dieser Zeit wird unser drittes Kind auf die Welt kommen!»

«Ja ich weiss, aber es geht nicht anders. Ich werde bei der Einführung der Reformation in jener Gegend helfen.»

«Nun, ich hoffe, die Geburt verläuft normal, so wie alle andern bis jetzt. Aber ich mache mir ernstlich Sorgen um Euch. Ihr seid bald fünfzig Jahre alt und setzt Euch mit dieser Reise Gefahren und Aufregungen aus, die einem jungen Mann eher angemessen wären.»

Seine Augen verengten sich. «Ich weiss, ich weiss, aber ich kann nur wiederholen, es geht nicht anders, es geht um die gute Sache», verteidigte er sich.

Wibrandis schwieg und versuchte, die Schürze glatt zu streichen, die sie bereits mit etwas Mühe über den wachsenden Bauch binden musste. Sie wollte sich selbst gegenüber ehrlich sein. Sie hatte gewusst, dass das Leben an der Seite eines Reformators nicht leicht sein würde. Sie erinnerte sich auch noch daran, wie sie Mutter Magdalena begeistert geantwortet hatte, dass sie selbst etwas beitragen wolle für die gute Sache, nicht nur zusehen. Dass ihr Beitrag darin bestehen würde, bescheiden und dienend im Hintergrund zu bleiben und keine Ansprüche zu stellen, zeigte sich ihr nun deutlich. So schluckte sie tapfer eine Entgegnung hinunter, blickte Oekolampad an und meinte:

«Geht nur, ich weiss, es ist wichtig. Es ist die Aufgabe der Frau, im Innern zu wirken, Geborgenheit und ein tägliches Gleichmass zu vermitteln, damit Ihr Eure Aufgaben in der Öffentlichkeit wahrnehmen könnt, das war schon immer so und wird sich nicht ändern.»

Oekolampad legte seine Hände auf ihre Schultern und schaute sie ernst an: «Mann und Frau sind vor Gott ebenbürtig, und es ist die Rolle der Frau im Haus zu wirken. Der Mann kann sich nur voll entfalten, wenn ihr ihm den Alltagskram fernhaltet. Das ist gelebte evangelische Duldsamkeit in Wort und Tat.»

«Gut. Ich werde also die Geschäfte führen im Haus und was sonst noch anstehen wird in diesen Monaten Eurer Abwesenheit, das ist selbstverständlich. Ich hoffe nur, dass das Kindlein gesund zur Welt kommen wird, das ist meine einzige Sorge», schloss Wibrandis.

«Der Herr wird bei Euch sein mit seinem Segen», antwortete Oekolampad zuversichtlich.

Als Oekolampad im Juli von seiner langen Reise heimkehrte, war das dritte Kindlein schon einige Wochen auf der Welt, wiederum ein Mädchen. Man hatte es bereits getauft auf den Namen Aletheia (Wahrheit).

«Hier ist Eure Tochter Aletheia», empfing ihn Wibrandis und legte ihm das kleine Kind in den Arm, «wir haben nicht auf Euch warten können mit der Taufe, das versteht Ihr sicher.»

«Natürlich, das wusste ich ja», antwortete Oekolampad, während er sein kleines Töchterchen liebevoll betrachtete, das er nun zum ersten Mal in den Armen hielt. Wie winzig und verletzlich wirkte so ein Neugeborenes! Die kleinen Händchen entzückten ihn und die grossen blauen Augen, die ihn unverwandt musterten, gefielen ihm sehr.

«Es tut mir leid, dass ich nicht anwesend war», sagte er, mehr zum kleinen Kind als zu Wibrandis, und es war aus seiner Stimme deutlich ein echtes Bedauern herauszuhören. «Gott segne dich, mein Kleines.»

Wibrandis betrachtete glücklich die beiden und gab sich einen Ruck: «Macht uns die Freude und lasst uns eine fröhliche Weinlese abhalten, wenn unsere Trauben reif sind, zusammen mit einigen Freunden», bat sie.

«Warum nicht? Ich denke, das würde allen Freude bereiten, Jakob Meyer und Simon Grynaeus und wenn Ihr nichts dagegen habt, so lade ich auch meinen Nachfolger an der Martinskirche dazu ein, Johannes Gast.»

Wibrandis lächelte erfreut: «Ja, genauso habe ich es mir vorgestellt.»

Die fröhlichen Stunden im Weinberg sollten ihr noch lange in Erinnerung bleiben. Es waren ihre letzten unbeschwerten Stunden zusammen. Kurz nach dem kleinen Fest in den Reben brach ein Religionskrieg aus. Am 11. Oktober 1531 unterlagen die Zürcher bei Kappel. Noch weit schlimmer war aber, dass Zwingli während der Schlacht in die Hände der katholischen Innerschweizer geriet und getötet wurde. Am folgenden Tag erschien Jakob Meyer mit ernstem Gesicht bei Oekolampad.

«Ich bringe Euch eine traurige Nachricht: Zwingli ist gefallen auf dem Schlachtfeld! Es ist entsetzlich.»

Oekolampad starrte ihn an: «Zwingli? – nein! Furchtbar ... was für ein Verlust!»

Alle Farbe war aus seinem Gesicht gewichen. Wibrandis wusste, wie viel ihm die Freundschaft mit Zwingli bedeutete und wie viele Briefe sie miteinander gewechselt hatten.

Jakob Meyer stand hoch aufgerichtet in der Mitte des Raums und blickte Oekolampad traurig an:

«Ich kann es auch noch nicht glauben. Es ist unfassbar.»

«Er war mir ein guter Freund und ein wichtiger und treuer Mitstreiter bei der guten Sache. Ich kann mir noch gar nicht vorstellen, welche Folgen sein Tod haben wird.»

«Ja, es ist ein überaus grosser Verlust. Sicher werden sie von Zürich auf Euch zukommen, damit Ihr die Nachfolge von Zwingli antretet.»

Oekolampad war noch voll und ganz von der schlechten Nachricht beeindruckt und murmelte nur:

«Das kann ich mir nicht vorstellen.»

«Aber ich. Und ich sage Euch schon jetzt, dass der Rat von Basel Euch nicht ziehen lassen wird.»

Um Oekolampads Mund spielte ein spöttisches Lächeln, während er meinte:

«Ich wüsste schon einige, die nichts dagegen hätten.»

«Wir wollen Euch auf jeden Fall in Basel behalten. Es gibt noch viel zu tun und vieles ist in die Wege geleitet, das nur Ihr abschliessen könnt.»

«Im Moment scheint mir das alles unwichtig, jetzt, da Zwingli nicht mehr lebt. Ich kann es noch gar nicht fassen», antwortete Oekolampad mit belegter Stimme.

«Im Gegenteil. Jetzt gilt es erst recht, in Zwinglis Sinn weiterzumachen», erwiderte Meyer mit Nachdruck. Oekolampad nickte geistesabwesend, er wusste, dass Meyer recht hatte, aber es war ihm im Moment unmöglich, an etwas anderes zu denken als an den grossen Verlust.

Wibrandis wunderte sich in den folgenden Tagen nicht, dass ihr Mann sich zu seiner Arbeit schleppen musste, er wirkte wie gebrochen. Selbst die Anfrage aus Zürich, welche, wie Jakob Meyer es vorausgesehen hatte, bald darauf eintraf, bewirkte keine Änderung und er beantwortete sie mit einer freundlichen Absage. Kurz danach erkrankte er schwer und musste sich hinlegen. Die Ärzte bemühten sich um ihn und versuchten vergeblich, mit Aderlassen und Schröpfen eine Besserung herbeizuführen. Es schien nicht zu helfen. Wibrandis wachte treu und besorgt an seinem Bett.

«Es war alles ein bisschen viel in den vergangenen Monaten. Und zuletzt noch die Nachricht von Zwinglis Tod – könnte es nicht sein, dass Ihr Euch einfach eine Pause gönnen müsst, um Euch zu erholen?», versuchte sie ihm Mut zu machen.

Aber die Ärzte sahen es anders: «Es scheint ein Geschwür zu sein», mutmassten sie, «es nimmt ihm seine Kräfte und wir können nichts tun.»

An einem der folgenden Novembertage, der Nebel hatte sich im Laufe des Morgens gelichtet und die Sonne schien schwach durchs Fenster, bat Oekolampad mit leiser Stimme: «Lasst uns zusammen beten und das

Abendmahl nehmen. Ihr und die Kinder und Eure Mutter.»

Sie gewährten ihm gerne diese Bitte. Danach lag er einige Zeit erschöpft da. Dann aber raffte er sich wieder auf, hob den Kopf und bat:

«Sorgt dafür, dass unsere Kinder das werden, was in ihren Namen angedeutet ist: fromm, friedfertig und wahrhaft.»

Wibrandis schluckte. Es schien, als wolle er sich mit letzten Anweisungen vom Leben verabschieden. Sie liess die andern Pfarrherren, Simon Grynäus und auch Jakob Meyer, benachrichtigen. Bald versammelten sich alle um sein Bett.

«Liebe Brüder, ihr seht, wie es steht. Der Herr ist da und will mich wegführen», sprach Oekolampad mit letzter Kraft. «Verharret treulich in den Fussstapfen Christi ... Ich trete jetzt mit gutem Gewissen vor den Richterstuhl Christi. Da wird sich zeigen, dass ich die Kirche nicht verführt habe.»

Während die Freunde sich schweren Herzens verabschiedeten, blieb Wibrandis an seinem Bett.

Und sie sass auch still bei ihm, als am Morgen des 23. November 1531 ein heller Sonnenstrahl sein Sterbebett beleuchtete, und er die Hand aufs Herz legte und flüsterte: «Hier ist des Lichtes genug!»

Unter Glockengeläute und der Teilnahme aller Gläubigen wurde er am folgenden Tag feierlich im Münster beerdigt, die ganze Stadt gab ihm das Geleit. Wibrandis und Mutter Magdalena standen mit den vier kleinen Kindern frierend am Grab im Kreuzgang; Wibrandis mit grossem Schmerz, aber ohne Tränen. Nur gerade drei Jahre hatte ihre Ehe mit Oekolampad gedauert. Es schien ihr wie ein dunkler Traum, der sich wiederholte, hatte sie doch erst gerade am Grab ihres ersten Ehegatten stehen müssen. Damals mit ihrem kleinen Mädchen, nun mit drei weiteren kleinen Kindern. Sie wusste, dass ihnen allen ein Vormund zugeteilt würde, auch eine Witwenrente durfte sie erwarten, aber die Last und die Verantwortung für Leib und Seele der Kleinen bedrückte sie. Mutter Magdalena sah es und legte ihr tröstend die Hand auf den Arm.

Strassburg 1532–1548

Während Oekolampad auf dem Krankenbett lag, starb in Strassburg Wolfgang Capitos Ehefrau Agnes. Er war von ihrem Hinschied hart getroffen, denn Agnes war die Seele des Hauses gewesen. Ohne Hausfrau war der Alltag für ihn fast nicht zu bewältigen, nicht nur war Capito recht unpraktisch veranlagt, sondern seine sechs Kinder und der Haushalt verlangten nach einer Frau.

«Ihr müsst wieder heiraten», rieten ihm seine Freunde. Martin Butzer machte ihm auch einen konkreten Vorschlag:

«Ich kenne die Schwester von Ambrosius Blarer in Konstanz, sie ist eine tüchtige und einnehmende Person und weiss einen Haushalt zu führen.»

Capito zuckte die Schultern. «Ich weiss nicht recht. Ich meine eher, es müsse jemand sein, den ich persönlich kenne. Einfach jemanden von Konstanz nach Strassburg zu holen und zu heiraten … nein, das scheint mir nun doch etwas erzwungen, dazu kann ich mich nicht entschliessen.»

Butzer liess aber nicht so schnell locker: «Jemand, den Ihr kennt? Da fällt mir Wibrandis Rosenblatt in Basel ein, die Frau von Oekolampad. Sie ist ja seit einigen Wochen Witwe. Sie hat aber vier kleine Kinder.»

Capito blickte auf. «Richtig, sie verlor ja gleichzeitig wie ich den Ehepartner. Ich habe sie als eine stille, fromme Frau kennengelernt. Sie wüsste auch mit einem Reformatorenhaushalt umzugehen. Und den vier Kindern könnte ich den Vater ersetzen … für Oekolampad würde ich das von Herzen gerne tun.»

Butzer schaute ihn überrascht an: «Das wäre für die Kinder ganz wunderbar. Und Wibrandis war ihrem Ehemann eine grossartige Gefährtin. Mit Eifer und hingebendem Geist stand sie stets für die Sache Christi ein, und unterstützte Oekolampad, wo immer es nötig war.»

«Ja, das ist richtig. Und sie zählte auch zu den Freundinnen meiner Agnes, so wie ich für Oekolampad, den grossen Herold Christi, ein guter Freund war.»

Martin Butzer meinte vorsichtig: «Soll ich mich einmal mit Simon Grynaeus in Verbindung setzen? Seit er in Basel weilt, war er oft zu Gast bei Oekolampad. Er kennt sicher die Verhältnisse dort.»

Capito zögerte, schliesslich gab er sich einen Ruck: «Ja, doch, ich glaube, ich wäre Euch dankbar, wenn Ihr mir diese erste Anfrage abnehmen würdet. Ob Frau Wibrandis sich vorstellen kann, nach Strassburg zu ziehen?»

«Gott wird es fügen», sprach Butzer mit fester Stimme.

Grynaeus ging diplomatisch vor und besprach die Heirat zuerst mit Mutter Magdalena.

«Was meint Ihr dazu? Scheint es nicht wie eine Fügung Gottes, dass Capito und Wibrandis fast zur gleichen Zeit ihre Ehepartner verloren?»

Mutter Magdalena schluckte und sah ihn zweifelnd an: «Doch, ja, man könnte es so sehen. Es scheint von allen Seiten betrachtet eine sinnvolle Verbindung. Aber nach Strassburg ziehen – ich weiss nicht recht.»

«Redet doch einmal mit Eurer Tochter und hört, was sie dazu meint. Für die Kinder wäre es eine wundervolle Fügung, wieder einen christlichen Vater zu bekommen, jemanden, der genauso denkt, wie der eigene Vater dachte.»

Die Sache kam bald zur Sprache, denn Wibrandis bemerkte gleich, dass die Mutter etwas beschäftigte.

«Nach Strassburg ziehen und Capito heiraten?» Wibrandis runzelte die Augenbrauen. «Ich habe ihn erst einmal gesehen! Und seine Kinder übernehmen? Und so weit weg von hier und ganz neu anfangen?»

«Nun, die Ehe ist eine von Gott gestiftete Ordnung. Aber ich kann nachvollziehen, dass dich der Wechsel ängstigt. Capitos Kinder sind aber schon erwachsen. Und bedenke, dass deine vier Kinder wieder einen Vater hätten, und wir hätten wieder eine männliche Stütze», versuchte Mutter Magdalena sie zu überzeugen, obwohl ihr der Gedanke an den Wechsel in eine andere Stadt genauso wenig behagte.

Wibrandis schwieg lange. «Ich muss darüber nachdenken», meinte sie schliesslich.

Der Himmel war verhangen, als Wibrandis Abschied nahm von Basel. Es fiel ihr schwer, mindestens so schwer fiel es auch Mutter Magdalena. Aber die beiden Frauen hatten viel zu organisieren, zusammenzupacken und gleichzeitig die vier aufgeregten Kinder zu beruhigen, sodass sie nur nachts trübe Gedanken wälzen konnten. Bei der Abreise standen sie beide mit je zwei Kindern an der Hand an der Schifflände und bestiegen mit sehr gemischten Gefühlen das Boot, das sie nun rheinabwärts führen sollte, einer ungewissen Zukunft entgegen.

Zuerst glitten die vertrauten Hausfassaden von Basel an ihnen vorüber, dann konnten sie noch die Kirchtürme von Weitem ausmachen, das Münster und die Martinskirche, bald aber verschwand die Stadt Basel aus ihrem Blickfeld und sie fuhren durch grüne Auen mit Erlen und Birken, erblickten zur Freude der Kinder einen Storch am Himmel oder ein kleines Dorf, das von einem Kirchturm überragt wurde, manchmal bellte ein Hund am Ufer oder einige Gänse schnatterten – es war eine unterhaltsame Fahrt. Beide Frauen hingen ihren Gedanken nach, soweit es die muntere Kinderschar zuliess, betrachteten aber auch mit Neugierde die ihnen unbekannte Gegend.

Als schliesslich nach zwei Tagen in der Ferne die Dächer, Kirchturmspitzen und Mauern von Strassburg auftauchten und immer deutlicher zu sehen waren, siegte die Hoffnung auf das Neue über die ängstlichen Gedanken. Wibrandis nahm ihr Jüngstes, Aletheia, auf den Arm und sagte zuversichtlich und sogar mit einer gewissen Begeisterung in der Stimme:

«Schaut, da werden wir nun wohnen. Das ist Strassburg.»

Die Hochzeit feierten sie im August 1532. Die 28-jährige Wibrandis erlebte sie gedankenvoll, war es doch bereits ihre dritte Heirat. Wolfgang Capito mit seinem kantigen Gesicht und den ernsten, tief liegenden Augen hatte sie noch von seinem Basler Besuch in Erinnerung. Er hätte an Jahren ihr Vater sein können, war er doch 26 Jahre älter als sie. Aber seine schlichte, ernsthafte Art beeindruckte sie und sie wusste, dass auch er sich mit Leib und Seele für den neuen Glauben einsetzte. Sie war sich klar darüber, dass sie nun ganz neu anfangen musste an diesem fremden Ort. Es machte ihr etwas Angst, gleichzeitig bildete das Unbekannte aber auch eine gewisse Faszination. Im Übrigen ermutigte sie der Gedanke, dass Martin Butzer mit seiner Frau Elisabeth in der Stadt lebte und vor allem tröstete sie es zu wissen, dass ihre vier Kinder nun wieder einen Vater hatten.

Wibrandis wurde nun Pfarrfrau von Jung St. Peter. Die Kirche lag im Norden der Stadt und besass einen stillen Kreuzgang mit vielen alten Gräbern. Die nähere Umgebung lernte sie bald kennen; sie stellte aber immer Vergleiche mit Basel an, das nun so ferne lag: Die engen Gassen und die Fachwerkhäuser erinnerten sie an Basel und sie entdeckte auch ein Gerberviertel, das am Wasser der Ill lag mit kleinen Häusern und langen Dachluken. Sie zeigte es sofort ihrer Mutter und sie dachten beide an die Gerber in der Gerbergasse in Basel, welche ja ganz nahe von ihrem Haus am Barfüsserplatz zu finden waren. Selbst der wenig angenehme Geruch, der mit dem Gerberhandwerk verbunden war, kam ihnen vertraut vor, erinnerte sie an ihre Heimatstadt und freute sie deshalb. Ausser der Ill gehörten auch sonst viele Wasserläufe zum neuen Stadtbild, mit Brücken, Fischern und Wäscherinnen.

«Die Stadt gefällt mir», erwiderte Wibrandis auf Capitos Frage, welchen Eindruck sie gewonnen habe. «Die vielen Brücken und die Fachwerkhäuser am Wasser vermitteln mir den Eindruck einer blühenden Stadt voller Leben.»

Capito freute sich sichtlich über diese Äusserung.

«Ihr findet auch vieles, was Ihr von Basel her kennt, Gerber und Fischer und Handwerker, auch der Buchdruck ist in Strassburg sehr bedeutend und die Zünfte spielen eine grosse Rolle, genau wie in Basel. Aber etwas Einzigartiges ist unser Münster, das muss ich Euch unbedingt zeigen.»

Wibrandis hatte bei der Ankunft das Bauwerk schon von Weitem gesehen, vor allem den hohen Turm, der alles überragte.

«Ja, das würde ich mir sehr gerne anschauen. Oekolampad hat mir schon davon erzählt, von der unglaublichen Grösse, und von der Kanzel, auf der Geiler von Kaysersberg predigte.»

Wibrandis zog sich rasch eine frische Haube an. Die Kopftracht war in Strassburg die gleiche wie in Basel, nämlich Haube, Schleier und Kinntuch. An diesem herrlich sonnigen Septembertag brauchte sie kein wärmendes Übertuch. Im Nu war sie bereit und Capito führte sie am Arm durch die Strassen. Überall wurde fleissig gearbeitet, in den Gassen reihte sich Werkstatt an Werkstatt, Handwerker hämmerten und klopften, Kinder halfen überall mit und Frauen trugen in ihren Körben Erzeugnisse vom Markt nach Hause. Wibrandis wurde an das geschäftige Leben in Basel erinnert und lächelte erfreut. Als sie schliesslich zusammen in die Krämergasse einbogen, blieb Wibrandis überwältigt stehen, denn sie erblickte unversehens am Ende der Gasse das riesige Bauwerk, das Münster. Langsam schritten sie näher und immer neue Einzelheiten der reich geschmückten Fassade erschlossen sich ihr. Unzählige Fialen, Spitzen und Pfeiler wuchsen empor zum Himmel, eine Fülle, die ihr laufend neue Schönheiten eröffnete. Als sie schliesslich davorstanden, blieb ihr Blick an der riesigen Fensterrose hängen.

«Alles zu Ehren Gottes», flüsterte sie beeindruckt.

Capito nickte. «Ja, auch für mich ist es jedes Mal wieder ein überwältigender Anblick, ein unglaubliches Erlebnis und es erfüllt meine Seele. Aber kommt nun noch ins Innere.»

Wibrandis war schon im Basler Münster jedes Mal berührt worden, wenn sie ins Innere getreten war, nun aber überwältigte sie der riesengrosse, hohe Raum des Strassburger Münsters. Im Dämmerlicht schien alles nach oben zu streben, feierlich, elegant und voller Spannung. Und die farbig leuchtenden Fenster vermittelten ihr einen paradiesischen Eindruck.

«Zu uns komme Dein Reich», sprach sie ergriffen und faltete die Hände.

Capito wartete und liess sie die Wirkung des Raumes in sich aufnehmen. Schliesslich nahm er sie am Arm und führte sie zur reich geschmückten Kanzel.

«Seht, das ist nun die Kanzel, von welcher Geiler von Kaysersberg predigte, mit sehr drastischen, aber auch humorvollen und eindringlichen Worten, die Leute konnten nicht genug bekommen und waren tief beeindruckt.»

Wibrandis betrachtete sie mit Ehrfurcht und dachte gleichzeitig an die wunderschöne Kanzel in Basel, auf der Oekolampad gepredigt hatte. Sie war ihr immer wie ein Schnitzwerk erschienen, obwohl sie ganz aus Sandstein gehauen war. Hier staunte sie über die vielen Figuren.

«Es gibt noch mehr zu sehen», meinte Capito lächelnd und führte sie zu einem hohen Pfeiler. «Das ist der Engelspfeiler. So etwas habt Ihr sicher noch nie gesehen.»

Schweigend und mit leuchtenden Augen betrachtete Wibrandis die vier grossen, schlanken und vornehm wirkenden Engel mit ihren Instrumenten.

«Die Engel blasen zum Jüngsten Gericht und ganz oben im Dämmerlicht, fast im Himmel, könnt Ihr Christus als Weltenrichter sehen. Wie es in der Bibel heisst: Und er wird senden seine Engel mit tönenden Posaunen, und sie werden sammeln seine Auserwählten von den vier Winden, von einem Ende des Himmels bis zum andern», zitierte Capito die entsprechende Bibelstelle.

Noch nie hatte Wibrandis die Engel des Jüngsten Gerichts so eindrücklich erlebt. Sie erinnerte sich an die Galluspforte des Basler Münsters, an der sie auch zu sehen waren, aber kleiner und hoch oben. Auch sonst hatte sie schon mehrere Darstellungen des Jüngsten Gerichtes betrachtet, bevor sie nach der Reformation übermalt worden waren.

«Hier wirkt es gar nicht so furchterregend wie sonst, eher überirdisch. Ich habe das Gefühl, die Engel behüten mich. Sie strahlen einen tiefen Frieden aus, obwohl sie zum Jüngsten Gericht blasen, nicht wahr?»

Capito wusste nicht, was er seiner feinfühligen Frau antworten sollte. «Es wird das Weltende verkündet», meinte er schliesslich unbeholfen, «Christus kommt – und darauf warten wir ja alle.»

Wibrandis versuchte sich einen Engel einzuprägen und war sicher, dass sie ihn nie vergessen würde.

Der Winter 1533 war lang und ausserordentlich kalt, Schnee und Eis bedeckten wochenlang die Gassen und der Himmel zeigte sich selten, immer war er verhangen. Die vielen trüben Tage trugen dazu bei, dass Capito sich oft niedergedrückt fühlte. Wibrandis hatte sich darauf gefasst gemacht, dass er viel älter war als sie, aber sie hatte ihre Vorstellungen auch von der Ehe mit Oekolampad beeinflussen lassen. Capito war jedoch ganz anders als Oekolampad. Eine leise Schwermut beherrschte seinen Charakter und immer wieder lag er mit einer Krankheit zu Bett. Sie liess sich jedoch nicht von seiner düsteren Stimmung anstecken.

«Die vielen Aufregungen sind nicht gut für Euch», meinte Wibrandis entschieden, während sie ihm eine heisse Brühe brachte. «Ihr solltet versuchen, die Sache Christi mit etwas mehr Distanz zu verteidigen.»

Capito lachte trocken auf. «Wie Ihr Euch das vorstellt! Christi Weg ist kein Spaziergang auf breiten Strassen, sondern, wie es in der Bibel heisst, ein schmaler, steiler Weg.»

«Aber vielleicht könntet Ihr den steilen Weg etwas langsamer angehen?»

«Ja, möglich. Aber jetzt, wo Oekolampad und Zwingli tot sind, stehen wir an vorderster Front, Martin Butzer und ich. Mich belasten nicht nur die Widerstände der Andersgläubigen, sondern noch viel mehr die Brüder mit denselben Anliegen, aber unterschiedlicher Auffassung in der Abendmahlfrage.»

«Ja. Man sagt ja, die Melancholie ist ein Beleg für die Ernsthaftigkeit des religiösen Ringens.»

«Sicher, geistig arbeitende Menschen sind oft davon betroffen. Auch Martin Luther leidet manchmal darunter.»

«Das glaube ich Euch gerne. Wir Frauen haben es da einfacher. Unsere Aufgabe ist die Zukunft der Kinder, sie im christlichen Glauben aufzuziehen und ihnen die Liebe Gottes näherzubringen.»

Capito lächelte. «Das ist auch meine Hoffnung: die nächste Generation.»

«Und Ihr wisst, dass zur nächsten Generation bald auch unser gemeinsames Kind gehört, welches ich erwarte?»

Capitos gedrückte Stimmung hatte sich bei diesem Gespräch gebessert und zuversichtlich antwortete er: «Ja, und für diese unsere Kinder wird sich mein Einsatz für die gute Sache lohnen. Und die Kinder aus erster Ehe sind bald auch verheiratet und werden Nachkommen haben.»

Ein warmer Regen hatte den vielen Schnee endlich weggewaschen. Bald darauf schenkte Wibrandis einem

Mädchen das Leben. Sie tauften es auf den Namen Agnes, in Erinnerung an Capitos verstorbene Frau. Als Pate hatten sie Martin Butzer ausgewählt, neben ihm standen um den reich verzierten Taufstein zusammen mit dem frischgebackenen Vater Wolfgang Capito die vier Kinder aus Wibrandis früheren Ehen, die achtjährige Wibrandis Keller und die drei Kinder von Oekolampad, und Mutter Magdalena.

Auch in den folgenden Jahren wuchs die Familie stetig: Es kam ein weiteres Mädchen zur Welt, Dorothea, und danach erblickte ein Knabe das Licht der Welt: Johann Simon. Somit waren es nun sieben eigene Kinder – das älteste erst zehn Jahre alt –, für die Wibrandis zu sorgen hatte. Daneben musste sie sich auch immer wieder um ihren kränkelnden Ehemann kümmern. Die Umsicht, mit der sie den Haushalt führte, so gut als möglich unterstützt von Mutter Magdalena und einigen Bediensteten, die vielen Gäste bewirtete und ihre Kinder betreute, beeindruckten Capito. Sie leistete ihre Arbeit mit Gelassenheit und grossem Organisationstalent. Den Ortswechsel von Basel nach Strassburg hatte sie ohne Probleme bewältigt, sie kam gar nicht dazu, sich Gedanken darüber zu machen. Allerdings wurden ihr noch neue Probleme aufgebürdet:

«Ihr seid eine vorbildliche Pfarrfrau. Aber ich muss gestehen, dass ich im Moment nicht weiss, wie ich Euch

Geld für den Haushalt geben soll», eröffnete ihr Capito eines Tages, «ich habe eine Bürgschaft geleistet und nun – Ihr wisst, ich habe es gut gemeint – aber das Geld ist leider weg.»

Wibrandis schaute ihn entsetzt an. Sie konnte nicht glauben, dass er zu einer solchen Unbesonnenheit fähig war. Sie wusste zwar längst, dass Capito ein gutherziger Mann war, der sich immer wieder viel zu vertrauensselig gegenüber seinen Glaubensbrüdern zeigte. Aber das ganze Geld für eine Bürgschaft zu riskieren, das war für sie nur schwer verständlich. Sie schluckte eine harte Entgegnung hinunter. Eine Frau hatte duldsam und sanftmütig zu sein, ermahnte sie sich, bevor sie antwortete.

«Sieben Kinder und meine Mutter und wir zwei», zählte sie bekümmert auf, «ich weiss nicht, wie ich es bewerkstelligen soll, zehn Personen ohne Geld zu ernähren, Mehl für Brot zu kaufen und hin und wieder Fleisch und Fisch. Und dazu noch die vielen Gäste! Wir begnügen uns schon jetzt vor allem mit Kabiskraut, weissen Rüben und Erbsen, da wir dieses Gemüse im Garten angepflanzt haben. Ich werde nun vermehrt Haferbrei und Grütze auf den Tisch bringen müssen, und Fleisch wird in nächster Zeit sicher nicht auf dem Speiseplan stehen, höchstens Eier aus unserm kleinen Hühnerhof.»

«Der Arme isst, was er hat, der Reiche, was er will, das zitierte schon meine Mutter», antwortete Capito, legte seine Hand auf ihren Arm und meinte zuversichtlich:

«Ich bin sehr froh, dass Ihr eine sparsame Hausfrau seid. Und ich bin sicher, der Herr wird uns beistehen.»

Wibrandis schluckte eine Entgegnung hinunter und schickte sich ins Unvermeidliche. Sie versuchte, trotzdem jeden Tag ihren vielen Gästen und der grossen Familie etwas Rechtes vorzusetzen. Mutter Magdalena, welche als alleinerziehende Mutter jahrelang sparsam mit Geld hatte umgehen müssen, verriet ihr gerne Rezepte, die trotz aller Bescheidenheit etwas Besonderes waren:

Ein gu^{o}t fu^{e}lle
Der ein gu^{o}te ko^{e}cherye machen wil, der hacke
petersylien vnd salbey glich vil
vnd brate sie in butern vnd tu^{e}ftele eyer weich vnd
menge daz zv^{o} sammene
vnd ribe kese vnd brot dor in
vnd mache ein blat von eyern vnd gu^{e}z butern dor
vnder
vnd schu^{e}te diz dar vf, gib im fiu^{e}r oben vf vnd
laz backen.
diz sind ruzzige ku^{e}chin.

Während Wibrandis versuchte, mit Sparsamkeit und Geschick den Haushalt aufrechtzuhalten, gab es unter den Neugläubigen einige Aufregung.

«Stellt Euch vor, Calvin ist in Strassburg! Man hat ihn aus Genf ausgewiesen und nun ist er hier. Butzer hat ihn aufgenommen», überbrachte Capito die Neuigkeit, während sie alle um den Tisch sassen.

«Weilte er nicht schon vor einiger Zeit in Basel, weil er flüchten musste?»

«Ja, richtig. Und nun hat man ihm hier eine Professur angeboten und die Betreuung der französischen Glaubensflüchtlinge übertragen, da er ja Französisch spricht.»

«Das ist ein echter Gewinn für die Neugläubigen, oder nicht?», fragte Wibrandis neugierig.

«Ja sicher, er hat sehr präzise Vorstellungen von der Umsetzung des neuen Glaubens und ist eine Persönlichkeit, welche die Leute zu überzeugen vermag. Er predigt meist in der Kirche St. Nikolaus und natürlich auf Französisch. Er hat für die Glaubensflüchtlinge auch ein französisches Kirchengesangbuch geschrieben.»

«Warum nicht? Euer Gesangbuch, welches Ihr zusammen mit Butzer, Luther und einigen andern herausgegeben habt, wird überall fleissig benutzt. Da ist es schön, wenn auch die französisch Sprechenden ein Gesangbuch besitzen.»

«Und mich freut es, wenn die Choräle weitere Verbreitung erfahren.»

Bald schenkte Wibrandis wieder einem Kind das Leben und es blieb keine Zeit mehr, sich um Calvin und alles, was man darüber redete, zu kümmern. Es war ihr achtes Kind, ein Knabe, und sie tauften ihn auf den Namen Wolfgang Christoph nach seinem Vater. Capito war glücklich und wählte auch diesmal die Paten sorgfältig aus. Der kleine Wolfgang war von zarter Statur und er hatte die schwarzen Haare und die tief liegenden Augen seines Vaters geerbt. Die sieben Geschwister umstanden die Wiege und beobachteten, wie der kleine Knabe gewickelt wurde. Die Prozedur des Einwickelns nahm einige Zeit in Anspruch, denn es war nicht einfach, das lebhafte Kind mit dem Leinenband korrekt zu umwinden. Man musste zuerst die Beine und Arme ausgestreckt festhalten und sorgsam umwickeln und hierauf die Binden um den ganzen Leib legen, ohne sie allzu straff anzuziehen.

«Es stützt den weichen und haltlosen Körper», erklärte Wibrandis ihren Kindern und blickte liebevoll auf den kleinen Wolfgang.

«Habt Ihr uns alle auch so eingewickelt?», fragte Irene verwundert.

«Aber natürlich. Das wird bei allen Säuglingen so gehandhabt.»

«Ja, auch Eure Mutter war einmal ein Wickelkind», ergänzte Mutter Magdalena, «Wolfgang soll einmal ein strammer, wackerer Mann werden und hübsch und gerade wachsen.»

«Wenn er nur gesund bleibt», meinte Wibrandis mit einem Seufzer, denn es war allgemein bekannt, dass nur die Hälfte aller Kinder das Erwachsenenalter erreichten. Leben und Tod waren nahe beieinander, das war sich auch Wibrandis bewusst, und die Kinder gesund zu halten, war keine Selbstverständlichkeit.

Zwei Jahre später kam Mutter Magdalena aufgeregt vom Einkaufen zurück: «Eben habe ich erfahren, dass Calvin heiratet!»

«Oh, das wundert mich nicht. Seine markante Gestalt, sein schmales Gesicht und vor allem seine Überzeugungskraft machten vielen Frauen Eindruck. Wen heiratet er denn?», fragte Wibrandis neugierig.

«Natürlich ist es jemand aus der Flüchtlingsgemeinde, eine Witwe mit zwei Kindern, sie heisst Idelette de Bure.»

«Aha. Weiss Elisabeth Butzer etwas Näheres über sie?»

«Kaum. Ich hörte, Calvin rede mit ihr nur über seine Krankheiten, er habe immer irgendein Leiden, Magenschmerzen, Kopfschmerzen, Fieber und vieles mehr. Und mit Butzer diskutiert er fast ausschliesslich Glaubensfragen. Dabei haben Frauen nichts zu suchen.»

«Ja, das hat sie mir auch erzählt. Sie meinte auch, Calvin lächle fast nie und er sei kompromisslos in der Auslegung des Glaubens, er lebe mit und durch die Bibel. Hoffentlich weiss Calvins junge Frau, was auf sie zukommt.»

«Nun, ein unruhiges Leben könnte es schon geben. Elisabeth erzählte auch, Calvin hätte von Genf die Anfrage und Bitte erhalten, er solle doch zurückkommen.»

«Ach ja? Davon habe ich noch nichts gehört. Aber es wird sich wohl bald herausstellen, denke ich.»

Die Neuigkeiten über Calvin wurden bald überschattet von familiären Problemen, denn Irene, das mittlere von Oekolampads Kindern, erkrankte plötzlich schwer. Das zierlich gebaute Mädchen war gerade zehn Jahre alt geworden und bis anhin kerngesund gewesen. Nun aber quälte es ein schwerer, trockener Husten, es atmete angestrengt und bekam gleichzeitig hohes Fieber. Nach jedem Hustenanfall lag das Kind erschöpft und reglos auf dem Kissen, die Wangen glühten und die fiebrigen Augen glänzten. Seine braunen Haare klebten an der heissen Stirn und bald stieg die Temperatur so hoch, dass es von Fieberträumen geplagt wurde und bei krampfartigen Anfällen die Augen verdrehte. Wibrandis sass hilflos neben dem Bett. Sie versuchte, mit Essigwickeln das Fieber zu senken, aber es half wenig.

«Möge Gott dir helfen mein Kleines», flüsterte sie verzweifelt unter Tränen, «ich kann einfach nichts mehr tun für dich.»

Auch Capito sass machtlos daneben, dabei hatte er nicht nur Theologie studiert, sondern auch in Rechtswissenschaft und Medizin doktoriert. Wibrandis starrte auf das Bett und versuchte, trotz ihrer Verzweiflung all ihre Kräfte auf das todkranke Kind zu übertragen. Nach unendlich langen Stunden sass sie erschöpft da.

«Friede, haben wir dich getauft», murmelte sie schliesslich, «möge der Herr dir Frieden geben.»

«Amen», sprach Capito in die Stille des Raumes. Und als das Kind bald danach zu atmen aufhörte, meinte er ergeben: «Kinder sind ein Geschenk Gottes, sie gehören nicht uns.»

«Ich weiss», antwortete Wibrandis mit belegter Stimme, während sie versuchte, die Tränen zurückzuhalten.

Wieder einmal stand Wibrandis an einem Grab, aber diesmal fiel es ihr besonders schwer. Zehn Jahre hatte sie das stille, aber stets fröhliche Kind aufwachsen sehen, es begleitet, erzogen und gepflegt. Und in erster Linie bedeutete das Kind für sie auch ein Vermächtnis von Oekolampad. Sie erinnerte sich an die Geburt, an die Zeit der Reformation, die damals zum Durchbruch gekommen war und daran, dass sie ihr Neugeborenes voller Hoffnung Irene – Friede – getauft hatten. Die vergangenen Jahre mit dem Kind gingen ihr durch den Kopf, sein fröhliches Lachen, sein Geschick, mit den jüngeren Geschwistern umzugehen und sein unbeschwertes Plaudern. Sie stand wie versteinert da, jede Faser ihres Körpers schrie vor Schmerz.

«Der Herr segne uns und behüte uns, der Herr lasse sein Antlitz leuchten über uns und sei uns gnädig, der

Herr erhebe sein Antlitz auf uns und gebe uns seinen Frieden», sprach Capito mit fester Stimme den Segen und sie spürte, wie er ihr damit Mut machen wollte. Sie biss ihre Lippen zusammen, blickte auf ihre gefalteten Hände und versuchte, ihre Schultern zu straffen und sich aufzurichten.

Auch das nächste Jahr, das Jahr 1541, war ein folgenschweres Jahr. Es begann zuerst glücklich mit einer Geburt und einer Hochzeit. Wibrandis schenkte einem Mädchen das Leben. Sie tauften es wieder auf den Namen Irene, in Erinnerung an das verstorbene Kind. Wibrandis wusste, dass das Neugeborene nicht ein Ersatz sein konnte, aber sie wollte mit dem Namen ihr geliebtes, verstorbenes Mädchen ehren. Sie blickte auf nunmehr acht eigene Kinder – zwei von Oekolampad und fünf von Wolfgang Capito sowie ihre älteste Tochter, Wibrandis Keller, aus ihrer allerersten Ehe. Zusammen mit den älteren Kindern von Capito war ihr diese bereits eine grosse Hilfe und Stütze im Haushalt, denn sie zählte unterdessen sechzehn Jahre. Ihr schmales Gesicht wurde von einem sensiblen, schön geschnittenen Mund beherrscht und von braunen, glatten Haaren eingerahmt, die sie im Nacken geknotet hatte.

«Du bist nun im heiratsfähigen Alter», erklärte eines Tages Capito lächelnd der jungen Tochter, «das bemerkt man auch in der Stadt. Der Gürtler Hans Jegliger hat um deine Hand angehalten. Er ist ein fleissiger, besonnener Mann und ein guter Christ. Das scheint mir eine gute Verbindung.»

Die junge Frau nickte verlegen und errötete.

«Ich weiss, ich habe ihn mehrmals in der Kirche getroffen.»

«Gut, dann ist das eine beschlossene Sache», antwortete Capito und schaute zu seiner Frau. Wibrandis nickte lächelnd und dachte zurück an ihre erste Heirat mit dem Lehrer Ludwig Keller. Wie hatte sie sich damals gefühlt und sich ihre Zukunft vorgestellt? Sie erinnerte sich kaum mehr daran. Sie umarmte ihre Tochter herzlich und meinte lächelnd:

«Du weisst, dass eine Frau dem Ehemann gegenüber stets gehorsam sein soll, geduldig, bescheiden, und auch nicht zu klug und nicht zu kritisch.»

«Ich weiss», lächelte die junge Braut verschmitzt, *«drei Dinge verjagen den Hausherrn, ein schadhaftes Dach, ein qualmender Kamin und ein zankendes Weib»*.

«Genau, so lautet der Bauernspruch. Es gilt den rechten Mittelweg zu wahren. Ich wünsche dir von Herzen, dass der Herr deine Ehe segnen möge.»

Die Hochzeitsfeier war kaum vorüber, als der gewohnte Lauf der Dinge jäh unterbrochen wurde:

«Die Pest kommt! Die todbringende Pest ist im Anzug!», berichteten die Leute eines Tages aufgeregt auf dem Markt, von grosser Angst erfüllt.

«Es ist leider kein Gerücht. Sie zieht langsam dem Rheinstrom entlang. In Rheinfelden starben bereits siebenhundert Personen.»

«Ja, und in Basel sind ebenfalls Hunderte daran gestorben», meldete eine Frau ganz aufgelöst. «Und jetzt hat sie schon Colmar erreicht.»

«So wie die Dinge sich entwickeln, kann nur noch ein Wunder helfen.»

Wibrandis erinnerte sich an die Pestepidemie in Basel, die sie 1526 erleben musste, erst vor fünfzehn Jahren. Sie sah plötzlich den Totentanz vor sich, den sie im Predigerkirchhof in Basel hin und wieder mit Schaudern betrachtet hatte, den unheimlichen Tod, der alle Personen mit einem Tanz zu sich holte, erbarmungslos und durch alle Schichten hindurch, angefangen beim Papst und beim Kaiser bis hin zum Bauern und Bettelmann. Wenn sie sich recht erinnerte, war er nach einer Pestepidemie gemalt worden, unter dem tiefen Eindruck, dass vom Schwarzen Tod niemand verschont wird, weder Arm noch Reich. Sie schauderte.

Es dauerte tatsächlich nur noch eine Woche, da erreichte die Pest auch Strassburg. Sie sorgte dafür, dass immer weniger Leute in den Gassen zu sehen waren. Bald lag die Stadt wie ausgestorben da, gespenstisch wirkten die menschenleeren Strassen und Plätze und der Wind wirbelte die Blätter und den Staub durch die öden Gassen. Nur die Hunde und Katzen und Hühner liefen achtlos umher. Und einige wenige Ärzte eilten von Haus zu Haus mit einem Glöckchen in der Hand, das die Leute vor ihnen warnen sollte. An viele Türen wurden Kreuze gemalt als Zeichen, dass hier ein Pestkranker wohnte oder gestorben war. Die Mägde huschten rasch zum Brunnen, um Wasser zu holen und meldeten sich mit leisen Stimmen die letzten Neuigkeiten, welche stets weitere Todesfälle zum Inhalt hatten. Alle Fenster der Häuser blieben geschlossen und niemand wagte es mehr, am Feierabend vor dem Haus zu sitzen. Die Angst lag wie Blei auf allen, niemand wusste, wer als Nächster an der Reihe war.

«Hunderte sind schon gestorben», berichtete Capito entsetzt und niedergeschlagen, als er aus der Kirche kam, «man kann sie gar nicht mehr einzeln begraben, es sind so viele und werden laufend mehr. Die Sterbeglocken läuten ununterbrochen. Gott möge barmherzig sein!»

«Ja, Gott gebe es», erwiderte Wibrandis inbrünstig. Bleich stand sie in der Stube und versuchte, nicht daran zu denken, was sie gerade von ihrer Magd vernommen hatte.

«Stellt Euch vor, man erzählt sich, dass bei Martin Butzer alle Kinder erkrankt seien – ist das nicht furchtbar?»

Capito schaute sie erschrocken an. «Alle Kinder?»

«So erzählt man, ja. Aber das ist noch nicht alles, auch Elisabeth ringe mit dem Tod.»

«Oh, nein! Und ich erhielt heute die Nachricht, dass in Basel Jakob Meyer und Simon Grynaeus gestorben sind.»

Fassungslos schaute sie ihn an: «Jakob Meyer! Nein, das darf nicht sein! Er hat Oekolampad und mir so viel beigestanden», flüsterte Wibrandis und musste sich setzen, «und Grynaeus, der für Euch bei mir vorgesprochen hat. Unvorstellbar! Gott gebe ihnen die ewige Ruhe.»

«Und Er verschone uns vor dieser Prüfung.»

Aber es schien ihr unwahrscheinlich, dass ihr Haus verschont würde, und sie zitterte täglich davor, dass es nun auch ihre Familie treffen könnte. Und tatsächlich dauerte es nur noch ein paar Tage. Der zwölfjährige Eusebius, Oekolampads Sohn, war der erste, der über Unwohlsein klagte. Entsetzt befühlte Wibrandis die bösen Schwellungen in den Achselhöhlen und in der Leistengegend, die in kurzer Zeit auf die andern Körperteile übergriffen. Sie wusste, dass damit der Schwarze Tod in ihrem Haus Einzug gehalten hatte. Ihr Herz wurde schwer. Wie sollte sie die andern Kinder schützen? Sie schliefen alle zu zweit in ihren Betten, nahe beieinander, wie es üblich war. Die Krankheit konnte sich ohne Hindernisse ausbreiten. Und es folgten tatsächlich in kurzem Abstand zwei Kinder von Capito mit den gleichen Anzeichen: die sechsjährige Dorothea und der dreijährige Wolfgang. Und schliesslich sogar Capito selbst! Wibrandis zitterte. Sie wusste, dass Capito mit seinen dreiundsechzig Jahren nicht mehr viele Abwehrkräfte besass.

Im Haus herrschte der Tod. Wibrandis und Mutter Magdalena rannten von Bett zu Bett. In den Krankenzimmern roch es säuerlich und schal, aber sie wagten nicht, ein Fenster zu öffnen. Bald mussten sie hinnehmen, dass keine Hoffnung mehr bestand. Verzweifelt versuchten sie, den kranken Kindern eine Erleichterung zu verschaffen, aber sie mussten machtlos zusehen, wie eines nach dem andern auslöschte und verschied.

«Wolfgang», versuchte Wibrandis mit hängenden Armen die traurige Nachricht zu überbringen, «alle drei sind gestorben, Eusebius, Dorothea und Wolfgang, alle drei im Laufe dieser Nacht!»

Aber der Satz schien nicht bis zu ihm durchzudringen. Er lag schwer atmend da, das Leinenhemd durchgeschwitzt, die Haare klebten an seiner Stirn und sein bleiches Gesicht war eingefallen und voller Stoppeln.

«Wolfgang», flehte sie, «bitte werdet wieder gesund, bitte!» Aber Capito dämmerte nur noch vor sich hin und wenige Stunden später erlag auch er der schrecklichen Krankheit. Fassungslos starrte Wibrandis auf das Bett und konnte nicht begreifen, was geschehen war. Wie betäubt sass sie da. Mutter Magdalena kam leise zu ihr, umarmte sie und versuchte, ihr Trost zu spenden:

«Sie sind alle im Himmelreich», sprach sie mit erstickter Stimme.

Wibrandis nickte und blickte zur Tür. Dort standen mit verängstigten Gesichtern die andern vier Kinder, die grosse, schlanke Aletheia mit der kleinen Irene auf dem Arm, Agnes und Hans Simon.

«Für sie muss ich tapfer sein», durchfuhr es Wibrandis. Sie hob den Kopf, schritt zur Türe und umarmte die vier.

«Sie sind nun bei den Engeln, aber sie werden trotzdem stets bei uns sein», sprach sie mit fester Stimme. Mutter Magdalena betrachtete ihre Tochter mit Hochachtung. Sie würde weiterhin allen beistehen, so gut sie es vermochte, nahm sie sich vor.

Innerhalb von wenigen Tagen dieses traurigen Jahres 1541 hatte Wibrandis drei ihrer Kinder und erst noch den Ehemann verloren. Die Nachricht vom Ableben Wolfgang Capitos verbreitete sich in Windeseile. Martin Butzer vernahm es als einer der Ersten.

«Elisabeth», begann er vorsichtig, während er am Bett seiner kranken Frau stand, «ich weiss gar nicht, wie ich es Euch sagen soll, Wolfgang Capito ist gestorben und erst noch drei Kinder, seine kleine Dorothea und sein Sohn Wolfgang und auch Eusebius, der Sohn von Oekolampad.»

Elisabeth lag bleich und mit hohlen Augen auf ihrer Decke und wandte ihm langsam das Gesicht zu.

«Bitte holt Wibrandis her», bat sie mit schwacher Stimme, «ich möchte sie sehen.»

Wibrandis folgte dem Wunsch, sie überlegte nicht

lange. Es erschien ihr sowieso alles sinnlos. Aber als sie Elisabeth erblickte, erschrak sie trotzdem.

«Entschuldigt, dass ich nicht früher gekommen bin, ich bin gar nicht mehr richtig bei mir, ich weiss eigentlich nicht mehr, was ich tue», versuchte sie zu erklären.

Elisabeth nickte. «Ich weiss, es geht allen so, es sind furchtbare Zeiten. Auch bei uns sind vier Kinder gestorben, alle ausser Nathanael, und ich ...», sie unterbrach sich und atmete schwer, «ich meine ... was ich Euch sagen möchte: Ich glaube, auch ich werde nicht mehr lange leben. Bitte, tut Euch zusammen, Ihr, Wibrandis und Ihr, Martin, das ist mein inniger Wunsch, dann kann ich beruhigt sterben.» Weder Wibrandis noch Martin Butzer antworteten. An die Zukunft zu denken war im Anblick des Todes unmöglich.

Nur einen Tag nach Wolfgang Capito starb auch Martin Butzers Ehefrau Elisabeth.

Es dauerte lange, aber nach und nach kehrte Strassburg zum Leben zurück. Zögernd begann man die Häuser gründlich zu reinigen und alle Kleider in grossen Kesseln auszukochen, man wagte es wieder, einen Einkauf zu tätigen und sich abends auf das Bänkchen vor dem Haus zu setzen. Martin Butzer stürzte sich in seine Arbeit und merkte, wie er langsam aus seiner Teilnahmslosigkeit herausfand und anfing, sich Gedanken über die Zukunft zu machen. Nach einigen

Wochen raffte er sich auf und begab sich zu Wibrandis.

«Guten Tag, Wibrandis», versuchte er verlegen ein Gespräch in Gang zu bringen, «wie geht es Euch?»

«Ich versuche mich zu fassen und so etwas wie Alltag in unser Leben zu bringen.» Mit unsicheren Fingern strich sie eine Haarsträhne aus dem Gesicht.

«Ja, so geht es mir auch.»

Butzer war mit seinen einundfünfzig Jahren wesentlich jünger, als Capito gewesen war. Er hatte gelockte Haare und ein ausdrucksvolles, intelligentes Gesicht mit einer edlen Nase, schwungvollen Augenbrauen und grossen Augen, die im Moment etwas unsicher blickten. Er zögerte, aber schliesslich gab er sich einen Ruck:

«Ihr ahnt sicher, warum ich Euch aufsuche, nicht wahr?»

Wibrandis stand mit niedergeschlagenem Blick da und nickte.

«Ihr erinnert Euch sicher an Elisabeths letzten Wunsch. Ich war damals unfähig, mir Gedanken über die Zukunft zu machen, und Ihr gabt auch keine Antwort, aber vielleicht könnt Ihr Euch heute dazu entschliessen? So Gott will, wird dieser Schritt zum Segen werden.»

Ein verlegenes Lächeln huschte über Wibrandis Gesicht. Sie strich ihre Schürze glatt. Was sollte sie darauf antworten?

«Ihr wisst», begann sie zögernd, «nach Oekolampads Ableben ging ich mit Capito eine Heirat ein, weil es uns wie Gottes Fügung erschien, dass seine Frau und mein Mann gleichzeitig gestorben waren. Das war vor neun Jahren. Es waren gute Jahre und gereichten dem Herrn zur Ehre.»

«Mir scheint es nun wiederum so zu sein. Wir haben beide unsere Ehepartner verloren … und zudem war es Elisabeths Wunsch. Eure Kinder sind noch recht klein und brauchen einen Vater. Und ich wäre froh, wenn mein Haushalt und der kleine Nathanael wieder eine gute Führung bekämen. Es ist gewiss der Herr, der Euch mir als Helferin schenkt. Er gebe, dass wir ihm dienen, so wie auch wir einander treu und hingebend dienen werden, nicht wahr?»

Wibrandis nickte und dachte gleichzeitig an die vergangenen Jahre ihres Lebens. Wie oft hatte sie schon neu beginnen müssen?

«Es scheint das Schicksal der Frauen zu sein, immer wieder neu anfangen zu müssen, Kinder bei sich aufzunehmen und einem neuen Gatten zu folgen. Ich werde versuchen, Euch eine treuliebende Frau zu sein und Nathanael eine gute Mutter», versprach sie mit fester Stimme.

Sie heirateten am 16. April 1542.

«Nun bin ich achtunddreissig Jahre alt und heirate zum vierten Mal», schoss es Wibrandis durch den Kopf, «möge auch diesmal der Segen des Herrn darauf liegen!»

Wibrandis zog nun zusammen mit ihren vier Kindern und Mutter Magdalena ins Pfarrhaus zu St. Thomas. Das stattliche Haus bestand eigentlich aus zwei Häusern, die man einst zusammengenommen hatte, keine zwei Räume lagen auf der gleichen Höhe. Die Fenster waren nicht gross, liessen aber den Blick frei auf einen kleinen Platz mit der uralten Kirche St. Thomas und auf der andern Seite auf einen breiten Wasserkanal, in welchem ein paar Wildenten schwammen.

Martin Butzer stand an der Tür, um sie zu empfangen, zusammen mit dem einzigen Kind, das ihm noch geblieben war, dem geistig und körperlich behinderten Nathanael.

«Willkommen», sagte der Kleine mit heiserer Stimme und staunte Wibrandis mit seinen mandelförmigen Augen an. Sie strich ihm über seine glatten, etwas struppigen blonden Haare. Sie wollte ihm eine gute und geduldige Mutter sein, nahm sie sich vor.

«Schau, hier sind deine neuen Geschwister: Das grosse Mädchen ist Aletheia, das Mädchen mit den braunen Haaren heisst Agnes, dann ist hier Hans Simon und die kleine Irene», und zu ihren Kindern gewandt meinte sie herzlich: «Und das ist Nathanael.»

Schliesslich begrüsste sie auch Butzers Vater und dessen zweite Frau, welche ebenfalls zum Haushalt gehörten.

«Nun füllt sich das Pfarrhaus mit neuem Leben», meinte Martin Butzer hoffnungsvoll. Er zeigte ihr zuerst alle Räume des Hauses und anschliessend die Kirche mit dem stimmungsvollen Kreuzgang. Wibrandis staunte:

«Die Kirche ist ja fast so gross wie das Basler Münster!»

«Ja, das kann gut sein, und sie ist sehr alt.»

Wibrandis blickte sich um. Eine wunderbar leuchtende Fensterrose fesselte ihren Blick, sie schien ihr überirdisch schön. Die Scheiben schimmerten und glänzten in allen Farben; sie fühlte sich sehr wohl in diesem Kirchenraum.

«Gottes Wege sind unerforschlich, aber Er ist immer mit uns», meinte sie andächtig. Das Leuchten in ihren braunen Augen vertiefte sich. Butzer betrachtete sie wohlgefällig. Ein Lichtstrahl fiel durch das Fenster auf ihre zarte, hoch aufgerichtete Gestalt und ihr feines Gesicht. Sie bot ein Bild in dem weiten Kirchenraum, das er so schnell nicht mehr vergessen würde.

«Ja, Er meint es gut mit uns», antwortete Butzer mit Überzeugung.

Die heissen Sommermonate vergingen im Flug. Trotz einiger heftiger Gewitter versprach man sich eine reiche Traubenernte und einen besonders guten Wein. Wibrandis hatte sich im neuen Haus bald eingewöhnt. Das Zusammenleben mit dem jüngeren Ehemann bedeutete für sie einige Umstellungen. Sie schätzte sehr, dass er von keiner Schwermut belastet war, denn Capito hatte ihr damit oft Kummer bereitet. Aber die Stellung Martin Butzers als Führer der Neugläubigen war nun nach dem Ableben Wolfgang Capitos noch wichtiger geworden. Das Haus glich oft einer Herberge, alle wurden um Christi und des Evangeliums willen aufgenommen: Glaubensflüchtlinge aus Italien, Mitkämpfer oder zum neuen Glauben übergetretene Mönche und Priester, selbst den verfolgten Täufern bot Butzer Zuflucht. Wibrandis meisterte die viele Arbeit still und ohne Klagen. Aber auch Butzer gönnte sich keine Ruhe und war von ansteckendem Eifer. Er predigte unermüdlich, wachte über die ihm anvertrauten Gemeindemitglieder, ging mit gutem Beispiel den andern Pfarrherren voran und besuchte die Schulen, damit auch dort das Evangelium verbreitet wurde. Die vielen Gäste nahmen ihn ebenfalls sehr in Anspruch. Während der Mahlzeiten sprachen sie oft über den beeindruckenden Gottesdienst in der Thomaskirche. Vor allem die von Butzer eingeführte Konfirmation bewegte die Gemüter:

«Es ist eine eindrückliche Handlung und es macht Freude zu sehen, wie die jungen Menschen durch die Konfirmation ihre Taufe bestätigen», versuchte Butzer seine Überlegungen darzulegen, «und es ist ein sehr guter Kompromiss: die Täufer haben die Erwachsenentaufe und wir nach der Kindertaufe die Konfirmation.»

«Ich meine, es ist eine äusserst sinnvolle Angelegenheit, den jungen Erwachsenen die Entscheidung noch einmal vorzulegen», meinte ein Gast überzeugt.

«Und man kann kaum ermessen, wie lieblich es ist und wie ruhig das Gewissen wird, wenn man da die schönen Psalmen und Wundertaten des Herrn singen hört», fügte ein anderer begeistert bei.

«Die Konfirmation und die gesungenen Choräle beeindrucken alle, die es zum ersten Mal miterleben», antwortete Butzer bescheiden.

«Und die Gemeinde singt nicht auswendig, wie das weithin für die lutherischen Gebiete gilt, sondern jedermann hat ein Gesangbuch in der Hand. Männer wie Frauen, alle preisen den Herrn. Anfänglich konnte ich die Freudentränen nicht zurückhalten, wenn ich singen hörte.»

«Ja, das ging mir ebenfalls so, als ich an Weihnachten Luthers *Vom Himmel hoch, da komm ich her* vernahm.»

Butzer lächelte über diese enthusiastischen Worte und antwortete:

«Luther schaut beim Dichten der Lieder den Leuten aufs Maul, den Männern, Müttern und Kindern, deshalb gehen seine Worte direkt zu Herzen.»

«Wie schon Katharina Zell es wünschte», erlaubte sich Wibrandis anzufügen, «dass sie der Handwerksgesell bei seiner Arbeit, die Dienstmagd bei ihrem Schüsselwaschen, der Acker- und Rebmann auf seinem Acker und die Mutter dem weinenden Kinde in der Wiege singe.»

Butzer nickte. «Genau so. Lasst uns nun aber die Mahlzeit beschliessen und eine Stelle aus der Bibel zusammen lesen.»

Nach jeder Mahlzeit wurde aus der Bibel vorgelesen und darüber diskutiert. Wibrandis hätte gerne den verschiedenen Meinungen und Auslegungen zugehört, aber die Frauen und die Kinder verliessen nach der Lesung das Zimmer, um sich dem Haushalt zu widmen.

«Man sitzt als Frau nur so lange am Tisch, wie ein Vogel braucht, um übers Dach zu fliegen», dozierte Mutter Magdalena.

Wibrandis lächelte. Wie oft hatte sie diesen Satz schon hören müssen! Es machte ihr keine Mühe, ihn umzusetzen, denn sie war tagaus, tagein damit beschäftigt, für alle zu sorgen, für die grosse, zehnköpfige Familie und die vielen Gäste. Ihre Organisationsgabe kam ihr sehr zugute und sie bemühte sich, mit der Wahl der Speisen jedermann zufriedenzustellen und einen sauberen Haushalt zu führen.

Der Novembernebel erhellte die Stube mit schwachem Licht. Aus dem Nebel heraus schneite es lautlos, bald lag auf den Gassen, Ästen und Dächern eine kleine Schneeschicht und verzauberte das ganze Stadtbild. Wibrandis stand am Fenster und blickte zusammen mit den Kindern in das Schneegestöber und zu den zwei Krähen, welche auf einem Ast nahe beieinanderhockten, um sich warm zu halten. Da trat Martin Butzer mit einem Brief in der Hand in die Stube und blickte Wibrandis zögernd an:

«Ich muss nach Bonn», eröffnete er ihr.

«Bonn?», fragte sie, «ist dort nicht der Erzbischof von Köln?»

«Ja, genau, aber er ist evangelisch gesinnt und will nun, dass ich ihm helfe, im Fürstentum die Reformation durchzuführen.»

«So auf die Schnelle?», meinte Wibrandis spöttisch.

«Nein, eben nicht. Er weiss, dass ich nicht zaubern kann.»

Wibrandis wurde hellhörig: «Wie lange will er Euch denn beanspruchen?»

«Nun, ich denke, es wird schon mehrere Monate, wenn nicht sogar ein Jahr dauern», versuchte Butzer ihr die Tatsache schmackhaft zu machen. Sie schaute ihn ernst an. Sie wusste, sie sollte nicht widersprechen, aber sie konnte nicht an sich halten und entgegnete:

«Ein ganzes Jahr – das ist eine sehr lange Zeit! Und Ihr wisst, dass ich ein Kind erwarte – es wird unterdessen zur Welt kommen. Aber es hilft wohl nicht, zu jammern.»

«Richtig, und ich gehe auch nicht gerne so lange weg. Aber ich weiss, dass Ihr Haus und Kinder gut besorgen werdet während meiner Abwesenheit», entgegnete er und blickte sie mit seinen blauen Augen ernst an: «Wir wollen tapfer fortfahren im Gebet zu Gott, auch für den frommen Bischof und das Werk des Herrn.»

Wibrandis schluckte und nickte ergeben. Sie erinnerte sich plötzlich wieder an eine ähnliche Situation mit Oekolampad; sie war sich bewusst, dass sich nichts ändern liess.

Während Butzers monatelanger Abwesenheit hielt Wibrandis die Hausführung mit ruhiger Entschiedenheit in der Hand und sorgte für die Kinder. Gleichzeitig war sie jederzeit bereit, Gäste unterzubringen und ihnen einige Tage Unterschlupf zu gewähren. Sie war dankbar für die Unterstützung durch Mutter Magdalena, vor allem in den letzten Wochen ihrer Schwangerschaft. Sie kam kaum dazu, sich einen Augenblick hinzusetzen. Aber Mutter Magdalena sorgte dafür, dass sie wenigstens kurze Verschnaufpausen einlegen konnte, und dass auf dem Feuer in der Küche für den Fall der Fälle stets ein Wasserkessel am Sieden gehalten wurde. Wibrandis stand gerade am Fenster und hörte eine Amsel singen, als die Wehen einsetzten. Sie nahm es als besonders gutes Omen. Schliesslich schenkte sie einem kleinen Buben das Leben. Sie tauften ihn auf den Namen Martin, nach seinem Vater.

Während Butzer fleissig daran war, die Edlen, die Grafen und die Städte des Erzbistums Köln zu verpflichten, eine christliche Reformation anzunehmen, stillte Wibrandis ihr jüngstes Kind und war bemüht, dem grossen Haushalt vorzustehen. Aber die Kinderschar vermehrte sich unerwartet noch einmal, denn Mutter Magdalena erhielt einen Brief aus Colmar mit einer besonderen Bitte. Nachdem sie ihn gelesen hatte, eilte sie mit bleichem Gesicht zu Wibrandis: «Eben musste ich leider eine sehr traurige Nachricht entgegennehmen: Dein Bruder Adalberg ist gestorben!»

Wibrandis schaute sie erschrocken an: «Adalberg? Oh, nein, was ist denn geschehen?»

«Ich weiss es nicht, es scheint, dass er einfach krank wurde und starb.»

«Krank geworden und gestorben – wie furchtbar! Aber so ist es, wer kann schon etwas gegen Krankheiten tun? Man ist machtlos und kann nur um Gottes Hilfe bitten.»

«Ja, leider haben wir Adalberg lange nicht mehr gesehen, dabei wäre Colmar nicht so weit entfernt gewesen, es ist traurig», murmelte Mutter Magdalena gepresst. Wibrandis nickte und legte tröstend ihre Hand auf den Arm ihrer Mutter. «Und nun sollen seine Kinder verteilt werden und man fragt, ob wir das Jüngere bei uns aufnehmen könnten. Was meinst du dazu?» Betrübt reichte ihr Mutter Magdalena den Brief.

«Das Margarethlein? Aber natürlich, es ist ja Euer Enkelkind. Ich denke, ein weiteres Kind können wir auch noch grossziehen, wenn es für sechs reicht, reicht es auch für sieben, nicht wahr?»

«Ja, so gehört es sich, und damit ehren wir auch Adalberg. Wir wollen der kleinen Margarethe eine gute Mutter und Grossmutter sein.»

Wibrandis nickte. Nun hatte sie wieder für sieben Kinder zu sorgen; dazu kamen die Eltern von Martin Butzer und Mutter Magdalena. Es blieb ihr nicht viel Zeit, darüber nachzudenken, sie erfüllte täglich ihre Pflichten nach bestem Wissen und Gewissen. Sie wartete ergeben darauf, dass Martin Butzer wieder heimkehrte, wusste jedoch, dass Reformen lange brauchten, um umgesetzt zu werden. Aber da stellten die politischen Ereignisse die Weichen anders und die Reformationspläne des Kölner Erzbischofs gerieten ins Stocken. Er wurde abgesetzt und Martin Butzer hatte mitten aus seiner Arbeit heraus zurückzukehren nach Strassburg. Wibrandis war erleichtert. Diese Wendung kam ihren Wünschen sehr entgegen, wenn auch nicht der Reformation. Stolz legte sie den kleinen Martin, der während der langen Abwesenheit Butzers auf die Welt gekommen war, in die Arme seines Vaters.

«Hier ist Euer Sohn Martin. Er hat Eure Augen und Eure Haare, nicht wahr?»

Erfreut betrachtete Butzer seinen kleinen Sohn. Ja, die blauen Augen, die ihn staunend musterten, und die blonden Haare waren unverkennbar wie seine eigenen. Er betrachtete ihn voll Freude, legte schliesslich seine Hand auf das kleine Köpfchen und meinte mit belegter Stimme:

«Der Herr segne und behüte dich.»

Wibrandis stand daneben, betrachtete die beiden glücklich. «Schön, dass Ihr wieder daheim seid, wir sind alle sehr froh darüber. Nun kann ich mich den Kindern, dem Haus und den Gästen widmen und die Verantwortung für alles andere liegt nun wieder auf Euern Schultern», fasste sie ihre Gedanken zusammen.

Im folgenden Jahr schenkte Wibrandis erneut einem Kind das Leben. Sie tauften das kleine Mädchen auf den Namen Elisabeth, in treuer Erinnerung an Butzers erste Frau. Mit ihren einundvierzig Jahren war es Wibrandis' elfte Geburt, aber von diesen elf Kindern hatte sie vier Kinder wieder verloren durch Krankheit und die Pest. Das stand ihr stets vor Augen. Sie hoffte, nie wieder den Tod eines Kindes erleben zu müssen. Ein Gefühl ständiger Bedrohung durch unheilbare Krankheiten blieb jedoch stets gegenwärtig. Wie schnell konnte der Gesundheitszustand der Kinder ändern! Jede noch so harmlos erscheinende Krankheit konnte zum Tod führen, es gab keine Mittel, man war den Krankheiten und ihrem Verlauf hilflos ausgeliefert. Deshalb geriet sie sofort in Panik, als der kleine dreijährige Martin eines Morgens mit hohem Fieber aufwachte. Wibrandis spürte, dass es keine normale Erkältung sein konnte. Mit hochroten Wangen lag der Kleine auf der Decke, sein Gesicht glühte, die Augen hielt er geschlossen und der sonst so lebhafte Knabe dämmerte nur vor sich hin. Martin Butzer, der schon in seiner ersten Ehe dreizehn Kinder verloren hatte, sass regungslos neben dem Bett, schicksalsergeben. Wibrandis versuchte, mit kalten Essigwickeln das Fieber etwas zu senken. Es war das Einzige, das sie tun konnte. Leider mit wenig Erfolg, das Fieber stieg und stieg. Dann ging es sehr rasch. Noch bevor der Arzt eintraf, hörte der Kleine auf zu atmen. Es war plötzlich ganz still im Raum. Martin Butzer starrte auf sein Kind, das noch vor Kurzem lebhaft umhergesprungen war, und konnte es nicht fassen.

«Mit dem frühen Tod eines Kindes muss man rechnen, man darf sich nicht zu sehr an es binden», murmelte er mit belegter Stimme, wie um sich selbst zu ermahnen.

Wibrandis nickte und antwortete seufzend: «Aber niemand sagt einem, wie man das bewerkstelligen soll.»

«So ist es. Ihr wisst, ich habe schon dreizehn Kinder beerdigen müssen, das ist nun das vierzehnte. Trotzdem ist es jedes Mal wieder ein grosser Schmerz.»

«Ja, so geht es mir auch … es ist mein fünftes Kind, von dem ich mich trennen muss … natürlich weiss ich, dass ein Kind sterben könnte, aber wenn es eintrifft, so ist der Verlust viel schwerer, als man denkt», flüsterte Wibrandis stockend, «warum nur muss ein Kind sterben?»

Sie fror. Sie trat ans Fenster und blickte suchend zum Himmel, als ob die Sterne ihr eine Antwort geben könnten.

«Es ist eine gottgegebene Ordnung in allem», antwortete Martin Butzer mit leerer Stimme, «wir können sie nur oft nicht erkennen.»

Sie nickte, straffte ihre Schultern und versuchte, die Tränen zurückzuhalten. Sie warf einen letzten Blick auf das tote Kind und wusste, es blieb ihr nichts anderes übrig, als zu akzeptieren. «Schlaf gut, mein kleiner Engel», flüsterte sie, und während ihr nun doch die Tränen die Wangen hinunterliefen, deckte sie es ein letztes Mal sorgfältig zu. Schliesslich erhob sich Martin Butzer langsam, wie unter einer schweren Last, legte seinen Arm um Wibrandis, und sie verliessen zusammen das Zimmer und gingen mit schleppenden Schritten hinüber zur Kirche.

Es war kalt geworden, die Bäume hatten ihre Blätter verloren und Weihnachten stand vor der Türe. Das Haus duftete nach Honig, Zimt und Lebkuchen.

«Es gehört zur Adventszeit, Lebkuchen zu backen, das verlangt die Tradition», erklärte Mutter Magdalena den Kindern, welche eifrig und mit wässrigem Mund zusahen und sich auf das fertige Gebäck freuten. Der Küchentisch glich einem kleinen Schlachtfeld, war belegt mit einem grossen Holzbrett, mit Honig, Nüssen und Kellen zum Rühren. Das Feuer im Backofen wärmte die ganze Küche. Wibrandis war glücklich, den Kindern diese Adventsstimmung vermitteln zu können. Es war ein grosser Luxus, Lebkuchen backen zu können und sie freute sich darüber.

«Habt Ihr schon von den Tannenbäumchen gehört, welche einige Strassburger zu Weihnachten und Neujahr in die Stube stellen?», fragte die Magd Anna, welche beim Backen mithalf. Wibrandis schüttelte unwillig den Kopf.

«Ich weiss, dass man in einigen Häusern von Strassburg Tannenbäumchen aufstellt. Aber ich bin es von Basel her gewohnt, dass man nur ein paar immergrüne Zweige aufhängt, um Glück im Haus zu haben. Ein ganzes Tannenbäumchen muss ich nicht aufstellen, das scheint mir übertrieben. Wir backen schliesslich auch die kleinen Basler Leckerli und nicht die grossen Nürnberger Lebkuchen.»

Die Magd machte ein enttäuschtes Gesicht, ihr hätte ein kleines, mit Äpfeln geschmücktes Bäumchen sehr gefallen. Wibrandis lächelte und meinte aufmunternd:

«Werft einen Blick ins Münster, dort steht ein grosser, geschmückter Baum, daran könnt Ihr Euch sattsehen.»

Als das neue Jahr 1546 anbrach, beherrschten Wolken den Himmel, aber auch den politischen Horizont.

«Ich glaube, es wird Krieg geben», eröffnete Martin Butzer eines Tages seiner Familie, während er seine Stirne besorgt runzelte, «Kaiser Karl V. will den Kampf gegen die Protestanten aufnehmen, er hat es am Reichstag in Regensburg verkündet.»

«Oh nein, wie schrecklich!», rief Mutter Magdalena entsetzt.

«Das ist nicht auszudenken – Krieg gegen die Altgläubigen! Und der Kaiser hat viele Verbündete. Was passiert, wenn er gewinnt?», fragte Wibrandis besorgt und ihre Augen wurden ganz dunkel.

«Ich weiss es nicht, aber für die protestantischen Länder würde sich die Lage rapide verschlechtern.»

«Was meint Ihr damit?»

«Nun, es würden uns wohl Beschränkungen auferlegt.»

Wibrandis schwieg, aber sie wusste, dass er beschönigende Worte wählte und aus Rücksicht auf sie nicht aussprechen wollte, was ihm auf der Zunge lag. Sie hatte genug gehört von Verfolgungen und Gefängnis, und war sich bewusst, dass Martin Butzer als geistlicher Führer der Neugläubigen von Strassburg den Verfolgungen besonders ausgesetzt sein würde.

«Was können wir tun?», fragte sie schliesslich.

Butzer sah sie ernst an. Schlank und hoch aufgerichtet, aber blass stand sie vor ihm.

«Nun, wir können beten und um Gottes Beistand bitten», antwortete er mit fester Stimme. Wibrandis nickte. Plötzlich stand der grosse Engel aus dem Münster vor ihren Augen, und sie erinnerte sich an den tiefen Frieden, der von ihm ausgegangen war, trotz des drohenden Gerichts.

Bald entlud sich die Spannung, die seit der Reformation in der Luft hing, in einem Religionskrieg. Auch Strassburg beteiligte sich daran; aber die Evangelischen verloren gegen Karl V. den Krieg. Das Gleiche passierte den Süddeutschen, und ein Jahr später Hessen und Sachsen. Die Protestanten mussten zur Kenntnis nehmen, dass sich kaum zwanzig Jahre nach Einführung des neuen Glaubens der Wind gedreht hatte, ihre ganze Gemeinschaft und alle Reformen, die sie durchgesetzt hatten, waren in Gefahr. 1548 wurde am Augsburger Reichstag ein neues Gesetz erlassen.

«Wir Evangelischen haben den Krieg verloren und sollen nun gezwungen werden, zum alten Glauben zurückzukehren», berichtete Butzer der Familie und all den Gästen, die anwesend waren. Seine Stimme klang belegt, «aber Kaiser Karl V. scheiterte mit seinen Plänen zur Niederwerfung des Luthertums. Die Kurfürsten, aber auch die Reichsstände leisteten energischen Widerstand. Nun gibt es ein Interimsgesetz.»

«Ein vorläufiges Gesetz? Was soll das heissen?»

«Wir dürfen das Abendmahl noch weiterhin gemeinsam einnehmen und den verheirateten Pfarrern wird einstweilen erlaubt, ihre eheliche Gemeinschaft weiterzuführen, wenigstens bis man am kommenden Konzil darüber befinden wird.»

«Was soll denn sonst geschehen mit den verheirateten Frauen?», fragte Wibrandis, mehr erbost als entsetzt.

«Noch ist es nicht so weit, lasst uns abwarten.»

Wibrandis hielt sich daran und besorgte zuversichtlich weiterhin den grossen Haushalt und die Kinder. Sie konnte sich nicht vorstellen, plötzlich ohne ihren Ehemann dazustehen, nur weil durch ein Gesetz die Priester wieder dem Zölibat verpflichtet sein sollten.

Einige Wochen später lag Strassburg unter einer dünnen Schneedecke, die Sonne schien durch die grauen Wolken, die hohen Dächer und die Äste der Bäume glitzerten und der nasse Schnee verwandelte die Gassen in einen schmutzigen Morastboden. Es war kein Wetter, bei dem man gerne ausging, in kurzer Zeit waren die Finger rot gefroren und den Füssen erging es nicht besser. Nässe und Kälte drangen durch jeden Stoff. Martin Butzer trat etwas überstürzt in die warme Küche, schälte sich aus seinem dicken, grauen Umhang und blickte sorgenvoll zu Wibrandis:

«Eben ist ein Brief eingetroffen. Man befiehlt mir, nach Augsburg zu reisen, um das neue Gesetz anzuerkennen.»

«Nach Augsburg? In die Stadt der Fugger?»

«Ja, genau dorthin. Aber ich werde mich nicht fügen und wieder Messen lesen. Ich ehre die lateinische Sprache, aber ich bin überzeugt, dass wir in unserer Sprache, die genauso vielschichtig ist, die Leute besser erreichen. Ich werde hingehen müssen, aber meine Überzeugung werde ich nicht verraten», schloss Butzer heftig.

«Richtig, Ihr seid in erster Linie Gott und Eurem Gewissen verpflichtet.»

Trotz dieser klaren Worte sorgte sich Wibrandis um das Schicksal ihrer Familie, während Butzer in Augsburg weilte. Sie wusste, er war ein grossartiger Vermittler, aber wenn er von etwas überzeugt war, scherte er sich mit seinem Temperament wenig darum, wie es herauskommen könnte. Sie schlief unruhig. Die Sorgen und die Geräusche der Nacht hielten sie wach; das Knacken des Holzes oder das Heulen eines Hundes liessen sie aufschrecken. Und je mehr sie den Schlaf herbeisehnte, desto weniger wollte es ihr gelingen. Am Tag, bei Sonnenschein, wich allerdings die Angst und machte einer gläubigen Zuversicht Platz und sie widmete sich mit Disziplin den vielen Alltagsgeschäften.

Es zeigte sich, dass ihre Angst nicht unbegründet war, denn in der Folge musste Butzer, der leidenschaftliche Verfechter seines Glaubens, aus Augsburg fliehen. Aber auch in Strassburg konnte er sich nicht mehr sicher fühlen, denn der Rat der Stadt war an das Gesetz des Kaisers gebunden, er konnte es nicht umgehen. So erhielt Butzer eines Tages die bittere Botschaft seiner Absetzung und Ausweisung. Er starrte auf das Schreiben:

«Ich bin kein Verbrecher! Ich habe niemanden getötet, ich habe nicht gestohlen und ich habe niemandem Schaden zugefügt, und trotzdem werde ich ausgewiesen», rief er erbittert und mit erregter Stimme. Wibrandis betrachtete ihren Mann sorgenvoll, sie erinnerte sich an die unsicheren Tage der Reformation in Basel.

«Dass es so weit kommen muss! Oekolampad hatte es zu seiner Zeit leichter. Bürgermeister Jakob Meyer wäre wohl noch mit Schild und Lanze unter die Kanzel gestanden, um ihn zu beschützen.»

Butzer schwieg dazu. Mit hängenden Schultern stand er da und in seinen Augen lag eine Mischung aus Entschlossenheit und Müdigkeit.

«Und was wollt Ihr nun tun?», fragte Wibrandis vorsichtig.

«Nun, ich denke, ich werde nach England reisen. Schon vor einiger Zeit habe ich eine Einladung des Erzbischofs von Canterbury erhalten, der mich bittet, ihm bei der Einführung der Reformation behilflich zu sein.»

«England?», entfuhr es Wibrandis, «mit siebenundfünfzig Jahren wollt Ihr nach England reisen? So weit weg?»

«Ich will nicht, ich muss! Wohin soll ich mich sonst wenden? In England kann ich helfen, eine neue Kirchenordnung und Liturgie aufzubauen. Zugegeben, es liegt weit entfernt. Aber ich werde es mir zuerst ansehen, bevor Ihr nachkommen müsst», entschied er. «Bleibt hier und steht weiterhin treu zum Glauben, wie es Euch alle Eure Ehegatten stets vorgelebt haben, Oekolampad, Capito und ich.»

«Und wenn Euch etwas zustösst, oder wenn Ihr krank werdet?»

«Seid unbesorgt, ich habe ein Testament geschrieben, in welchem Euch das Witwengut um hundert Gulden vermehrt werden soll, auch die Zinsen von Basel sollen an Euch ausbezahlt werden. Und an die Kinder habe ich ebenfalls gedacht, alle sollen etwas erhalten, vor allem Aletheia und Agnes, die in unserm Haus tatkräftig geholfen haben, ohne einen Lohn zu empfangen», versicherte er mit fester Stimme.

Wibrandis sass still da und überdachte die Situation. Sie sah ein, es gab keinen Ausweg und kein Zurück. Sie schwiegen beide und hingen ihren Gedanken nach. Alles, was Butzer zusammen mit Capito mit grossem Eifer aufgebaut hatte, musste er nun im Stich lassen, die Reformen, die Kirchgemeinden, die Glaubensbrüder, alles war ungewiss und infrage gestellt. Wibrandis merkte, was in ihm vorging und legte schweigend ihre Hand auf seinen Arm. Sie selbst versuchte, ihre Ängste und Aufregung zu unterdrücken, damit es ihm nicht noch schwerer fallen würde. Während sie sich vorzustellen versuchte, wie es nun weitergehen würde, zitterten ihre Lippen einen Moment verräterisch, dann hatte sie sich wieder unter Kontrolle.

«Aletheia wird mit ihren siebzehn Jahren ja nun bald heiraten», spann sie tapfer seine Gedanken weiter, «dann haben wir hier weiterhin eine männliche Stütze und einen Beschützer.»

«Ja, ihre Hochzeit mit Christoph Söll möchte ich noch erleben. Ich habe ja einen Monat Bedenkzeit erhalten. Danach reise ich ab und weiss Euch in guten Händen», beschloss Butzer mit fester Stimme, obwohl es in seinem Innersten anders aussah. «Paul Fagius wurde übrigens auch ausgewiesen, vielleicht kommt er mit nach England. Ihr wisst, wie sehr er gegen das Augsburger Interimsgesetz gewettert hat.»

«Oh ja, und Matthäus Zell wäre wohl das gleiche Schicksal widerfahren, wenn er nicht vor Kurzem gestorben wäre», ergänzte Wibrandis. Butzer nickte.

«Wirklich, diese Ausweisung ist ihm erspart geblieben und Katharina auch.»

«Ich muss immer noch an ihre Grabrede denken», fuhr Wibrandis kopfschüttelnd fort, «ich kann es immer noch nicht einordnen: Eine Frau hält die Grabrede für ihren Mann!»

«Ich fand es ungewöhnlich, aber grossartig.»

«Und ich bewunderte ihren Mut.» Mit diesen Worten über Katharina Zell hatten sie sich beide wieder etwas gefasst, Mut und Ausdauer und Festigkeit im Glauben konnte ihnen niemand nehmen.

Die Hochzeit zwischen Aletheia, der Tochter Oekolampads, und Christoph Söll, dem Helfer Butzers, verlief nach aussen hin fröhlich, man ass und trank und überspielte aufkommende traurige Gedanken, denn alle wussten, dass es das letzte gemeinsame Fest sein würde für lange Zeit. Wibrandis sorgte für eine besonders leckere Nachspeise, ein Kirschenmus.

Ein wissel mu^{o}s

Der denne wo^{e}lle machen ein kirsen mu^{o}s,
der breche die stile abe
vnd siede sie mit ein wenic wins vnd slahe sie denne durch ein tu^{o}ch
mit einer semelbrosmen, wol der wellet in eime hafen.
Vnd tu^{o} smaltzes genu^{o}c dran vnd ru^{e}r ez denne mit eyerstotern.
Vnd strauwe wu^{e}rtze dor vf, so manz an rihten wil.

Wie besprochen nahm Martin Butzer nach der Hochzeit Abschied von seiner Familie und von Strassburg. Es war ein heisser Tag und die Sonne brannte unbarmherzig vom Himmel. Zusammen mit Paul Fagius machte er sich auf den Weg nach England. Es fiel ihnen schwer, sich von allen zu verabschieden, aber es musste sein. Butzer versuchte, nicht daran zu denken, dass er vielleicht zum letzten Mal durch die vertrauten Gassen schritt, den hohen Turm des Strassburger Münsters wohl nie mehr betrachten würde und seine Familie und all seine Freunde und Glaubensbrüder zurücklassen musste. Wibrandis erging es nicht besser. Tapfer schluckte sie ihre Tränen hinunter und versuchte zu lächeln. Die Ungewissheit nagte an ihr, es fiel ihr schwer, zuversichtlich zu sein.

Während sein Schiff sich weiter und weiter von Strassburg entfernte und die Umrisse der Stadt verschwanden, wusste Butzer, dass er einen Schlusspunkt gesetzt hatte und das Herz tat ihm weh. Aber kurz vor der Überfahrt nach England schien es ihm, als müsste er seinem behinderten Sohn noch einen Brief schreiben, denn ihn liess er besonders ungern zurück. Er war sein Vater, Wibrandis nur die Stiefmutter, aber zum Glück hatte sich Nathanael an sie gewöhnt und sie behandelte ihn sehr verständnisvoll. Aber Butzer wusste nicht, ob er ihn je wiedersehen würde. Wibrandis las den Brief Nathanael vor, als sie abends an seinem Bett sass:

«*Kein Kräutlein ist so klein, es hat seine Wirkung, dem Menschen zu gut; (...) Ich weiss leider deine Schwachheit an Leib und Gemüt wohl und habe wahrlich ein väterlich Mitleiden mit dir; dennoch hat dir der Herr dein Mass seiner Gnaden, etwas zu lernen und zu tun, gegeben (...) Auch weisst du, wie treulich es mit dir meinet meine liebe Hausfrau, dass sie wahrlich begehrt, dir keine Stiefmutter, sondern eine wahre Mutter zu sein und dir alle mütterliche Treue zu beweisen; diesen allen folge zu deinem Heil. Gibt der Herr, dass ich irgend wieder angestellt werde, und dich bei mir haben kann, sollst du sehen und erfahren, dass ich dich als meinen Sohn, den ich noch einzig von meiner herzlieben Frau selig habe, erkenne und liebe.*»

Wibrandis schluckte und lächelte Nathanael zu:

«Hast du verstanden, was er dir schreibt? Er hat dich lieb und holt uns zu sich, sobald er kann.»

Nathanael hatte still und mit offenem Mund zugehört. Seine blonden Haare lagen wirr um den Kopf. Er lauschte dem letzten Satz nach. Er verstand von all den

Geschehnissen wenig, Begriffe wie ketzerisch, papistisch oder evangelisch schienen ihm rätselhaft. Und dass sein Vater nach England gereist war, bedeutete für ihn einfach weit weg. Aber seinen Brief umschloss er nun mit beiden Händen und drückte ihn an die Brust; er zeigte ihm, dass ihn sein Vater nicht vergessen hatte, und die Zusicherung, dass er ihn lieb habe, zauberte ein Lächeln auf sein Gesicht. Wibrandis strich ihm über den Kopf und deckte ihn sorgfältig zu.

Dem sonnigen Herbst folgte ein kalter Winter. Häufig lag Schnee in den Gassen und Nebelschwaden zogen über die Kanäle. Wibrandis versuchte, den Alltag in gewohnter Weise aufrechtzuhalten, obwohl der Gatte in weiter Ferne weilte und der Gedanke an die bevorstehende Abreise sie oft belastete. Das trübe Wetter trug dazu bei, dass sie wenig zuversichtlich ans Tagwerk ging. Wegen der Kälte, die vom Fussboden aufstieg, mussten Wibrandis und Mutter Magdalena nun auch im Haus die Unterschuhe aus Holz tragen, die sie sonst nur zum Ausgehen anzogen. Die Holzschuhe wurden Trippen genannt; sie besassen eine Holzsohle, die mit einem Bügel aus Leder versehen waren, in den man mit den Lederschuhen hineinschlüpfen konnte. Damit wurde der direkte Kontakt mit dem kalten Fussboden vermieden. Beim Ausgehen waren die Trippen besonders nützlich, man trippelte mit ihnen durch den Morast in den Gassen und hoffte, dass die Lederschuhe nicht allzu viel Nässe abbekamen.

Die Kinder blieben meist im Haus, obwohl sie sich lieber im Freien aufgehalten hätten, aber die Kälte setzte ihren zarten Fingern besonders zu. Bei Botengängen, die sie auf Geheiss übernehmen mussten, steckten sie die rot gefrorenen Finger in den Mund, um sie etwas aufzuwärmen und rannten den ganzen Weg, um so die Kälte mit innerer Wärme zu überspielen. Am liebsten sassen alle bei der Magd Anna in der warmen Küche, halfen das Gemüse rüsten und hörten sich spannende Geschichten und Märchen an, konnten dann aber nachts oft nicht einschlafen, weil sie sich fürchteten. Wibrandis und Mutter Magdalena versuchten, ihnen Wärme und Geborgenheit zu vermitteln und versicherten, dass der böse Wolf ausserhalb der Stadtmauer blieb und der liebe Gott sie behüten werde.

Täglich wartete Wibrandis ungeduldig, aber auch ängstlich auf den Brief, der sie nach England beordern würde, denn sie wusste, dass diese Reise ihr Leben wieder einmal grundlegend verändern musste. Während sie im spärlichen, letzten Abendlicht zusammen mit Mutter Magdalena die Strümpfe ihrer Kinder stopfte, gingen ihr viele Gedanken durch den Kopf.

«Martin schreibt, dass das Essen in England furchtbar eintönig sei. Nichts als Fleisch und nochmals Fleisch. Dafür fast kein Kraut und wenig Eier.»

Mutter Magdalena schüttelte missbilligend den Kopf. «Es wird Zeit, dass du zu ihm reisen kannst, sonst wird er noch krank bei dieser elenden Kost.»

«Es scheint, dass er bereits krank ist! Aber während der Wintermonate fahren kaum Schiffe übers Meer, und ich muss abwarten, bis Martin mich auffordert, nachzukommen. Es drängt mich auch nicht sehr, wenn ich ehrlich bin, denn ich denke immer, es wäre schöner, an einen Ort reisen zu können, an welchem kein Streit um Glaubensfragen herrscht.»

«Das glaub ich dir gern! Aber da kannst du weit reisen.»

«Wahrscheinlich. Warum nur kann man nicht gläubig sein, ohne diejenigen zu verurteilen, die diesen Glauben nicht teilen?»

Sie wussten keine Antwort darauf. Mit einem Seufzer legte Wibrandis schliesslich ihre Arbeit beiseite und zündete einen Lichtstock an. Mutter Magdalena schaute sie aufmunternd an:

«Warte, bis der Brief kommt und mach dir nicht vorher schon Sorgen. Du hast schon viele Wechsel erlebt, du wirst sehen, auch dieser wird für dich gute Tage bringen.»

Als der Brief schliesslich eintraf, in welchem Martin Butzer ihr Kommen guthiess, war es Frühling geworden. Die ganze Familie rüstete sich wochenlang für die grosse Reise, selbst das jung verheiratete Paar Aletheia und Christoph Söll wollte mitkommen. Aber da traf eine weitere Nachricht von Butzer ein, die alles auf den Kopf stellte. Der Brief war an Söll gerichtet, das gegenwärtige Oberhaupt der Familie, und trug das Datum 31. Juli 1549. Butzer erteilte neue Anweisungen. Aletheia eilte zu Wibrandis, um ihr davon zu berichten.

«Er will nicht, dass Christoph und ich mitkommen», klagte sie, «er findet, Christoph müsse hierbleiben und predigen, er dürfe nicht aus persönlichen Gründen dem Dienst des Wortes entzogen werden.»

Wibrandis war verblüfft: «Will er uns denn keinen männlichen Schutz mitgeben?»

«Doch natürlich. Er meint aber, irgendjemand würde sich schon finden lassen», berichtete Aletheia aufgeregt und zerrte ihre Haube zurecht, «aber es kommt noch schlimmer: Ihr sollt nur zusammen mit Agnes kommen und die Kinder hierlassen. Mutter Magdalena und ich sollen uns um sie kümmern.»

Wibrandis starrte sie entgeistert an: «Bitte, sag das noch einmal. Ich soll die Kinder hierlassen?»

«Ja, Ihr sollt nur Agnes und die Magd Anna mitnehmen, heisst es in seinem Brief.»

«Und Lisbeth? Nein, ohne Lisbeth reise ich nicht. Sie ist doch noch keine vier Jahre alt», entgegnete Wibrandis. Sie sprach in erheblich sanfterem Ton, als ihr eigentlich zumute war. Aber es geziemte sich nicht für eine Frau, die Stimme zu heben und sie musste mit gutem Beispiel vorangehen.

«Für Mutter Magdalena ist es sicher besser, wenn sie nicht so weit reisen muss», meinte Aletheia schon etwas ruhiger, «und sie kann mir helfen bei den Kindern. Und wenn Ihr in England alles kennengelernt habt», schloss sie mit blitzenden Augen, «so holt Ihr uns alle nach, Ihr werdet Vater schon überzeugen.»

Kurze Zeit später erhielt auch Wibrandis einen Brief von ihrem Gatten. Sie las ihn mit grossem Eifer, seine Schrift konnte sie allerdings nur schwer entziffern. Ausser der schönen Anrede *«herzliebe, fromme, getreue Wibrandis»*, enthielt der Brief viele wichtige Hinweise: *«Die Reise dauert etwa acht Tage. Am besten macht Ihr Euch heimlich auf den Weg, dann wenn alle Leute in der Kirche sind»*, schrieb er. *«Nehmt zuerst einen Nachen bis Oppenheim, von dort geht jeden Tag ein Schiff nach Mainz.»*

Wibrandis hatte von diesen Ortschaften nur eine vage Vorstellung, auch wenn sie schon oft von ihnen reden gehört hatte. Sie würde es trotzdem schaffen, nahm sie sich vor. Es folgten weitere, praktische Anweisungen und Wünsche: *«Ich bitte Euch, in Antwerpen Gewürze, Zucker und gute Zwetschgen zu kaufen und was Ihr sonst noch für gut befindet, weil in England alles so teuer ist. Und bringt bitte meine Medizin von Dr. Geiger in Strassburg mit, denn sie ist hier fast unerschwinglich.»*

Wibrandis betrachtete die Einkaufsliste. «Ausgerechnet Zwetschgen!», murmelte sie.

Aber sie merkte aus diesen Zeilen, dass das Leben in England für die Kinder doch recht problematisch werden könnte und begriff langsam, warum Butzer nicht wollte, dass alle zusammen mitkämen.

«Die Fässer mit dem Gepäck sendet Ihr am besten nach London – die Adresse müsst Ihr genau schreiben, so wie ich es angebe», beschloss Butzer den Brief, *«der liebe Gott sei mit Euch allen. Amen.»*

Wibrandis liess den Brief sinken und dachte über die vielen Anweisungen nach. «Acht Tage unterwegs ... Einkäufe in Antwerpen ... eine Schiffsreise über das Meer ... nur gut, dass die Frau und das Töchterchen von Paul Fagius mit dabei sind», murmelte sie laut vor sich hin, um sich Mut zu machen, «und ich reise ja zusammen mit Agnes und der Magd Anna. Und eine männliche Stütze werden wir wohl auch noch finden.»

England 1549–1551

Martin Butzer und sein Kollege Paul Fagius versuchten unterdessen, sich in Cambridge einzuleben. Sie waren von Erzbischof Thomas Cranmer freundlich aufgenommen worden, aber sie fühlten sich trotzdem nicht sehr heimisch im Königreich England. Das höfische Leben war ihnen fremd und oft unverständlich, kamen sie doch aus einer Stadt, in welcher die Zünfte die bedeutende Rolle gespielt hatten. Das Zeremoniell und die Umgangsformen, die Rangordnung der einzelnen Personen, die Intrigen, alles mussten sie kennen und einordnen lernen. Dazu kam die fremde englische Kost. Martin Butzer – hier in England wurde er nun Bucer geschrieben – erkrankte, kaum dass er mit seinen Vorlesungen an der Universität begonnen hatte. Eine Kolik liess ihn wochenlang das Bett hüten. Es folgten einsame, kalte Wintertage mit dichtem Nebel, bei dem man kaum die Hand vor dem Gesicht sehen konnte. Das Wetter unterschied sich stark vom gemässigten Strassburger Klima. Überdies war die Art des Heizens mit den offenen Kaminen, bei denen man einen heissen Kopf aber stets kalte Füsse hatte, sehr gewöhnungsbedürftig. Butzer erhielt schliesslich vom König zwanzig Pfund zugesprochen, um sich einen bequemen deutschen Stubenofen in sein Studierzimmer kaufen zu können.

Endlich im Frühjahr forderte der Erzbischof Butzer und Fagius auf, ihre Familien nachkommen zu lassen. Sie beeilten sich, es ihre Frauen wissen zu lassen und warteten ungeduldig auf ihre Ankunft. Sie mussten aber damit rechnen, dass die Vorbereitungen zum Umzug mehrere Monate dauern würden.

An einem Sommertag, während die Leute zur Kirche schritten, trat Wibrandis die Reise an, wie gewünscht nur mit ihrer sechzehnjährigen Tochter Agnes Capito und der Magd Anna sowie mit der Frau und dem Töchterchen von Fagius. Der Abschied fiel ihr schwer. Sie, die kaum einmal über die Stadtmauern von Basel und Strassburg hinausgekommen war, sollte sich nun auf einer grossen Reise zurechtfinden. Mutter Magdalena stand blass neben ihr und machte sich Sorgen. Sie wirkte viel kleiner als sonst und ihre Augen schienen ganz dunkel. Sanft legte sie schliesslich den Arm um Wibrandis und meinte mit versagender Stimme:

«Ich werde täglich an dich denken und darum bitten, dass Er euch behüte.» Wibrandis konnte nur nicken. Sie verabschiedete sich von den Kindern und versuchte dabei, nicht in Tränen auszubrechen. Wann würde sie sie wiedersehen? Christoph Söll schaute sie ernst und zugleich aufmunternd an, legte seine Hand auf ihre Schulter und versuchte, ihr mit fester Stimme Mut zu machen:

«Ihr kennt den Psalm 23, nicht wahr, wie ihn Luther übersetzt hat? Der Herr ist mein Hirte, mir wird nichts mangeln ...»

Wibrandis nickte: «Ja, er ist mir schon seit Tagen im Kopf, vor allem die Stelle «... er führet mich auf rechter Strasse um seines Namens willen.»

Es gab nichts mehr zu reden, alles war gesagt, der Moment des Abschieds liess sich nicht mehr hinausschieben. Wibrandis presste die Lippen zusammen, riss sich los und bestieg ohne weiteres Zögern den Kahn. Der Morgen war angenehm frisch und in der Ferne läuteten die Kirchenglocken. Es schien Wibrandis ganz unwirklich, dass sie sich nun auf den Weg nach England machte. Entschlossen blickte sie vorwärts und versuchte nicht daran zu denken, was sie zurücklassen musste, und auch nicht daran, was ihr bevorstand. Der Schiffer mit seinem Stechpaddel sorgte dafür, dass sie zügig vorwärts kamen, wobei einige Zollstellen immer wieder längere Aufenthalte mit sich brachten. Wibrandis befolgte genau die Anweisungen, die ihr Butzer im Brief gegeben hatte, wechselte in Oppenheim und am folgenden Tag in Mainz auf ein grösseres Schiff und staunte über die Rebberge, die vielen Burgen und die abwechslungsreichen Landschaften, die langsam vorüberzogen. Ein gleissender Schimmer lag auf dem Wasser und verzauberte sie, während der leichte Fahrtwind um ihr Gesicht strich.

Schliesslich begann sich die Gegend unmerklich zu ändern, wurde immer flacher und eintöniger und mit vielen Wasserkanälen durchzogen. Nur noch vereinzelte Häuser oder ein paar Windmühlen waren in der ausgedehnten Ebene auszumachen, von einem weiten Himmel überspannt. Es schien ihr, als ob sich das flache Land im vielen Wasser auflösen wollte. Sie war so beeindruckt, dass sie für einen Moment die ungewisse Zukunft vergass und sich ganz dem besonderen Zauber hingab, der von dieser Landschaft ausging.

In Antwerpen besorgte sie die Dinge, welche Butzer ihr aufgetragen hatte – Zwetschgen waren allerdings noch keine auf dem Markt. Am Hafen herrschte ein unglaublich emsiger Betrieb. Gerade war ein Schiff aus Übersee eingetroffen und die Lastenträger schleppten Unmengen von Gütern von Bord, neugierig umringt von Zaungästen, die sehen wollten, was aus den fernen Ländern Eigenartiges mitgebracht wurde. Das Hafenviertel machte einen etwas verwahrlosten Eindruck, die Lagerschuppen aus verblichenem Holz und die schäbigen Kneipen liessen Wibrandis erschauern, aber das Mastengewirr der unzähligen Schiffe und die Betriebsamkeit zeigten ihr, dass trotz des Eindrucks ein Reichtum an Waren vorhanden sein musste. Sie war dankbar für die männliche Begleitung, einem versierten Strassburger Kaufmann, der schon oft nach England gereist war. Schutzlos hätte sie sich als Frau an diesem Ort nicht aufhalten wollen.

Am folgenden Morgen begaben sich die Frauen an Bord eines grossen Schiffes. Es blieb ihnen nicht viel Zeit um nachzudenken. Ein reger Betrieb und zielgerichtete Befehle zeigten ihnen, dass der Kapitän sofort abfahren wollte, denn er musste bei Flut auslaufen. Etwas ängstlich sahen sie zu, wie einer der Ruderknechte mit derben, breiten Händen das Tau vom Eisenring löste und das Schiff abstiess. Die Segel wurden gehisst und während sie der Wind füllte, begann man an Tempo zuzulegen und an den vielen vor Anker liegenden Schiffen vorbeizugleiten. Wibrandis schaute und staunte, bis das Ufer immer mehr ihren Blicken entschwand. Ein Sonnenstrahl auf dem Küstenstreifen war das Letzte, was sie sah, dann umgab sie nur noch Wasser. Sie klammerte sich an die Reling, denn das Schwanken beunruhigte sie und sie fühlte sich ausgesprochen unwohl. Sie verfolgte die wogenden, mit Schaum gekrönten Wellen mit ihren Blicken und wartete ängstlich auf das Aufklatschen am Rumpf, dem ein Knarren und Ächzen des hölzernen Schiffes folgte. Die biblische Geschichte vom Sturm auf dem See Genezareth fiel ihr ein. Nun sah sie diese Schilderung mit andern Augen und sie hoffte auf Gottes Schutz und Schirm. Nicht auszudenken, wie es bei einem Sturm aussehen würde! Schliesslich setzte sie sich zu ihrer Tochter. Agnes kauerte zusammen mit der Magd Anna auf einer Decke, welche sie auf einem Strohhaufen ausgebreitet hatten. Den Kopf hatten sie mit einem Tuch bedeckt und die

Haare zu einem langen Zopf geflochten. Sie schauten mit grossen Augen auf das unendliche Wasser, das in den Himmel überzugehen schien.

«Es ist überwältigend, nicht wahr?», rief sie.

«Ja, unglaublich faszinierend, ich meine, ich träume.»

Der Wind pfiff ihnen um die Ohren und zerrte an ihren Röcken. Hin und wieder schwappte eine Welle über die Reling. Wibrandis zog ihr Wolltuch enger um sich und steckte ihre klammen Hände darunter, aber sie wollte trotz der Kälte keine Minute der Überfahrt verpassen. Nach acht Stunden, die ihnen unendlich lange vorkamen, fuhren sie im Abendlicht auf die Küste zu. Es war ein lauer Sommerabend und England zeigte sich im schönsten Licht. Beherzt begaben sie sich an Land. Es schien ihnen immer noch unwirklich, dass sie nun ihr Ziel erreicht hatten, aber sie waren glücklich, wieder festen Boden unter den Füssen zu haben.

Das frohe Wiedersehen in Cambridge täuschte Wibrandis nicht darüber hinweg, dass sich Martin Butzer noch keineswegs eingelebt hatte. Auch sie selbst bekundete grosse Mühe in den folgenden Wochen. Das Haus war weitläufig, düster und es roch nach Moder. Auch sonst war alles fremd und ungewohnt, selbst der Himmel schien ihr anders, er zeigte sich in einem durchsichtigen Blau, wirkte fahl und irgendwie leer. Die Fassaden der Häuser machten einen kalten, abweisenden Eindruck, obwohl einige Fachwerkhäuser sowie die Gassen und Brücken rund um den Fluss Cam einige Ähnlichkeiten mit Strassburg aufzuweisen hatten. Zwischen den Stroh- und Ziegeldächern ragten imposante Glockentürme empor. Es herrschte ein reges Kommen und Gehen in den Gassen. Geschlossene und offene Wagen fuhren ohne Rücksicht auf die Fussgänger in vollem Tempo vorbei. Wibrandis presste sich oft ängstlich an eine Hausfassade. Es waren Rassepferde, das konnte sie deutlich sehen. In Strassburg hatte sie hin und wieder auch Kutschen mit Pferden zu Gesicht bekommen, sonst aber hatten meist Ackergäule das Strassenbild beherrscht. Vertraut kamen ihr hingegen die Handwerkerviertel vor. Hier waren alle an der Arbeit, Schuster, Weber und Schneider, lauter vertraute Berufe. Trotzdem wurde es ihr nicht recht warm ums Herz, im Gegenteil, das Heimweh nach Strassburg wuchs. Abends sah sie ein paar alte Männer vor den Häusern sitzen, welche die letzten Sonnenstrahlen dieser Spätsommertage genossen. Sie sassen stumm da und staunten sie an, während einige Hühner zwischen ihren Beinen hindurch rannten und wütend gackerten. In Strassburg hatte sie jeweils einige Worte austauschen können mit den Leuten, welche auf den Feierabendbänkchen sassen, hier verstand sie leider kein Wort.

Spannend war hingegen der Markt, den sie zusammen mit Agnes aufsuchte. Sie staunten über die reiche Warenauswahl, von der Bartbürste über Moschusparfum bis hin zu Hauben wurde alles angeboten. Einige Spielleute musizierten und verkauften dazwischen wundertätige Arzneien, Skorpionenöl, Elefantenschmalz, Liebestrank, Rosmarinbalsam oder das Heilmittel Theriak. Man nutzte die Schaulust der Leute und unterhielt sie mit artistischen Darbietungen, um danach mit dem Verkauf von magischen Heilkräutern zu etwas Geld zu kommen. Zum Glück fand Wibrandis aber auch vertraute Sachen auf dem Markt, wie das von Butzer so sehr vermisste Gemüse und viele Früchte. Aber alle Marktrufe waren fremd und unverständlich, selbst die Worte der Fuhrleute mit ihrem Gelächter und ihren gegenseitigen Verwünschungen.

«Ich verstehe kein Wort von dem, was die Leute reden und Agnes geht es nicht besser. Abgesehen davon sehne ich mich nach der hügeligen Landschaft rund um Strassburg», gestand sie eines Tages bekümmert ihrem Mann, «jetzt werden wohl die Trauben reif sein, meint Ihr nicht auch?» Butzer, der glücklich war, nun wieder die Umsicht seiner Frau zu spüren, die mit beiden Beinen auf dem Boden stand, glaubte nicht an ihre Unsicherheit, wusste aber, wovon sie sprach.

«Ja, es geht mir auch so, aber man gewöhnt sich an alles. Im Winter ist es mit dem undurchdringlichen Nebel allerdings schlimm, das hat mich richtig zermürbt.» Es war als Trost gedacht, bewirkte aber das Gegenteil. Das Gespräch stimmte sie nachdenklich. Wie würde sie diese harten Wintertage überstehen? Sie zog es vor, die Antwort nicht zu kennen.

Auch Agnes vermisste den Umgang mit Kameradinnen und Vertrauten aus der Kirchgemeinde, welche sie in Strassburg gepflegt hatte. Und selbst die Magd Anna fühlte sich ausgesprochen unwohl am neuen Ort, obwohl sie glücklich eine Kollegin getroffen hatte, welche deutsch sprach. Sie brachte jeweils den neuesten Klatsch mit nach Hause, wenn sie vom Wasserholen kam, sie wusste ihn aber oft nicht einzuordnen.

«Der frühere König Heinrich VIII. scheint ein grosser Weiberheld gewesen zu sein», berichtete sie aufgeregt, «sechsmal war er verheiratet. Stellt Euch vor: sechs Mal! Aber nicht, dass seine Frauen an Krankheiten starben. Wenn er eine neue Frau heiraten wollte, liess er sich von der alten einfach scheiden oder er liess sie hinrichten.»

«Ja, das ist mit ein Grund, dass er sich dem neuen Glauben zuwandte. Der Papst erlaubte ihm keine Scheidungen», erklärte Wibrandis.

«Aber einfach hinrichten lassen …», murmelte die Magd. «Die eine hiess auch Anna wie ich, Anne Boleyn, glaube ich. Sie heiratete den König, obwohl er noch verheiratet war.»

«Er wollte unbedingt einen Sohn, einen Thronerben.»

Die Magd Anna legte den Kopf ein wenig auf die Seite und meinte spöttisch:

«Und sonst noch sein Vergnügen! Sie sollten die Strassensänger hören, ihre Balladen, die sie lauthals über die Skandale hinausschmettern. Ich verstehe sie zwar nicht, weil sie auf Englisch singen, aber meine Kollegin hat es mir übersetzt. Es ist einfach unglaublich, was da geschehen ist.»

«Auf die Skandalberichte der zerlumpten Moritatensänger soll man wenig geben, da wird viel hinzugedichtet, sonst würden die Leute ja nicht zuhören. Mir wäre lieb, Ihr würdet weniger Zeit auf den Gassen und mehr hier in der Küche zubringen», wies Wibrandis ihre Magd energisch zurecht.

«Ich weiss, unsereins versteht nichts von solchen Dingen», gab Anna mürrisch zur Antwort.

«Genau, es geht uns nichts an. Abgesehen davon sind das vergangene Zeiten. Nun ist ja Eduard VI. englischer König, der einzige legitime Sohn. Und er ist noch sehr jung, knapp zwölf Jahre alt und hat sicher noch keine Weibergeschichten.»

«Bei seiner Geburt wurden zweitausend Kanonenkugeln abgefeuert, es muss stundenlang gedonnert haben», wusste Anna zu berichten.

«Und mit nur neun Jahren wurde er König, weil sein Vater starb. Deshalb gehört unser Erzbischof zu den Personen, die ihn unterstützen.»

«Und es soll kostenlos Wein und Bier an die Bevölkerung ausgeteilt worden sein bei seiner Geburt», fügte Anna hinzu, der diese Tatsache weit wichtiger erschien als die Rolle des jetzigen Erzbischofs.

Gegen Abend zog ein Gewitter auf, es regnete, blitzte und donnerte die ganze Nacht und als sie am nächsten

Morgen aufstand, bemerkte Wibrandis, dass der Sommer sich verabschiedet hatte. Es war plötzlich nasskalt und trüb. Sie machte sich mit grosser Anstrengung und Disziplin an die Arbeit, um das Haus für den Winter einzurichten. Es war zumindest genug Holz vorhanden, um den Raum mit dem Ofen ausreichend warmzuhalten, stellte sie fest. Immer aber blieb ein Unbehagen, das sie nicht einordnen konnte. Ich vermisse die Kinder, durchfuhr es sie. Natürlich, das war es!

«Was wohl die Kinder machen?», fragte sie beim Essen und zeigte damit, was sie beschäftigte.

«Denkt nicht so viel daran und seid froh, dass alle gesund sind», antwortete Butzer, «bei Fagius ist es weit weniger gut bestellt. Er ist ernsthaft erkrankt.»

Wibrandis schaute ihn erschrocken an. Sie nahm sich sofort vor, ihre Reisegefährtin aufzusuchen, nicht nur aus christlicher Nächstenliebe, sondern, weil sie sie auf dem Weg ins unbekannte England ins Herz geschlossen hatte. Sie wollte sehen, ob sie ihr etwas helfen könnte. Aber sie traf eine verzweifelte Frau an, die keinerlei Hoffnung mehr hatte. Und tatsächlich, wenige Wochen später, im November 1549, starb Paul Fagius. Wibrandis beeilte sich, Hilfe anzubieten.

«Was wollt Ihr ohne Mann nun tun?», fragte sie besorgt, «kehrt Ihr zurück nach Strassburg?»

«Sicher, das ist keine Frage. Jedoch werden wir wohl warten müssen, bis der Winter vorbei ist. Die Schiffsreisen sind in dieser Jahreszeit gefährlich, man kann von ungünstigen Winden abgetrieben werden, und es fährt auch kaum ein Boot. Sobald es Frühling wird, hält mich aber nichts mehr in England. Ich muss nur noch einen männlichen Begleitschutz finden.»

Wibrandis nahm die Pläne mit Befriedigung zur Kenntnis:

«Gut, dann reise ich mit Euch zurück. Ich will meine Familie holen, ich vermisse sie alle sehr. Meine bald siebzehnjährige Agnes und die Magd Anna lasse ich derweil hier, damit sie sich um meinen Mann kümmern können.»

Der Frühling lag allerdings noch in weiter Ferne. Dichter Nebel umhüllte tagelang das Haus und wollte nicht weichen. Wibrandis fror ununterbrochen. Ausgehen machte keine Freude, im Gegenteil, die Wege erwiesen sich als äusserst mühselig, die nassen, oft ekelerregenden Kotpfade waren nicht immer zu umgehen, und sie kehrte meist von Kopf bis Fuss verschmutzt und mit durchnässtem Umschlagtuch vom Markt zurück. Die Tage waren kurz, bereits am frühen Nachmittag wurde es dunkel und Wibrandis empfand oft schon bei einbrechender Dunkelheit eine bleierne Müdigkeit. Der Wind rüttelte an den Dächern und blies ums Haus und die feuchte Nebelkälte drang durch jeden Spalt. Im kalten Schlafgemach benötigten sie alle Decken, die sie besassen, und das Waschen am Morgen brauchte viel Überwindung, das Wasser im Krug war kalt, manchmal sogar mit einer dünnen Eisschicht überzogen.

Wibrandis versuchte, mit Arbeit etwas warm zu bekommen, sie bewirtete Gäste und kümmerte sich um das Wohl ihres Mannes und tröstete sich mit dem Gedanken, dass sie im Frühling die Kinder holen würde.

Endlich war es so weit. Im Frühjahr 1550 begab sich Wibrandis zusammen mit der Frau und dem Töchterchen von Fagius und einem Glaubensbruder aus der Gemeinde als männlicher Begleiter auf die lange Rückreise. Dunkle Wolken hingen drohend über ihnen und viel Nebel zog um das Schiff, während sie das Wasser überquerten. Ein scharfer Wind blähte die Segel und das Meer war sehr unruhig. Wibrandis konnte nur eine unheimlich wogende Masse erahnen. Die Gischt klatschte über den Schiffsrumpf und nässte das Deck. Wibrandis fühlte sich einsam und winzig klein, den Mächten der Natur ausgeliefert. Sie kauerte zusammen mit der Reisegefährtin und deren Töchterchen auf einer Decke, welche sie auf einem Strohsack ausgebreitet hatten, und wartete ergeben auf das Ende dieser Seereise. Als sie nach unendlich langen Stunden den Hafen von Antwerpen ansteuerten, erblickte sie erleichtert das Mastengewirr der vor Anker liegenden Schiffe und die Menge der vielen Lagerhäuser. Ein kleiner Junge mit blonden Haaren winkte ihr vom nahen Ufer aus zu und liess sie ihre Ankunft wie eine Heimkehr empfinden. Ihr Rücken schmerzte, die Beine waren steif und sie waren alle ganz durchfroren. Aber die Sonne schien durch die Wolken, wärmte sie bald auf, und sie fühlten dankbar, dass sie wieder festen Boden unter den Füssen hatten.

Wibrandis wollte ohne längeren Unterbruch gleich am nächsten Morgen ihre Reise fortsetzen, sie konnte es kaum erwarten, ans Ziel zu gelangen. Je näher sie Strassburg kamen, desto mehr klopfte ihr Herz in Vorfreude auf die Stadt und das Wiedersehen mit den Kindern und der Mutter. Aber die Rückkehr verlief nicht ganz ohne Probleme. Einige Zeit nach ihrer Ankunft schrieb Wibrandis einen Brief an ihren Mann, um ihm von ihren recht abenteuerlichen Erlebnissen zu berichten:

«Was sich aber weiter zugetragen hat, davon muss ich Euch schreiben. Wie ich gen Strassburg gekommen bin, da hat jedermann gesagt, Ihr seied auch gekommen. Da sind die Papisten zusammengelaufen und haben Rat gehalten, wie sie Euch einen Schrecken machen wollten, und haben ausgehen lassen, sie wollten mir meine Habe beschlagnahmen. Da sind viele Leute gekommen und haben mich gewarnt. Ich habe mich aber des Handels nicht beladen wollen und habe geantwortet, sie sollten nur kommen, ich fürchte sie nicht. Unterdessen habe ich zwei Fässer mit Habe vollbepackt und sie Herrn Burcher überantwortet; der hat sie hinweggeschickt, sobald er gekonnt hat; ich konnte also dieses Mal unsrer Abmachung, alles mit mir selbst zu nehmen, nicht nachkommen. Aber da sich die

Sache so angelassen hat, habe ich dem Teufel nicht vertrauen wollen und habe darum die zwei Fässer vorausgeschickt. Ich will nun sehen, wie es weitergeht. Weiter hat sich zugetragen, dass man mich am Tage vor St. Johannis in des Velvius Namen zum nächsten Donnerstag vor das geistliche Gericht aufgeboten hat. Der Bote hat die Meldung Christoph ausgerichtet; Christoph hat geantwortet, wir werden nicht kommen, wir seien Bürger; wenn Velvius eine Forderung an uns habe, so sei gutes staatliches Gericht hier. Also hat er ihn fortgeschickt und mir erst davon gesagt, als er schon weg war; er hatte nämlich Sorge, ich könnte böse Worte geben, wie auch hätte geschehen können. So bin ich ins Bad gefahren und habe Herrn Christoph befohlen, er solle ihnen keine Antwort geben, bis ich wiederkäme. Unterdessen kommen meine Fässer hinweg. Der Herr Kniebis hat mir geraten, ich solle keinerlei Sorge haben; so habe ichs getan; ich will Gott walten lassen; er wird mir wohl helfen.»

Die Vorbereitungen zur Abreise der ganzen Familie nahmen Zeit in Anspruch; es wurde Sommer, bis alles zusammengepackt und geordnet war. Die Sonne brannte vom Himmel und im Westen ballte sich ein Gewitter zusammen, als Wibrandis mit ihrer Familie erneut die Reise nach England antrat. Es waren im Ganzen sieben Personen, die Nichte Margarethe Rosenblatt und der behinderte Sohn Nathanael waren dabei sowie die neunjährige Irene, die kleine fünfjährige Lisbeth und Mutter Magdalena sowie als männlicher Begleitschutz Christoph Söll. Er wusste, dass sein Aufenthalt in Cambridge nur von kurzer Dauer sein konnte und er bald wieder nach Strassburg zurückkehren musste. Die vom alten Glauben bedrohte Stadt sollte möglichst wenig von seinen Predigten versäumen müssen. Seine Frau Aletheia blieb zurück. Sie hatte es übernommen, für den elfjährigen Hans Simon zu sorgen, welcher als einziges Kind nicht mit nach England zog. Es schien Wibrandis wichtig, ihrem Sohn eine geregelte Schulausbildung zu ermöglichen, was in England nicht denkbar schien, denn die Sprache konnte Hans Simon nicht so rasch lernen. Er war nun in einem Alter, in welchem andere Kinder bald in die Lehre gingen, ihre Familie verliessen und sich in die Obhut des Lehrmeisters begaben. Somit war der Entscheid, ihn in Strassburg zu lassen, nicht abwegig.

Die Reise verlief ohne grössere Probleme. Wibrandis legte die Strecke ja nun bereits zum dritten Mal zurück, aber mit den Kindern zusammen erlebte sie die Reise noch einmal ganz neu. Besonderes Glück hatten sie, dass das Wetter mitspielte und kein Sturm oder starker Wellengang die Überfahrt zu einem unangenehmen Abenteuer werden liess. Auch Martin Butzer freute sich auf das Wiedersehen mit der ganzen Familie, vor allem auf Nathanael und sein Töchterchen Lisbeth. Er hatte unterdessen einen weiteren Ofen angeschafft, um das Haus warm und einladend zu gestalten. Er hoffte, dass sich dadurch alle leichter zu Hause fühlen könnten.

Wibrandis gab sich Mühe und lernte nun auch die englischen Essensgewohnheiten kennen. Sie musste ihrem Mann recht geben, es gab Fleisch in Hülle und Fülle, man servierte dazu verschiedene Saucen und Pfannkuchen und oft gekochte Äpfel. Als Getränk herrschte vergorenes Bier vor, Ale genannt. Wibrandis und Mutter Magdalena konnten sich mit diesen Essen nicht befreunden. Die praktisch veranlagte Wibrandis schätzte es aber, dass das Fleisch günstig zu kaufen war, und bereitete nun vertraute Speisen zu, soweit es mit den erhältlichen Zutaten möglich war:

Einen fladen

Der einen fladen woͤlle machen von fleische von lumbeln gemaht,
der siedez wol vnd hackez cleine vnd ribe keses genuͦc drin
Vnd slahe eyer auch genuͦc drin vnd wuͤrtz ez wol.
vnd mache ein blat von teyge,
gesetz dri ecken von basteln als ein schilt in den fladen vnd mit huͤnren gefuͤlt.
vnd versaltz niht vnd gibz hin.

Die fremde Sprache und auch die höfischen Gewohnheiten machten allen nach wie vor zu schaffen. Sie kannten kaum jemanden, alles blieb fremd.

«Alles ist so ganz anders als in Strassburg. Sogar beim Einkaufen, obwohl ich nun die Sachen englisch benennen kann», erzählte sie Butzer, «aber von der Sprache verstehe ich oft kein Wort, selbst wenn ich an einem Wirtshaus vorbeikomme, so schlagen mir fremde Lieder entgegen, und wenn ich durch die Strassen gehe, begleitet mich höchstens ein Hund.»

«Ja, da habe ich es besser. Wir reden Latein, es bleibt überall die Sprache der Wissenschaft und der Gelehrten, ob in Basel, Strassburg oder Cambridge.»

«Ich werde mich schon noch eingewöhnen», antwortete Wibrandis tapfer, «wir sind ja erst einige Wochen im Land. Es braucht einfach Zeit.»

«Und Ihr wisst, wir sind hier im Namen Gottes, für den wir kämpfen», redete Butzer ihr zu. Sie nickte. Sie standen zusammen vor dem Haus. Es war stockdunkel, aber sie blickten zum Himmel empor, der voller Sterne war.

«Wundervoll, die vielen Sterne, nicht wahr?», meinte Butzer.

«Ja, unfassbar. Mir fällt dabei der Komet ein, erinnert Ihr Euch daran? Das war im Jahr, als Oekolampad starb. Der Komet hatte einen langen Schweif – es war enorm eindrücklich.»

«Natürlich erinnere ich mich noch daran. Alle meinten, es sei ein schlechtes Vorzeichen. Aber es war ein einmaliges Schauspiel. Ich beobachtete ihn jeden Abend bis Mitternacht.»

«Man fühlt sich eingebettet in eine göttliche Ordnung, auch hier in England.»

Sie hingen beide ihren Gedanken nach, bis Butzer sich zu Wibrandis umwandte, seine Hand auf ihren Arm legte und mit ernstem Gesicht meinte:

«Ich muss gestehen, manchmal habe ich mir gewünscht, dass Ihr nicht so viel Besorgtheit und Nachgiebigkeit zeigtet. Meine erste Frau war freier, mich zu ermahnen und zurechtzuweisen. Aber nun staune ich über Euren Mut.» Überrascht blickte sie ihn an und erwiderte gelassen:

«Nun, ich sehe meine Aufgabe vor allem in der Führung des Haushalts und der Erfüllung meiner Mutterpflichten. Und Euch ermahnen oder zurechtzuweisen ... nun ja, vielleicht habt Ihr es einfach nicht bemerkt?», schloss sie leise lächelnd.

Während der folgenden goldenen und warmen Herbsttage begann Wibrandis, sich um ihren Gatten Sorgen zu machen. Tagsüber sprühte Martin Butzer immer noch vor Energie, aber nachts krümmte er sich manchmal im Bett, wie sie bemerkte. Er wurde blass und mager und ass nicht mehr richtig und seine Augen blickten müde. Fast unmerklich begannen seine Kräfte zu schwinden. Was ihn plagte, wusste sie nicht, betrachtete aber sein bleiches Gesicht mit grosser Sorge. Sie wusste, dass er schon bald sechzig Jahre alt war, wollte es aber nicht hinnehmen, dass damit die Kräfte derart schwinden konnten. Mitte November wurde er ernster krank, hatte unbestimmte Schmerzen an verschiedenen Stellen des Körpers und legte sich mit Schüttelfrost ins Bett. Wibrandis war tief beunruhigt. Zwei Ärzte bemühten sich um ihn. Zu Ader lassen wollte man ihn aber nur einmal, denn nach dem 50. Altersjahr verzichtete man lieber darauf, obwohl man alle Krankheiten auf ein Ungleichgewicht der vier Säfte zurückführte.

«Man müsste das Gleichgewicht der vier Säfte wieder herstellen zwischen dem Blut, der gelben Galle, der schwarzen Galle und dem Schleim. Nur durch Ausleitung kann man es erreichen», dozierte einer der Ärzte, während er Blutegel ansetzte. Es half nichts. Tag für Tag wurde Butzer schwächer, und in kurzer Zeit, so schien es Wibrandis, war er ein alter Mann geworden.

Auch er spürte, dass das Ende nahte. Mit letzter Kraft verlangte er nach einem Testamentsvollstrecker und liess festhalten, wie sehr Wibrandis sich für den Dienst der Kirche aufgeopfert habe. Er zählte alle ihre Einsätze auf, die stürmischen Reformationsjahre mit Oekolampad, die schwierigen Jahre mit dem oft von Krankheiten geplagten Capito und die Jahre mit ihm selbst, die belastet waren mit Krankheiten, Tod und dem Umzug nach England. Noch einmal liess Butzer festhalten, dass alle Kinder bedacht werden sollten und auch die Bediensteten vergass er nicht. Danach lag er wochenlang erschöpft da und dämmerte vor sich hin. Die Augen hielt er geschlossen und sein Atem ging flach. Wibrandis sass immer wieder an seinem Bett, hielt seine Hand, tauchte ab und zu einen Lappen in einen Krug mit Wasser, wrang ihn aus und wusch ihm das Gesicht. Schliesslich, in der Nacht auf den 1. März 1551, schlief er für immer ein.

Die Universität von Cambridge veranstaltete ein feierliches Begräbnis für Martin Butzer. Wibrandis liess alles wie erstarrt über sich ergehen. Mit ihren siebenundvierzig Jahren stand sie nun zum vierten Mal am Grab eines Ehegatten. Die Ehe hatte wiederum neun Jahre gedauert, fast genau gleich lang wie diejenige mit Wolfgang Capito. Während die Worte des Predigers sie kaum erreichten, zogen vor ihrem inneren Auge die vielen vergangenen Beerdigungen vorbei, lauter flüchtige Bilder aus vielen Jahren: Die kurze Zeit mit ihrem ersten Ehemann Ludwig Keller und das Gefühl des Verlassenseins an seinem Grab. An die drei Ehejahre mit Oekolampad erinnerte sie sich und an seine Beerdigung, an welcher sie mit den kleinen Kindern dagestanden war und nicht gewusst hatte, wie es weitergehen sollte; auch an die turbulenten Jahre mit Wolfgang Capito dachte sie und an das Begräbnis mitten in der Pestzeit, an die drei Kinder, die sie damals verlor, sowie an Irene und den kleinen Martin, die sie begraben musste – und nun stand sie wiederum an einem Grab, dem Grab von Martin Butzer, ihrem vierten Gatten. Sie fröstelte und hüllte sich tiefer in ihren Umhang. Wieder lag eine ungewisse Zukunft vor ihr. Aber sie hatte gelernt, dass es immer irgendwie weitergehen würde. Die Kinder standen verloren da und blickten verängstigt zu ihr. Sie legte schützend ihren Arm um die beiden Jüngsten, während Mutter Magdalena, die all die vielen Begräbnisse auch miterlebt hatte und ahnte, wie Wibrandis sich fühlte, leise bittend sagte:

«Komm, lass uns nach Hause fahren, zurück nach Strassburg.»

Wibrandis nickte, das verstand sich von selbst. Aber der Gedanke durchdrang langsam ihre düstere Stimmung. Sie fühlte, wie ihre Kraft zurückkehrte bei der Aussicht, etwas praktisch anpacken zu können.

«Ja natürlich, wir kehren zurück», versicherte sie, «sobald ich alle Vorkehrungen getroffen habe mit dem Testament und den Haushalt aufgelöst und die Bücher verkauft habe.»

Viel Zeit zu trauern blieb ihr nicht. Mit der gleichen ruhigen Entschiedenheit, mit der sie stets den Haushalt organisiert hatte, erledigte sie auch jetzt alle anstehenden Aufgaben, bis die ganze Familie reisefertig dastand. Bereits im April rumpelte ein Wagen mit ihrem Gepäck beladen durch die Schlammpfützen der Strassen. Der Himmel war bedeckt und die Luft frisch und kühl, aber Wibrandis spürte nichts davon und fuhr mit der ganzen Familie erwartungsfroh nach Gravesend, begleitet von einem bleichen, ganz in Schwarz gekleideten Engländer. Sie übergab ihm ein Schreiben an den Testamentsvollstrecker in Cambridge, in welchem sie alle finanziellen Angelegenheiten festgehalten hatte. Mutter Magdalena sah sie fragend an.

«Macht Euch keine Sorgen», versicherte ihr Wibrandis, «ich habe alles geregelt. Man wird die Witwengabe des Königs, etwa hundert Pfund, einem Kaufmann in London übergeben, damit er sie nach Strassburg überweise. Für die Reise habe ich nur zehn Pfund bei mir. Sollte es nicht reichen, kann ich in Antwerpen wieder Geld holen.»

«Und die Bücher?», fragte Mutter Magdalena.

«Der Erzbischof hat mir vierzig Pfund dafür gegeben. Er sagte, die Herzogin von Stoffolk habe die besten genommen.»

Wibrandis wandte sich noch einmal um und betrachtete zum letzten Mal die Küste Englands, dann blickte sie entschlossen auf das Schiff, das sie zurückbringen sollte, und schliesslich auf die Kinder, welche mit Sack und Pack bereitstanden.

«Kommt, lasst uns den Heimweg antreten», sprach sie mit fester Stimme und nahm die kleine Lisbeth an die Hand.

Strassburg 1551–1553

Nur acht Monate nachdem sie Strassburg verlassen hatten, trafen sie alle wieder dort ein. Viel hatte sich in dieser Zeit in der Stadt nicht verändert. Noch immer wurde im Münster und in St. Peter katholischer Gottesdienst abgehalten, und die evangelischen Theologen kämpften um ihren Glauben. Wibrandis richtete sich nun zusammen mit ihrer Mutter und den Kindern wieder ein, aber bald merkte sie, dass der Mittelpunkt fehlte, um den sich bis anhin alles gedreht hatte. Kein Ehemann, der predigte, keine Glaubensbrüder, die angereist kamen, nur die Kinder und die Mutter galt es zu versorgen.

«Ich bin froh, dass ich auf deinen Christoph als männliche Stütze zählen kann», meinte Wibrandis eines Tages zu Aletheia.

«Ja, ich bin über seine Stütze auch sehr froh. Nur ist er gerade weit weg, weil er als Gesandter am Konzil von Trient zusammen mit Johann Marbach die Protestanten zu vertreten hat», erwiderte Aletheia stolz und zugleich traurig.

«Trient ist leider weit weg. Aber es brauchte lange, bis man sich endlich auf diesen Ort für ein Konzil einigen konnte.»

«Ja, es liegt zwar noch auf deutschem Boden, so wollte es der Kaiser, jedoch südlich der Alpen, damit es für den Papst gut erreichbar ist. Dafür musste Christoph über die Alpen reisen! Ich hoffe, er ist gut angekommen. Ich habe noch keine Nachricht von ihm, aber er hat sicher schwierige Verhandlungen zu führen und wohl keine Zeit, um Briefe zu schreiben.»

«Ja, es wird schwierig werden. Der Kaiser drängt auf eine wirksame Kirchenreform, damit die Unruhen im Reich beigelegt werden, soweit ich verstanden habe.»

«Das ist das eine, aber dem Papst reicht es nicht, er wünscht auch eine Verurteilung der protestantischen Lehren.»

«Eine Verurteilung unserer Lehren? Das wird Christoph hoffentlich nie durchgehen lassen. Wenn sie nur nichts an der Wahrheit des Evangeliums verraten.»

«Darüber müsst Ihr Euch keine Sorgen machen, ich kenne Christoph und weiss, dass er seine Überzeugung nicht leugnen wird.»

«Ja, du hast recht, man muss nicht zweifeln. Er erinnert mich sehr an deinen Vater, Oekolampad, auch er hat seinen Glauben ruhig und ohne Wanken vertreten.»

Aletheia hatte ihren Vater nie bewusst erlebt. Sie freute sich aber zu hören, dass ihr Ehemann einen ähnlichen Charakter zeigte.

«Ich glaube, ich werde Christoph einen Brief schreiben, um ihm Mut zu machen», beschloss sie und setzte sich sofort an den Tisch, nahm Tinte und Federkiel und wählte sorgfältig ihre Worte und schrieb. Zum Schluss blickte sie auf und meinte:

«Ihr wisst, was ich für eine Schreiberin bin. Und die Schrift wirkt auch ziemlich unbeholfen», setzte sie zerknirscht hinzu, «zuerst schicke ich ihm Grüsse von uns allen und melde ihm, dass es uns gut geht. Dann kommen die wichtigen Sätze: *Fürchtet Euch nicht! Wiewohl ich weiss, dass Ihr desselben Sinnes seid, so muss ich Euch doch wissen lassen, wie es in meinem Herzen stehe, damit Ihr desto besser handeln könnt. Mein Gemüt ist das Eure, darob zu sterben und leben, wie es meinem Gott gefällt. Gott gebe Glauben und Stärke! Amen!*» Fragend blickte sie zu Wibrandis. «Ich hätte noch mehr zu schreiben gewusst, aber Ihr kennt mich, ich bin keine Schreiberin. Darum habe ich es gut sein lassen.»

«Es macht ihm bestimmt Mut, wenn er merkt, dass du in Gedanken bei ihm bist», entgegnete Wibrandis aufmunternd.

Aber der Brief erreichte Christoph Söll nicht in Trient. Die beiden Protestanten hatten nämlich bald merken müssen, dass man sie zu den wichtigen Diskussionen am Konzil gar nicht zulassen wollte. Deshalb waren sie kurz entschlossen wieder abgereist. Trotzdem kam es zu einem politischen Umschwung, dank der lutherisch gesinnten Kurfürsten. Sie hatten sich gegen den Kaiser stark gemacht und ihn beinahe gefangen genommen. Das Konzil wurde deshalb vertagt, die Protestanten und ihre Anliegen waren für den Augenblick gerettet und Christoph Söll kehrte nach Strassburg zurück.

«Religion ist für viele ein Machtinstrument», erklärte er Wibrandis, «der Herr dient ihnen als Vorwand. Allerdings ist die Trennung der beiden Glaubensrichtungen nun ausgesprochen.»

«Martin wollte das nie! Er hat immer davon gesprochen, dass auch Luther und Zwingli nichts anderes wollten, als die Kirche zu reinigen und zurückzuführen auf die ursprüngliche Lehre.»

«Ja, es ist traurig, dass es so weit kommen musste. Es war nicht mehr zu vermeiden. Die Trennung wird uns noch zu schaffen machen.»

Der Frühling des Jahres 1553 war ins Land gezogen. Die Blumen und Bäume blühten rund um Strassburg und die Vögel zwitscherten, als Aletheia hastig die schmale Treppe hochstieg und völlig erhitzt in Wibrandis' Stube trat. Der Knoten ihrer Haare hatte sich gelöst und sie versuchte, die braunen Locken unter die Haube zu stecken und zu bändigen, während sie unruhig zu Wibrandis blickte.

«Mutter, ich habe schlechte Neuigkeiten», begann sie zögernd und ausser Atem, «ich weiss gar nicht, wie ich es Euch beibringen soll. Bitte regt Euch nicht auf. Man berichtet … man sagt … es sei wieder eine Pestepidemie im Anzug.»

Wibrandis erbleichte. «Nicht schon wieder», flüsterte sie.

«In Basel hat es schon Hunderte von Opfern gegeben. Antistes Myconius, der Nachfolger von Vater Oekolampad, und der berühmte Sebastian Münster seien gestorben, hat man Christoph gerade mitgeteilt.»

Alle Farbe war aus dem Gesicht von Wibrandis gewichen, während ihre Gedanken sich überstürzten und die Erinnerungen hervordrängten. Sie versuchte, nicht in Panik zu geraten.

«Der Herr stehe uns bei», murmelte sie und zählte im Geist all ihre Lieben, die Mutter und die Kinder samt ihren Ehegatten. Unruhig strich sie sich einige Haare aus dem Gesicht. Schliesslich stand sie auf, trat ans Fenster und blickte auf die Gasse hinaus. Nichts deutete darauf hin, dass etwas Schreckliches im Anzug war. An der Ecke prügelten sich zwei Knaben, eine Katze lag ausgestreckt im Schatten eines Schubkarrens, eine Magd trug einen schweren Wasserkessel in ein Haus und zwei Krähen verfolgten sich. Wen würde es diesmal treffen? Wibrandis fröstelte plötzlich. Während die beiden Krähen auf dem Dachfirst landeten, spürte Wibrandis wieder deutlich das Gefühl der Hoffnungslosigkeit und des Ausgeliefertseins. Der Schwarze Tod war unberechenbar und unbarmherzig und niemand konnte ihm beikommen. Schliesslich drehte sie sich zu Aletheia um und meinte bitter:

«Ich bin ein Dummkopf. Wie habe ich nur glauben können, dass das Leben so friedlich weitergehen würde wie in den letzten Wochen!» Mit diesen Worten setzte sie sich wieder hin und griff trotzig nach ihrer Strickarbeit. Kerzengerade sass sie da, bereit für den nächsten Sturm.

Wiederum starben Hunderte. Auch die Familie von Wibrandis wurde nicht verschont, sie hatte aber nur einen Todesfall zu beklagen: Christoph Söll. Die junge, mutige Aletheia, welche mit so viel Anteilnahme das Leben ihres Gatten geteilt hatte, stand fassungslos an seinem Grab. Plötzlich und unerwartet war sie zur Witfrau geworden. Ihre schlanke, gross gewachsene Gestalt wirkte sehr zerbrechlich. Wibrandis nahm sie in die Arme und meinte tröstend:

«Du wirst sehen, das Leben geht weiter. Glaub mir, ich habe es erfahren. Und ich weiss, du bist stark.»

«Aber wie soll es nun weitergehen?», fragte Aletheia verzweifelt, «wir haben unsere männliche Stütze verloren.»

«Ja, das haben wir, aber der Herr wird uns einen Weg weisen.»

Mutter Magdalena stand daneben und blickte nun auf.

«Ich muss gestehen», meinte sie zögernd, «dass ich in letzter Zeit immer wieder an meinen Heimatort denke. Ich würde so gerne heimkehren nach Basel. Dort ist es bestimmt ruhiger und sicherer als hier.»

Wibrandis betrachtete sie überrascht. Mutter Magdalena war nun über siebzig Jahre alt, auch wenn ihr das nicht anzusehen war. Sie hatte Falten im Gesicht und viele graue Haare, aber ihre Augen blitzten immer noch unternehmungslustig und ihre Lebhaftigkeit liess ihr Alter vergessen. Trotz der vielen Ortswechsel war sie nach wie vor voller Tatendrang, aber von Basel hatten sie in den vergangenen Jahren selten gesprochen. Wibrandis überkam plötzlich eine heitere Gelassenheit, als sie die Idee mit Basel überdachte. Auch sie erinnerte sich gerne an die Stadt ihrer Kindheit und ersten Ehejahre.

«Basel … warum eigentlich nicht? Ja, das würde ich auch gerne wiedersehen. Und ruhiger könnte es dort tatsächlich sein, und ich denke, auch nicht so teuer», antwortete sie. Die Vorstellung berauschte sie und langsam nahm der Gedanke, nach Basel zu ziehen, immer klarere Konturen an. Wibrandis berichtete dem Beistand in Cambridge von ihren Plänen. In England hatte man allerdings andere Sorgen und Probleme. Der junge König Eduard VI. war plötzlich gestorben und Maria I. Tudor war zur neuen Königin ernannt worden. Damit änderte sich alles, denn als überzeugte Katholikin versuchte sie sofort mit grossem religiösem Eifer, den Katholizismus wieder zur Staatsreligion zu machen. Man begann deshalb, die Protestanten zu verfolgen.

«Erzbischof Cranmer wurde verhaftet und in den Tower of London geworfen!», berichtete Wibrandis entsetzt, als sie die Neuigkeiten aus dem Schreiben ihres Beistandes erfuhr.

Mutter Magdalena legte erschrocken eine Hand vor den Mund:

«Das kann nicht wahr sein, der Erzbischof im Gefängnis! Unvorstellbar! Welch ein Glück, dass wir nicht mehr in Cambridge weilen. Wir wären vom Regen in die Traufe gekommen.»

«Und erst Martin!» Wibrandis schauderte und biss sich auf die Lippen.

«Es wird immer schlimmer», flüsterte Mutter Magdalena besorgt, «wo wird das nur noch hinführen?»

Sie begannen nun erst recht, ihre Pläne in die Tat umzusetzen. Mutter Magdalena unterstützte Wibrandis nach Kräften. Aber die Kinder reagierten nicht alle erfreut darüber, nach Basel ziehen zu müssen. Agnes, welche nach der Englandreise das Umziehen als etwas Spannendes kennengelernt hatte, war neugierig auf die Stadt, von der ihre Mutter und Grossmutter immer wieder einmal gesprochen hatten. Aber Hans Simon mit seinen sechzehn Jahren war noch nie in einer andern Stadt gewesen. Er und die vier Jahre jüngere Irene verliessen ihren Geburtsort Strassburg nur ungern; während die kleine achtjährige Lisbeth, die Tochter von Martin Butzer, sich keine klaren Vorstellungen vom Umziehen und den Folgen machen konnte. Und die Nichte Margarethe hatte in ihrem Leben schon so viele Wechsel erlebt, dass sie diesmal vor allem darauf gespannt war, die Heimatstadt ihres verstorbenen Vaters kennenzulernen. Nur Aletheia, die Tochter Oekolampads, welche ja in Basel geboren war, sträubte sich gegen den Umzug. Sie hing durch den Verlust ihres Gatten Christoph Söll zu sehr an Strassburg und den Erinnerungen, die damit verbunden waren. Sie wollte bleiben.

Basel 1553–1604

Der Abschied von Strassburg fiel ihnen nicht leicht, auch Wibrandis nicht, denn sie hatte fast zwanzig Jahre in der Stadt verbracht und viel Freud, aber auch viel Leid erlebt. Sie merkte erst, als sie sich von den vielen Gemeindemitgliedern verabschiedete, wie sehr sie mit allen verbunden war. Sie hatten zusammen unsichere Zeiten durchgestanden und die Pfarrhäuser von Wolfgang Capito und Martin Butzer und damit auch von Wibrandis hatten stets zum Kern des Glaubens in Strassburg gehört.

Ein prächtiger Herbsttag kündete sich an, als die Familie die mehrtägige Reise in Angriff nahm. Die Blätter an den Bäumen leuchteten golden, ein leichter Nebel lag über dem Rhein und in der Ferne lockte das Ziel. Die vielen Zollstationen unterwegs brachten es mit sich, dass sie nur langsam vorwärtskamen. Aber mit jedem Wegstück, das sie näher nach Basel führte, freute sich Wibrandis mehr auf die Heimkehr. Langsam kamen sie den Mauern und Kirchtürmen von Basel näher, die letzte Zollstätte passierten sie ohne grossen Aufenthalt, dann hielt sie der Anblick von Basel gefangen. Ein Schimmer lag über der Stadt, die Türme und das bunte Ziegeldach des Münsters glänzten, es war das Erste, was sie ausmachen konnten. Eine wunderbare

Ruhe überkam sie, das einzigartige Gefühl heimzukommen, hierher zu gehören. Bald entdeckten sie weitere Kirchtürme und schliesslich waren sie so nahe, dass sie das Stadttor im herbstlichen Nebeltau glitzern sahen. Die Stadt zeigte sich im schönsten Licht, so, als hätte sie sich herausgeputzt zum Empfang. Mutter Magdalena hatte Tränen in den Augen:

«Dass ich das noch erleben darf, dem Herrn sei Lob und Dank.»

«Ja, es ist wunderbar», antwortete Wibrandis glücklich, wenn auch etwas angespannt. Was würden sie wohl vorfinden nach über zwanzig Jahren Abwesenheit?

Der weite Barfüsserplatz präsentierte sich genauso, wie sie ihn in Erinnerung hatten. Die Barfüsserkirche mit ihrem grossen, langen Westfenster beherrschte den Platz, Holz und Kohle wurde verkauft, der Brunnen, an dem man Wasser holen musste, war umlagert von Mägden mit ihren Kesseln, die Karren vor den Wirtshäusern standen bereit und das Storchennest befand sich wie eh und je auf der Barfüsserkirche. Die alte Stadtmauer schloss mit ein paar Türmen den Platz ab. Nichts schien sich verändert zu haben. Erstaunt und dankbar blieben sie vor dem Haus *zum Kienberg* stehen.

«Hier hat alles angefangen», erklärte Mutter Magdalena den Kindern stolz und wandte sich an ihr Enkelkind Margarethe, «hier ist dein Vater Adalberg aufgewachsen, Margarethe. Und es ist auch das Haus, in dem ich selbst gross geworden bin.»

«Und ich bin ebenfalls hier aufgewachsen und habe wieder hier gewohnt, als ich meinen ersten Ehemann verlor», ergänzte Wibrandis. «Unglaublich, was unterdessen alles geschehen ist!»

«Ja, und wie rasch sind die Jahre vergangen!» Sie blickten sich lächelnd an.

«Ob wohl immer noch der Wollweber Zweybrugger im Nachbarhaus wohnt?»

In diesem Moment trat der Nachbar aus dem Haus und begrüsste sie. Er hatte ihre Frage gehört. «Nein, Zweybruggers wohnen schon lange nicht mehr hier, ich habe ihnen das Haus vor etwa zwanzig Jahren abgekauft. Ich bin Fridolin Ryff, von Beruf Schürlitzweber und auch Zunftmeister der Webernzunft.» Wibrandis begrüsste ihn erfreut und wandte sich an die Töchter:

«Schürlitz ist eine Spezialität von Basel, der Stoff entsteht aus einem Leinenzettel und dem Einschlag aus Baumwolle. Man kann damit herrlich bunte Stoffe herstellen.» Sie sah wieder den Nachbarn an und fragte:

«Aber hinter unserm Haus fliesst immer noch der Rümelinsbach durch, oder nicht? Und der Henker wohnt sicher immer noch auf dem Kohlenberg?»

«Und die Folterknechte, Bettler und Dirnen», bestätigte Ryff lachend. Die Mädchen schauderten, während Hans Simon interessiert den Kopf hob.

In den folgenden Tagen durchstreiften sie zusammen die Stadt mit weit geöffneten Augen und Ohren. Wibrandis und Mutter Magdalena konnten nicht genug bekommen, den Kindern alles vorzuführen. Sie tauchten ein in die alt vertrauten Gassen, Geräusche und Gerüche, betrachteten staunend das Münster, standen vor dem Pfarrhaus am Hasengässlein und besuchten das Grab von Oekolampad. Im Kreuzgang entdeckten sie überrascht eine grosse Tafel.

«Jakob Meyer zum Hirzen wird auf der linken Seite erwähnt, in der Mitte Vater Oekolampad und rechts Simon Grynaeus», zählte Mutter Magdalena beeindruckt auf, «die Tafel zeigt deutlich, dass das Wirken der drei eng mit der Reformation verflochten ist.»

«Von dieser grossen Tafel wusste ich nichts, man muss sie später angebracht haben. Vermutlich damals, als Jakob Meyer und Simon Grynäus an der Pest starben, das war ja zur gleichen Zeit.»

Wibrandis sah auf einmal vor sich, wie Oekolampad und Jakob Meyer zusammen diskutiert hatten, und lächelte. Hans Simon Capito entzifferte den Satz, der unter den drei Inschriften angebracht war:

«So Eer, Gut, Kunst hülfend Inn nott
Wer keiner von disen Dryen todt.»

Plötzlich überkam Wibrandis das beengende Gefühl, wie damals, als sie mit ihren kleinen Kindern am Grab von Oekolampad gestanden und die Last der Verantwortung kaum zu tragen vermocht hatte.

«Was ist unterdessen nicht alles passiert!», murmelte sie. Mutter Magdalena nickte still. Nach einigen Augenblicken straffte Wibrandis ihre Schultern, setzte ihre Haube mit einem festen Griff zurecht und meinte:

«Die Tafel ist sehr eindrücklich. Sicher werden alle, die später davor stehen, an die Leistung der drei erinnert werden, auch noch in hundert Jahren. Das ist schön. Kommt, Kinder, lasst uns nun zur Martinskirche spazieren und zum Wohnhaus meiner ersten Zeit mit Johannes Oekolampad.»

Unterwegs erzählten Wibrandis und Mutter Magdalena abwechselnd, was sie an Erinnerungen überkam, es sprudelte nur so aus ihnen heraus. Am Martinskirchplatz blickte Wibrandis empor zu den Fenstern des Pfarrhauses und dachte an die Monate, die sie hier verlebt hatte.

«Es war eine spannungsgeladene Zeit; ich war stets in Sorge um Oekolampad wegen seiner führenden Rolle bei der Reformation», äusserte sie sich schliesslich.

«Ja, Sorgen machten wir uns alle. Es waren unheimliche Stunden. Niemand konnte sicher sagen, welche Glaubensrichtung die Oberhand gewinnen würde. Und denk nur an den kleinen Eusebius, der ständig schrie», erinnerte sich Mutter Magdalena.

«Oh ja, wie habe ich mir Sorgen gemacht! Und nun lebt er trotzdem nicht mehr ... Ach, und der Wächter auf dem Turm, der nachts ins Horn blies und mich weckte. Ob er immer noch Wache halten muss dort oben oder das Messglöcklein läutet?»

«Oh, die Messe! Das werdet ihr in den nächsten Wochen erleben, Kinder», wandte sich Mutter Magdalena lächelnd an die Kinder, «es dauert nicht mehr lange, die Herbstmesse wird euch Spass machen. Ihr werdet Zauberkünstler und Feuerschlucker und Affen und Bären oder weitere sonderbare Tiere zu sehen bekommen.»

Die Kinder lauschten begierig und wollten noch mehr erfahren. Solche Aussichten liess ihnen den Wechsel nach Basel leicht werden. Während der Brunnen friedlich vor sich hin plätscherte, wanderten sie über den Friedhof um die Martinskirche herum und stiegen die steinernen Stufen des Elftausendjungfern-Gässleins hinunter. Die kleine Lisbeth mit ihren blonden Locken sprang in grossen Sätzen die vielen Stufen hinab, während Mutter Magdalena den älteren Enkelkindern berichtete:

«Vor der Reformation bekam man einen Ablass von vierzig Tagen, wenn man dieses Gässlein hinauf und hinunter stieg und das Ave Maria betete.»

«Ach, und warum ausgerechnet diese Treppe?», fragte Agnes interessiert.

«Nun, man wandelt hier auf besonderen Spuren: Die Heilige Ursula soll mit ihren elftausend Jungfrauen auf dem Pilgerweg nach Rom hier hochgestiegen sein, um in der Martinskirche zu beten.»

«Elftausend Jungfrauen?»

«Ja, so erzählt man sich. Und auf dem Rückweg von Rom wurden sie überfallen und umgebracht. Danach hat man sie alle heiliggesprochen.»

Es war ihnen nun doch etwas feierlich zumute, als sie die Stufen hinunterstiegen. Im Tal angekommen, betrachteten sie beim Rheintor die breite Brücke, welche nach Kleinbasel hinüberführte und die vielen Leute. Marktfrauen mit Körben auf dem Kopf schritten darüber, beladene Ochsenkarren ratterten vorbei, Männer, welche einen Handkarren schoben, sowie hin und wieder ein Ross mit Reiter. Es war ein reges Kommen und Gehen, sie hätten noch lange dastehen und zusehen können, aber sie wollten weiter und wanderten durch die Eisengasse. Das Haus zum Tanz mit seinen köstlichen Malereien von Holbein betrachteten sie begeistert.

«Das hat eurer grossen Schwester besonders gefallen», erinnerte sich Mutter Magdalena, «da mussten wir immer viel Zeit aufwenden, um alles anzusehen.»

«Ja, daran erinnere ich mich auch noch gut. Die Gemälde gefallen mir immer noch sehr», lächelte Wibrandis. Am Marktplatz warfen sie einen bewundernden Blick auf das Rathaus mit seinem goldenen Türmchen und gelangten schliesslich am Rindermarkt vorbei zur Gerbergasse. Am kleinen Platz vor dem Zunfthaus der Gerber trafen sie auf eine Hochzeitsgesellschaft. Die fröhlichen Leute tanzten im Schatten einer alten Linde einen Reigen und wiegten sich zum Spiel einiger Stadtpfeifer. Nachdem sie einige Zeit lächelnd und interessiert zugeschaut hatten, zeigte Mutter Magdalena auf ein grosses Loch, aus welchem Wasser floss.

«Seht, da sprudelt die Quelle, von der ich euch erzählt habe, in welcher der böse Basilisk hauste.»

Zögernd betrachteten die Kinder das dunkle Loch.

«Wirklich, hier hat er gelebt?», fragte Lisbeth beeindruckt.

«Ja, so wird es berichtet.»

Sie betrachteten skeptisch und unsicher den sagenhaften Ort.

«Das Wasser ist jedenfalls besonders gesund und heilsam. Die Leute holen es, wenn jemand krank ist», ergänzte Mutter Magdalena und legte Lisbeth eine Hand um die Schulter. Da trat ein hochgewachsener Herr in schwarzer Pfarrerskleidung zu ihnen. Seine Augen blickten offen und intelligent.

«Frau Wibrandis Rosenblatt, nicht wahr? Es ist mir eine grosse Freude, ihre Bekanntschaft zu machen», sprach er mit einer angenehmen Stimme. «Mein Name ist Jakob Meyer. Ich bin der Enkel von Jakob Meyer zum Hirzen, mit welchem Sie manche Stunde zusammen verbracht und auch manche ungemütliche Situation durchgestanden haben.»

Wibrandis und Mutter Magdalena schauten ihn sprachlos an. Wibrandis fasste sich zuerst: «Das ist ja unglaublich! Wie wunderbar, den Enkel von Jakob Meyer kennenzulernen, welche Freude!»

«Bitte entschuldigen Sie meine Zudringlichkeit, aber ich konnte diese Gelegenheit nicht verstreichen lassen. Ich habe schon vernommen, dass Sie wieder in der Stadt sind, und als ich Sie sah, musste ich Sie ansprechen. Mein Grossvater hat viel von Ihnen erzählt.»

«Ja, wir haben zusammen viele spannende und auch gefährliche Situationen durchstehen müssen – bis Oekolampad starb und ich nach Strassburg zog. Ihr Grossvater ist mir in bester Erinnerung und ich denke gerne an jene gemeinsame Zeit zurück. Sie müssen uns bald besuchen, damit ich hören kann, wie es ihm ergangen ist in den folgenden Jahren», antwortete Wibrandis dem jungen Mann und bewunderte gleichzeitig seine natürliche Würde. Aber auch Tochter Agnes Capito war von dieser Begegnung stark berührt. Und ihm ging es nicht anders. Er sah das zarte Gesicht von Agnes mit der hohen Stirne und den dunklen Augen noch lange vor sich.

Schon in der folgenden Woche machte Jakob Meyer seine Aufwartung. Wibrandis und Mutter Magdalena, aber auch Agnes, Irene und die kleine Lisbeth hörten gebannt zu, was er über seinen Grossvater zu berichten wusste. Wibrandis freute sich über jede Einzelheit, kehrte dann aber zur Gegenwart zurück. Besonders interessierte sie, was die Fortsetzung der Arbeit von Oekolampad in Basel betraf. Der gegenwärtige Prediger am Münster, Antistes Simon Sulzer, hatte noch bei Capito und Butzer in Strassburg studiert.

«Stimmt es, dass Sulzer das Orgelspiel wiedereingeführt hat?», fragte Wibrandis gespannt.

«Nun ja, die Orgel begleitet die Choräle, das ist sehr hilfreich beim gemeinsamen Gesang.»

«Und wenn ich mich nicht irre, lässt er sogar die Papstglocke wieder läuten?» Wibrandis konnte eine gewisse Entrüstung in ihrer Stimme nicht unterdrücken.

«Nun, die Glocke ruft ja zum protestantischen Gottesdienst, nicht wahr?», antwortete Meyer in ruhigem Ton. Wibrandis musterte ihn lächelnd. Wie sehr er sie an seinen Grossvater, Bürgermeister Jakob Meyer, erinnerte, klug, besonnen und stets die richtigen Worte wählend.

Mutter Magdalena war kaum zu Wort gekommen, aber sie hatte den Besuch genau betrachtet. Sie hatte längst gemerkt, dass Jakob Meyers Interesse in erster Linie Agnes galt, und sie war zum Schluss gekommen, dass sie diese Verbindung durchaus begrüssen würde. Sie hielt Meyer für einen äusserst achtbaren und besonnenen Mann. Und keine zwei Jahre später heirateten die beiden tatsächlich. Wibrandis dachte an die Freundschaft zwischen Oekolampad und Bürgermeister Meyer, warf einen Blick zum Himmel und murmelte zufrieden: «Ist es nicht eine wunderbare Fügung?»

Auch aus Strassburg erhielt Wibrandis erfreuliche Nachrichten. «Aletheia wird wieder heiraten», meldete sie Mutter Magdalena, «und zwar den Kannengiesser Hans von Lampertheim. Er sei etwas kleiner als sie, schreibt Aletheia, aber er arbeite für zwei.»

Wibrandis schmunzelte. Sie wusste, dass Aletheia gross gewachsen war und nicht viele Männer sie überragen konnten.

«Kein Pfarrer und kein Anführer der Evangelischen. Damit müsste ihr das zukünftige Leben weniger Aufregungen bringen, nicht wahr?», äusserte sich Mutter Magdalena.

«Ja, es ist schön, meine erwachsenen Töchter in guten Händen zu wissen. Und unser Hans Simon hat nun auch mit seinem Theologiestudium angefangen. So Gott will, wird er sich mit Ernsthaftigkeit dahintermachen. Ich werde ihn bald nach Marburg schicken, damit er auch das Leben an einer andern Universität kennenlernt. Das wird ihn hoffentlich anspornen. Seine Arbeitshaltung lässt immer noch sehr zu wünschen übrig.»

Hans Simon Capito bereitete ihr aber weiterhin Kummer, die Boten brachten keine erfreulichen Berichte aus Marburg. Sorgenvoll schüttete Wibrandis ihrer Mutter das Herz aus. Sie sassen zusammen in der Stube und nähten Tücher für die Aussteuer von Irene.

«Es ist immer noch keine Nachricht von Hans Simon eingetroffen», seufzte Wibrandis, «hätten wir ihn nur hier behalten und nicht nach Marburg zum Studium geschickt! Dabei hatte ich gehofft, wenn er ein wenig fremde Luft schnuppern würde, meistere er das Leben endlich besser.»

«Er hat wohl zu viel Unsicherheiten in seinen jungen Jahren miterleben müssen», meinte Mutter Magdalena ohne ihre Augen von der Näharbeit zu heben.

«Ja, leider! Es war oft ein Wirbel von Ereignissen, die einem Knaben wenig Selbstvertrauen vermitteln. Mit vier Jahren verlor er seinen Vater und es ist mir zu wenig gelungen, sein Vertrauen auf Gott zu lenken», meinte Wibrandis zerknirscht.

«Es scheint so. Und in der Zeit, als wir in England weilten, genoss er zu viele Freiheiten.»

«Meint Ihr? Vermutlich war es nicht gut, dass wir ihn nicht mitnahmen. Aber ich war überzeugt, dass er seine Ausbildung am besten in Strassburg machen würde.»

«Das hat er ja auch getan. Aber nun wäre es wichtig, dass er als Mann seinen Beruf und seine Ausbildung ohne Zögern in Angriff nimmt.»

«Es ist traurig, aber er hat einen schwachen Charakter. Trotz seiner zwanzig Jahre kann er sich nicht behaupten in dieser Welt. Er ist verführbar und das Geld zerrinnt ihm unter den Händen. Wie soll ich ihm klarmachen, dass alles Folgen hat? Ich habe ihm schon mehrmals eindringlich geschrieben, aber er antwortet nicht einmal. Ist es nicht eine Sünde, die guten Anlagen, die er von seinem Vater mitbekommen hat, dermassen verkümmern zu lassen?»

Wibrandis unterdrückte das Zittern in ihrer Stimme. Beide schwiegen und beugten sich über ihre Handarbeiten, bis Wibrandis den Kopf hob und entschlossen meinte:

«Ich werde ihm noch einmal schreiben und ein letztes Mal Geld schicken. Er muss zurückkommen nach Basel und hier sein Studium beenden.»

Noch am selben Tag, es war im März 1557, verfasste sie den Brief. Lange sass sie davor und wählte sorgsam ihre Worte. Sie wollte ihren einzigen Sohn, der ihr geblieben war, bitten, seine Studien nun ernsthaft in Angriff zu nehmen, sie wollte an seine Vernunft appellieren und ihm klarmachen, dass sie nicht auf unendliche Zeiten hinaus Geld für sein Studium locker machen konnte:

«Lieber Hans Simon», schrieb sie mit Worten, die ihr aus dem Innersten kamen, *«ich habe keine Botschaft mehr von dir, seit der Bote von Marburg bei mir gewesen ist. Aber ich weiss wohl, wenn ich schon Botschaft hätte, so würde sie mich nicht erfreuen; denn es ist ein alter Brauch, dass ich nichts denn Kreuz von dir habe. O dass ich den Tag erleben sollte, wo ich etwas Gutes von dir hörte; darnach wollte ich mit Freuden sterben.»*

Sie schilderte ihm nun, wie seine Studienfreunde schon alle eine Pfarrstelle irgendwo in der Umgebung von Basel bekommen hätten und forderte ihn auf, vorwärts zu machen. Sinnend sass sie da. Was sollte sie noch schreiben? Sie packte den Federkiel, tauchte ihn in die Tinte und fuhr eindringlich fort: *«Sei sparsam, trinke nicht, spiele nicht und hüte dich vor böser Gesellschaft.»*

Sie wusste, diese Ermahnungen hatte sie schon sehr oft ausgesprochen, leider vergeblich. Sie musste strenger werden. Entschlossen fuhr sie fort:

«Es ist keins unter uns, das nicht Leib und Gut an dich setzen würde, wenn du nur ein wenig dich schicktest; sonst aber werden wir dich das Deine vertun lassen, und, wenn du nichts mehr hast, musst du schauen, wo du anderes bekommst; denn da ist niemand, der auch nur einen Heller für dich gäbe; darnach wisse dich zu richten!»

War sie zu streng? Nein, sie musste hart bleiben. Sie stellte ihm noch ein Stipendium in Aussicht, das sie ihm besorgen könnte, wenn er zurück nach Basel käme und beschloss den Brief mit den Worten:

«Willst du recht tun, so komme heim; willst du nicht, so tue, was du willst; ich riete aber, du spartest das Deine. Ich schicke dir hier ein Gutjahr. Wibrand, deine getreue Mutter.»

Wochenlang wartete sie vergeblich auf eine Antwort ihres Sohnes. Es kam kein Brief. Traurig nahm sie es zur Kenntnis.

Abgesehen von den Sorgen um Hans Simon, war das Leben geruhsam geworden. Einige Aufregungen bescherte ihr allerdings die Gefangennahme einer Frau mit Namen Verena Rosenblatt, denn plötzlich war der Name Rosenblatt mit einer Hexenbeschuldigung in Verbindung gebracht!

«Eine Hexe, die im Sundgau im Gefängnis sitzt, behauptet, Verena Rosenblatt sei mit ihr zusammen auf der Hexenmatte in Pratteln gewesen», berichtete Irene aufgebracht, als sie vom Markt nach Hause kam. In der Aufregung hatte sich ihr Haarknoten gelöst und das braune Haar hing nun offen herunter. Sie versuchte, es wieder in Ordnung zu bringen, während sich ihre Gedanken mit dem unfassbaren Ereignis beschäftigten.

«Vielleicht wird sie als Hexe angesehen, weil sie stark hinkt, man nennt sie *hinckechtige fren*. Man hat sie nun gefangen genommen und nach Basel gebracht.»

«Das darf nicht sein! Eine Rosenblatt soll eine Hexe sein? Und auf der Hexenmatte geweilt haben und mit dem Teufel im Bunde sein?», erwiderte Wibrandis entsetzt und konnte es kaum fassen.

«Nun, Verena beteuert ihre Unschuld. Sie sei keine Hexe und man tue ihr Unrecht. Sie ist bereits mehrmals vom Ausschuss des Kleinen Rates verhört worden.»

«Verhört worden …», murmelte Wibrandis, «wurde sie gefoltert? Man erzählt sich ja schreckliche Dinge, die mit einer verdächtigen Hexe angestellt werden.»

«Ich weiss es nicht. Vielleicht haben sie es dabei belassen, ihr einfach die Foltergräte zu zeigen und ihre Wirkungsweise zu erklären? Das ist schon schlimm genug.»

«Es muss grauenvoll sein und es ist verabscheuungswürdig! Da gesteht man wohl Dinge, die man nie getan hat.»

«Aber sie muss standhaft bleiben, denn ohne Geständnis kann man sie nicht verurteilen!»

«Ich weiss. Aber eine Rosenblatt mit dem Teufel im Bunde … unglaublich», versuchte sich Wibrandis zu fassen, «wie rasch man in einen schlechten Ruf geraten kann! Der Herr schenke ihr die Kraft, das alles durchzustehen.»

Die hinkende Verena blieb standhaft und wurde schliesslich freigesprochen. Man entliess sie mit der Ermahnung, sich fromm und wohl zu verhalten und sie musste unter Eid schwören, dass sie die üble Nachrede nicht rächen und auf eine Klage gegen die Stadt wegen der erlittenen Behandlung verzichten werde.

«Ich bin unendlich froh, dass sich ihre Unschuld erwiesen hat», meinte Irene.

«Und ich erst! Aber man musste die Beschuldigungen wohl abklären», seufzte Wibrandis. Sie war froh, dass der Name Rosenblatt wieder reingewaschen war, konnte aber nicht umhin, ihrem Schwiegersohn Jakob Meyer ihre Aufregung zu schildern. Sie traf ihn vor ihrem Haus.

«Man kann so schnell auf dem Scheiterhaufen enden, nicht wahr? Nicht nur angebliche Hexen. Ich denke dabei auch an den Spanier Michael Servet in Genf, der durch Calvin auf dem Scheiterhaufen landete. Ihr müsst wissen, dass Servet einst einige Wochen bei Oekolampad und mir als Gast weilte, und ich habe eine starke Überzeugung aus seinen Worten herausgespürt, auch wenn er mit seiner Leugnung der Dreifaltigkeit keineswegs mit Oekolampad einigging. Er war so hartnäckig, dass Oekolampad ihn schliesslich fortschickte. Trotzdem ist er seiner Überzeugung treu geblieben und das ist ihm nun zum Verhängnis geworden.»

«Ja, Calvin wollte in Genf keinerlei andere Gesinnung hören, er führt ein strenges kirchliches Regiment.»

«Aber er liess Servet auf dem Scheiterhaufen verbrennen! Genauso wie die Katholiken die Neugläubigen verurteilen. Ich habe immer geglaubt, dass wir Reformierten anders handeln. Luther hat das doch ausdrücklich gefordert, man möge mit Worten kämpfen und nicht mit Morden. Und obwohl viele entsetzt sind über das Vorgehen, wagt niemand, gegen Calvin etwas zu sagen.»

«Oh doch, Sebastian Castellio! Er ist allerdings der Einzige, der sich laut äussert. Er wohnt hier in Basel», erläuterte ihr Jakob Meyer geduldig, «aber es wird wohl auf ihn zurückfallen. Calvin wird den Angriff nicht dulden.»

«Ein Angriff?»

«Nicht körperlich, sondern mit einem Traktat. Die Schrift würde Euch gefallen. Castellio findet darin enorm kluge Worte, die mir grossen Eindruck machten. Zum Beispiel: Einen Menschen töten aufgrund seines Glaubens heisst nicht, eine Lehre verteidigen, sondern einen Menschen töten.»

Wibrandis sass da, als ob sie einem Echo lauschte.

«Einen Menschen töten aufgrund seines Glaubens heisst nicht, eine Lehre verteidigen, sondern einen Menschen töten ...», wiederholte sie sinnend den Satz. «Ja, das spricht mir aus der Seele. Wie oft habe ich Ähnliches empfunden bei all den Glaubenskämpfen.»

«Ja, wir leben in einer schrecklichen Zeit. Die Menschen töten im Namen des Herrn, aber ich kann mir nicht vorstellen, dass das sein Wille ist.»

Meyer war überrascht über dieses Gespräch mit einer Frau. Sicher hatte Wibrandis bei den vielen Tischgesprächen über den Glauben einiges mitbekommen während ihrer Ehejahre mit den drei Reformatoren. Schlank und rank und aufrecht stand sie da, voller Energie, ihre Augen blickten klar und entschlossen, man sah ihr keineswegs an, dass sie bald sechzig Jahre alt war, nur ein paar Lachfältchen um die Augen hatten sich in ihrem Gesicht eingegraben.

«Sie ist eine ganz besondere Frau», dachte er, «sie ist intelligent und interessiert und hat einen gesunden Menschenverstand.» Laut sagte er:

«Es ist gut, wenn jemand es wagt, in der Öffentlichkeit dagegen aufzubegehren, nicht wahr?»

«Ja, und es scheint, dass Basel ein guter Ort dafür ist, hier kann man es wagen, ohne Schaden zu nehmen.»

«Hoffen wir es», meinte er vorsichtig und nicht restlos überzeugt, denn er hatte schon einiges gehört, das in eine andere Richtung wies. Aber darüber wollte er lieber nicht reden.

Wibrandis trat ins Haus, legte ihre Haube ab und setzte sich mit einer Handarbeit ans Fenster, um das letzte Licht des Nachmittags auszunützen. Das einfallende Sonnenlicht spielte in ihrem Haar, das nun einige graue Strähnen aufwies.

«Eigenartig, das Leben ist so ruhig geworden, ungewohnt ruhig, es scheint mir gar nicht normal. Aber so ist es wohl, wenn man bald sechzig wird», schoss es ihr durch den Kopf.

Da streckte Lisbeth den Kopf zur Türe herein. Sie war unterdessen bald neunzehn Jahre alt und eine lebhafte junge Tochter mit aufgeweckten blauen Augen und wirren, lockigen Haaren, die sie ständig bändigen musste. Wibrandis lächelte und dachte an Martin Butzer; Lisbeth war ihm wie aus dem Gesicht geschnitten.

«Wo steckt Irene?», fragte Lisbeth neugierig.

«Sie ist noch zum Markt. Aber komm, setz dich zu mir, Lisbeth.»

Folgsam nahm Lisbeth Platz und angelte nach dem Strickzeug, das auf dem Fenstersims lag, denn kein Mädchen und keine Frau setzte sich hin, ohne tätig zu sein, das hatte sie von klein auf gelernt.

«Ich habe in der Stadt gehört, Irene werde bald heiraten», platzte sie mit jugendlichem Ungestüm heraus. Wibrandis nickte.

«Ja, da hast du richtig gehört. Sie wird Johann Lukas Iselin heiraten.»

«Ich bin ja auch im heiratsfähigen Alter, obwohl ich Eure Jüngste bin. Aber ich bleibe lieber bei Euch», meinte sie eifrig.

«Das wird sich alles weisen, mein Kind, auch du wirst einmal gerne einen männlichen Schutz in Anspruch nehmen. Aber ich habe mir abgewöhnt, Pläne zu schmieden für die Zukunft. Es kam immer anders, als ich es mir vorgestellt hatte.»

Unterdessen dämmerte es. Sie hörten, wie der Nachtwächter mit lauter und energischer Stimme die Kinder nach Hause schickte, welche sich trotz anbrechender Dunkelheit noch im Freien aufhielten. Auch Irene kehrte etwas ausser Atem heim und fröstelte. Sie brachte zuerst den Lauch, den sie auf dem Markt erstanden hatte, in die Küche und trat dann in die Stube.

«Es ist kalt draussen. Am besten wir gehen bald ins Bett, dort ist es wärmer», meinte sie heiter, «oder soll Anna noch Feuer machen?»

«Ein Feuer brauchen wir, es ist ja doch noch etwas zu früh, um ins Bett zu gehen, und es gibt etwas Licht», antwortete Wibrandis.

«Ja, und wir könnten noch etwas Thymian hineingeben, damit es angenehm riecht.»

«Oder ein paar Äpfel!», schlug Lisbeth begeistert vor.

Wibrandis betrachtete sie lächelnd. «Das Temperament hat sie von ihrem Vater», dachte sie, ohne es auszusprechen, «Martin war genauso begeisterungsfähig. Als Frau muss sie allerdings noch lernen, sich etwas mehr zurückzuhalten.» Laut meinte sie: «Essen wir zuerst, danach können wir sehen, was wir noch machen wollen.»

Ein muͦs mit lauche

Ein mus mit lauche. nim wizzen lauch vnd hacke
in cleine
Vnd mengez wol mit guͦter mandelmilich vnd mit
ris mele.
vnd wol gesoten. (...) vnd daz suͤde wol vnd versaltz
niht.

Nach dem Essen setzten sich die drei Frauen mit ihren Handarbeiten zum warmen Feuer. In dessen Schein liess sich eine Strickarbeit gut bewältigen.

«Erzählt uns von früher, bitte. Wie war es zum Beispiel damals in Basel, als die Reformation sich durchsetzte?», fragte Lisbeth neugierig.

«Oh, da müsste ich lange berichten, da ist furchtbar viel passiert.»

Wibrandis schwieg einen Moment, begann dann aber von jenen fernen Tagen zu sprechen, während ihre Augen leuchteten. Sie erzählte von der Nacht, als sie zusammen mit Mutter Magdalena am Martinskirchplatz am Fenster gestanden hatte und vom Marktplatz her das Raunen der aufgebrachten Menge zu hören war. Sie berichtete vom Bildersturm und von den Überschwemmungen des Birsig.

«Übrigens hatten wir als Nachbarn jemanden, den Ihr auch kennt: Thomas Platter mit seiner Frau. Damals war er ein einfacher Mann, aber er hat sich emporgearbeitet, unterdessen ist er Druckerherr und Rektor der Schule auf Burg und wohnt in einem eigenen Haus an der Freien Strasse.»

Sie schwieg und dachte daran, wie er damals mit dem kleinen Kind und der Wiege auf dem Rücken eingezogen war, und lächelte bei dieser Erinnerung.

«Ach, das ist der Vater von Felix Platter, dem Arzt. Gerade vorletzten Sonntag hat man dessen Hochzeit verkündet im Münster», rief Elisabeth und strich eine Locke hinters Ohr, «und es sollen hundertfünfzig Personen ans Hochzeitsmahl geladen sein.»

«Du meine Güte», entfuhr es Irene, «stellt euch vor, was man da alles auffahren muss an Fleisch und Hühnchen und süssem Reismus, Käse und Obst!»

Während die Stricknadeln wie von selbst auf und nieder tanzten, machte sich Wibrandis ihre Gedanken.

«Ja, es ist vieles anders geworden heutzutage, weniger bescheiden als zu meiner Zeit. Es waren verrückte Jahre damals in Basel, und auch in Strassburg. Oft nicht nur spannend, sondern leider auch traurig. Zwei Ehemänner musste ich in Basel zu Grabe geleiten und die andern beiden in Strassburg und England. Und wenn ich an meine Kinder denke, die ich durch die schreckliche Pest verlor ...», ihre Stimme versagte. Einen Moment lang schwieg Wibrandis, dann aber raffte sie sich auf und meinte: «Aber sechs Kinder leben und sind gross geworden! Und es ist besonders schön, dass mir von jedem meiner vier Ehegatten Kinder geblieben sind. Vom ersten Ehemann habe ich Wibrandis, die in Strassburg verheiratet ist, von Oekolampad stammt Aletheia und lebt auch dort und von Wolfgang Capito leben sogar noch drei Kinder, Agnes, Hans Simon und Irene, und von Martin Butzer habe ich dich, Lisbeth. Ist das nicht schön?»

«Ja, vier Ehemänner und von jedem ein Kind als Erinnerung, das ist sicher nicht selbstverständlich, wenn man bedenkt, wie Pest und andere Krankheiten wüteten in all den Jahren», meinte Irene gedankenvoll.

«Ja, Gott hat es gut mit mir gemeint», schloss Wibrandis dankbar. Darauf rollte sie entschlossen ihre Strickarbeit zusammen und erhob sich. «Ich denke, für mich ist es jetzt an der Zeit, ins Bett zu gehen. Ich wünsche euch eine gute Nacht.»

«Auch Euch eine gute Nacht», riefen beide Töchter herzlich.

Leichtfüssig stieg Wibrandis mit einem Lichtstock in der Hand die schmale Treppe hoch. Das schwache Licht liess ihre zarte Figur fast durchsichtig erscheinen. Elisabeth blickte ihr bewundernd nach.

«So wie sie will ich auch werden», sagte sie ehrfurchtsvoll zu ihrer Schwester, «sich nie unterkriegen lassen, stets vorwärts blicken, freundlich, entschlossen und gelassen alles angehen und immer und in allen Situationen auf Gott vertrauen – genau so!»

Nachtrag

1564 wütete eine weitere Pestepidemie am Oberrhein. Wieder mussten Hunderte ihr Leben lassen. Am 1. November starb auch Wibrandis Rosenblatt an der schrecklichen Krankheit. Sie wurde genau sechzig Jahre alt. Man beerdigte sie nicht in einem Massengrab wie viele andere jener Tage, sondern im Grab ihres zweiten Gatten Oekolampad. Ihren Namen sucht man dort vergeblich, jedoch wurde zu ihrem 500. Geburtstag am ehemaligen Pfarrhaus der Martinskirche eine Erinnerungstafel für sie angebracht.

Kurzbiografie

Wibrandis Rosenblatt (1504–1564)

Der Name Rosenblatt stammt vermutlich von einem Hausnamen «Zum Rosenblatt».

Der Name Wibrandis:
Kunegundis, Mechtundis und Wibrandis, die drei hochverehrten Jungfrauen von Eichsel im nahen Schwarzwald, wurden im Jahr 1504 kurz vor der Geburt von Wibrandis Rosenblatt heiliggesprochen, was dazu führte, dass die drei Namen in aller Munde waren.

Vater:	Hans Rosenblatt, Schultheiss von Säckingen, zum Ritter geschlagen
Mutter:	Magdalena Rosenblatt geb. Strub aus Basel
2 Kinder:	Adalberg, geb. xxxx–1545, Münzmeister in Colmar; Wibrandis, 1504–1564 =

Wibrandis Rosenblatt

1504 geboren in Rheinfelden, lebte einige Zeit in Säckingen, dann zog die Mutter mit ihren Kindern nach Basel ins Haus *zum Kienberg*, Barfüsserplatz 12, heute «Rio Bar»

Basel:

Erster Gatte 1524–1526:

Ludwig Keller (gest. 1526), Lehrer in Basel

1 Kind:

Wibrandis, 1525–1582?

Zweiter Gatte 1528–1531:

Johannes Husschin, genannt Oekolampad (1482–1531), Reformator in Basel

3 gemeinsame Kinder:

Eusebius, 1528–1541 (gest. an der Pest)

Irene, 1530–1540

Aletheia, 1531–xxxx

Strassburg:

Dritter Gatte 1532–1541:

Wolfgang Köpfel, genannt Capito (1478–1541 gest. an der Pest), Reformator in Strassburg

(Erste Ehe mit Agnes Röttel, diese stirbt 1531, gleichzeitig wie Oekolampad)

5 gemeinsame Kinder:
Agnes, 1533–1610
Dorothea, 1535–1541 (gest. an der Pest)
Johann Simon, 1537–xxxx (1567 als veschollen erklärt)
Wolfgang Christoph, 1538–1541 (gest. an der Pest)
Irene, 1541–1585

Strassburg und Cambridge:

Vierter Gatte 1542–1551:

Martin Butzer (1491–1551), Reformator in Strassburg, ab 1549 Professor in Cambridge

(Erste Ehe mit der Nonne Elisabeth Silbereisen, sie stirbt 1541 an der Pest, ebenfalls sterben vier Kinder an der Pest). Es bleibt Nathanael, 15xx–15xx, geistig und körperlich behindert.

2 gemeinsame Kinder:
Martin, 1543–1546
Elisabeth, 1545–xxxx

Ab 1545 lebt zudem in der Familie:
Margaretha, Tochter von Adalberg Rosenblatt (dem verstorbenen Bruder von Wibrandis)

Nach Butzers Tod kehrt Wibrandis Rosenblatt mit ihrer Familie von Cambridge nach Strassburg zurück.

Basel:

1553, nach dem Tod von Schwiegersohn Christoph Söll, zieht Wibrandis wieder nach Basel, zusammen mit ihrer Mutter Magdalena und mit ihren Kindern Agnes, Irene und Hans Simon Capito und Elisabeth Butzer sowie mit der Nichte Margarethe. Von Nathanael (dem behinderten Sohn von Butzer) ist nirgends mehr etwas zu lesen.
Wibrandis stirbt 1564 in Basel an der Pest und wird im Grab von Oekolampad im Kreuzgang des Basler Münsters beerdigt.

Nachkommen:

WIBRANDIS KELLER, 1525–1582?
(Tochter aus der ersten Ehe von Wibrandis Rosenblatt):
Erste Ehe: 1541 mit Hans Jegliger, Gürtler, Strassburg
Zweite Ehe: ? evtl. Heirat mit dem Baselbieter Jakob Gysin, denn 1582 stirbt eine Wibrandis Keller in Sissach. Mehrere Kinder.

ALETHEIA OEKOLAMPAD, 1531–XXXX
(Tochter aus der zweiten Ehe von Wibrandis Rosenblatt):
Erste Ehe: 1548 mit Christoph Söll, Prediger in Strassburg, dieser stirbt 1553 an der Pest. 1 Kind?
2. Ehe: Hans von Lampertheim, Kannengiesser in Strassburg. Kinder?

AGNES CAPITO, 1533–1610
(aus der dritten Ehe von Wibrandis Rosenblatt):
heiratet 1555 Jakob Meyer (Enkel von Jakob Meyer zum Hirzen), Pfarrer in Arlesheim, Petersberg/Sulzburg, Muttenz, und ab 1565 an der Kirche St. Alban in Basel. 14 Kinder. Das jüngste Kind, Wolfgang Meyer, wird ein bedeutender Theologe, stirbt 1653 und wird im Grab von Oekolampad und Wibrandis beigesetzt.

JOHANN SIMON CAPITO, 1537–XXXX
(aus der dritten Ehe)
wird 1567 als verschollen erklärt.

Irene Capito, 1541–1585
(aus der dritten Ehe)
heiratet Anfang der 1560er-Jahre den Basler Johann Lukas Iselin. Mehrere Kinder.

Elisabeth Butzer, 1545–xxxx
(aus der vierten Ehe von Wibrandis Rosenblatt):
heiratet 1565 den Basler Ratsherrn Karl Gieser. 12 (?) Kinder.

Literatur

- Ernst Staehelin: Frau Wibrandis, Bern und Leipzig 1934
- René Teuteberg: Jakob Meyer, Johannes Oekolampad, Simon Grynaeus, Wibrandis Rosenblatt, in: Der Reformation verpflichtet, Basel 1979
- Sebastian Brant: Das Narrenschiff, München 1944
- Erasmus von Rotterdam: Das Lob der Torheit, Reclam Taschenbuch-Ausgabe, Baden-Baden 1949
- Das buoch von guoter spise. Aus der Würzburger-Münchener Handschrift. Hrsg. von Hans Hajik. Berlin 1958 (Texte des späten Mittelalters 8): Rezepte Nr. 44, 52, 82, 92, http://turba-delirantium.skyrocket.de/bibliotheca/anonymus_buochvonguoterspise.htm (aufgerufen August 2012)

- Thomas Platter: Lebenserinnerungen, Basel 1999
- Ernst Staehelin: Das theologische Lebenswerk Johannes Oekolampads, Leipzig 1939
- Dietegen Guggenbühl: Mit Tieren und Teufeln, Liestal 2002
- Markus Jenny: Luther, Zwingli, Calvin in ihren Liedern, Zürich 1983
- Basler Chroniken, 8. Band: Das Tagebuch des Johannes Gast, Basel 1945

Bildnachweis

Titelbild: Wibrandis Rosenblatt, Privatbesitz
Mit freundlicher Genehmigung von Frau Henriette Chiesa-Burckhardt

Rückseite:
Johannes Oekolampad, Aquarell von Luttninghausen 1807, Universitätsbibliothek Basel,
Sign: Portr BS Oekolampad J 1482,5
Wolfgang Capito von Peter Aubry, Universitätsbibliothek Basel,
Sign: Portr BS Capito WF 1478,1
Martin Butzer, © Société de l'histoire du protestantisme français, Paris

Autorin

Die Baslerin Helen Liebendörfer ist bekannt als Stadtführerin und Dozentin an der Volkshochschule Basel. Die Besonderheiten der Stadt Basel und der Menschen, die einst darin lebten, bringt sie auf vielfältige Art den Gästen näher. Für ihr Engagement hat sie im Jahr 2008 den Ehrendoktor der Universität Basel erhalten.

Helen Liebendörfer im Friedrich Reinhardt Verlag

Spaziergänge in Basel für Touristen und Einheimische

Die beschriebenen Spaziergänge sind für Touristen, welche die Stadt zum ersten Mal besuchen, genauso interessant wie für Personen, die schon lange in der Stadt leben.

84 Seiten, 2000
4. Auflage 2006
mit neun farbigen Abb. und Stadtplan
kartoniert
CHF 19.80, EUR 16.80
ISBN 978-3-7245-1145-8

Spaziergänge zu Malern, Dichtern und Musikern in Basel

Dieses handliche Buch führt auf verschiedenen Spaziergängen zu berühmten Malern, Dichtern und Musikern, die in Basel aufgewachsen sind oder in der Stadt zu Besuch weilten.

123 Seiten, 2000
2. Auflage 2004
mit 12 farbigen Abb. und Stadtplan
kartoniert
CHF 19.80, EUR 16.80
ISBN 978-3-7245-1110-6

Spaziergänge zu Frauen und Kindern in Basel

Im vorliegenden Band führt die Autorin zu Wohnorten, Bildern und Statuen bedeutender Frauen und Kinder, die später ihre Vaterstadt über die Grenzen hinaus bekannt gemacht haben.

130 Seiten, 2003
mit 17 farbigen und fünf s/w Abb. sowie Stadtplan
kartoniert
CHF 19.80, EUR 16.80
ISBN 978-3-7245-1255-4

Basel, die verzauberte Stadt
Ein spielerischer Spaziergang für Kinder

Auf einem Spaziergang durch die Stadt können die Kinder aktiv ins Geschehen miteingebunden werden. Für Kinder zwischen fünf und zehn Jahren.

48 Seiten, 2006
mit 21 Farbfotos und Stadtplan
Hardcover
CHF 19.80, EUR 16.80
ISBN 978-3-7245-1380-3

Spaziergang in Basel mit Johann Peter Hebel

Mit viel Gespür für Details führt Helen Liebendörfer den Leser auf die Spuren des grossen Dichters: vom Totentanz zur Petersgasse, vorbei an der Mittleren Brücke und hoch zum Münsterplatz.

65 Seiten, 2010
kartoniert
CHF 19.80, EUR 16.80
ISBN 978-3-7245-1660-6

Spaziergang zu berühmten Gästen in Basel

Die Stadtführerin nimmt die Leserinnen und Leser zu berühmten Gästen in Basel mit – von Kaiser Heinrich II., Paracelsus, Faust und Napoleons Gemahlin Marie-Louise bis hin zu Dostojewski und Gustav Adolf von Schweden.

100 Seiten, 2011
farbig bebildert
kartoniert
CHF 19.80, EUR 16.80
ISBN 978-3-7245-1704-7

Spaziergang mit Hermann Hesse durch Basel
Hermann Hesse verbrachte über zehn Jahre in Basel. Es gibt daher viele Gründe, einen Spaziergang mit Hermann Hesse durch Basel zu unternehmen und sich zu fragen, wo er gelebt und gewirkt hat und welche Spuren sich davon in seinen Werken niedergeschlagen haben. Es werden einige seiner Wohn- und Wirkungsstätten aufgesucht, und sein Leben wird durch zahlreiche Zitate aus seinen Briefen und Werken verwoben. Gleichzeitig erlebt man die Stadt aus einem besonderen Gesichtswinkel und entdeckt das eine oder andere wieder neu.

80 Seiten, 2012
farbig bebildert
kartoniert
CHF 19.80, EUR 16.80
ISBN 978-3-7245-1704-7

Die Bücher sind im Buchhandel oder unter www.reinhardt.ch erhältlich.

C
H
V

José Cardoso Pires

Lissabonner Logbuch

Stimmen, Blicke,
Erinnerungen

Mit einem Nachwort
von Antonio Tabucchi

Carl Hanser Verlag

Die Originalausgabe erschien erstmals 1997 unter dem Titel
Livro de Bordo. Vozes, olhares, memorações
bei Dom Quixote in Lissabon. Die Übersetzung besorgte
Maralde Meyer-Minnemann.
Das Nachwort von Antonio Tabucchi übersetzte
Elise Dinkelmann.

1 2 3 4 5 01 00 99 98 97

ISBN 3-446-19162-3
© José Cardoso Pires 1997
© des Nachworts: Antonio Tabucchi 1997
Alle Rechte der deutschen Ausgabe:
© Carl Hanser Verlag München, Wien 1997
Satz: Uhl + Massopust, Aalen
Druck und Bindung: Friedrich Pustet, Regensburg
Printed in Germany

»Land, Land! Oder besser gesagt: Himmel, Himmel! Denn ohne Zweifel sind wir in der Nähe des berühmten Lissabon.«

Cervantes, *Die Leiden des Persiles und der Sigismunda*

Ich sehe dich über dem Tejo ruhend wie eine seetüchtige Stadt. Das wundert mich nicht: Immer wenn ich das Gefühl habe, die Welt zu umfassen, hoch oben auf einem Aussichtspunkt oder auf einer Wolke sitzend, sehe ich dich als Stadtschiff, als ein Boot mit Straßen und Gärten, und selbst die Brise, die darin weht, schmeckt salzig. Wellen des offenen Meeres sind auf deine Bürgersteige gemalt; Anker gibt es dort und Seejungfrauen. Das Deck, ein weiter Platz mit einer in das Pflaster gestickten Windrose, wird von zwei aus dem Wasser ragenden Säulen beherrscht, die dort wie eine Ehrengarde beim Auslaufen zu den Ozeanen salutierend strammstehen. Sie flankieren den Bug oder stehen selbst dafür, zumindest vermitteln sie diesen Eindruck; etwas weiter achtern sitzt ein Kindkönig auf einem grünen Pferd und blickt zwischen ihnen hindurch auf die andere Seite der Erde, und zu seinen Füßen sind auf dem sonnenbeschienenen Platz die Namen der Seefahrer und die Daten der Entdeckungen in Basalt vermerkt. Davor liegt der Fluß, der zu den Meridianen des Paradieses fließt. Jener Tejo, den die überspannten Chronisten in ihren Berichten mit Tritonen bevölkern, die auf Delphinen reiten.

Andere Blicke auf die Stadt

Jetzt wende ich mich nach Süden, und du, Lissabon, hast zum Hintergrund den Fluß, dessen Blau einen schwindlig macht. Der Tejo von der Großrah aus gesehen, könnte man sagen.

Von hoch oben spreche ich zu euch,
wo ich dem Blau, das eure Augen sehen,
vielfarbiges Blau beimische,

würde Pedro Tamen anmerken, wäre er jetzt hier. Und ich würde ihm mehr als einverstanden zunicken, denn an kaum einem anderen Ort sind die Farben aus so vielen Farben gemacht wie an diesem.

Blau aus vielen Blaus? Sprödes Weiß aus Perlmutt und Aschgrau? Ocker aus mattem Gelbbraun und glattem Rot?

Selbstverständlich ist dein Anblick oben vom Alto do Castelo aus überwältigend, das will ich überhaupt nicht in Abrede stellen. Doch es gibt den Abstand, und der Abstand erfindet die Städte, wie wir beide ja wissen. Daher werde ich den Hinweis nie vergessen, den jemand eines Tages auf dieser Veranda der Neugierigen hinterlassen hat: **Der erste Blick ist den Blinden vorbehalten.** Ohne Frage ein kluger Hinweis, doch mit Verlaub, etwas zu simpel, denn selbst dem, der von diesem Panorama herabsteigt und, dem Katechismus der Citytour gehorchend, in die inneren Bereiche eintaucht, hat diese Landschaft einiges zu bieten. Da sind die Gelehrten auf der Durchreise, die die Kreuzwegstationen der Kulturdenkmäler abhaken, um sich ein reines Kulturgewissen zu verschaffen, haufenweise habe ich sie gesehen; oder jene Pilger, die aus Liebe zu den Stadtplanlabyrinthen tarantellatanzend die Alfama hinunter- und die Mouraria hinaufhüpfen; oder die Museumsreisenden, für die diese

Welt immer schön ordentlich mit einem Datum versehen sein muß; es gibt für jeden etwas. Aber niemand wird eine Stadt kennenlernen können, wenn er sie nicht befragt, indem er sich selbst befragt. Oder besser gesagt, wenn er sich nicht den Zufällen überläßt, die sie unvorhersehbar machen und ihr das Geheimnis ihrer ureigenen Einheit verleihen.

Denn dies hier ist nicht allein Licht und Fluß, dir brauche ich das nicht zu sagen. Es ist nicht nur Geographie, sind nicht nur Enthüllungen oder Erinnerungen und das übliche Geschwätz der Handbücher und der frustrierten Redner. Stimmen und Gerüche gilt es wiederzuerkennen – Gerüche, wie zum Beispiel: der des gepökelten Fisches in den Läden in der Rua do Arsenal, weiter brauchen wir gar nicht zu gehen; der Seetanggeruch zu bestimmten Tageszeiten an den Kaianlagen des Tejo; der Geruch einer Sommernacht in den Anlagen des Lapa-Viertels; der Geruch der Lager für Seefahrtszubehör zwischen Santos und dem Cais do Sodré; und vom Bairro Alto bis nach Carnide der Geruch von gegrilltem Fisch auf dem Holzkohleofen vor der Tür einer Taverne in einem Winkel oder am Ende einer Gasse.

Und Stimmen und der Humor, der Tonfall und die Syntax. Oder besser gesagt: die Bildhaftigkeit der Sprache und jene Satzkonstruktionen, die von sich aus schon Ironie schaffen. Dies und der intime Nachdruck der Geste und des Dialogs sind unverwechselbare Register des Genius loci, etwas, was das unmittelbare Geschehen überlagert und John dos Passos dazu veranlaßt hat, Lissabon »eine schlafende Sehnsucht« und Saint-Exupéry, es »ein helles und trauriges Paradies«

zu nennen, und ich weiß nicht welchen Patriarchen der Kunst des Schreibens, sie mit anderen überschwenglichen Ausbrüchen in ähnlicher Tonart zu besingen.

Aber hier oben, auf dem Castelo São Jorge, fühle ich mich distanziert, fern, ja beinahe fremd. Vielleicht weil ich dich, Stadt, von hier aus nicht höre. Weil ich deine Absichten nicht einatme und dich nicht rieche. Mit einem Wort, weil mir das geheime Einverständnis fehlt, und eben ohne dieses geheime Einverständnis mit dem Bild, dem Wissen, den Vorlieben und den Fehlern deiner intimen Welt wird niemand lernen, diese zu leben. Ich bin immer noch dabei – mal mit mehr, mal mit weniger Erfolg –, es zu versuchen. Um dich endlich zu verstehen, habe ich schon Kindheitsjahre in Stadtvierteln rekapituliert, Plätze wieder aufgesucht; habe ich bereits mit dir gesprochen und dir widersprochen, Lissabon, doch immer in geduldiger Liebe.

Deshalb verzeih mir das eine oder andere böse Wort. Halte inne und vergiß es einfach, ich bin nämlich aus Arroios.

Aus Arroios, aus Arroios

genauer gesagt, aus der Erzlissabonner Gemeinde São Jorge, dem 4. Steuerbezirk oder, noch genauer gesagt, einem Fenster der Kindheit, das zu einer Kirche hinausging, die es nicht mehr gibt, und zu einem Platz voll schlafender Trinker, über die adrette Täubchen hüpfen.

Von dort stamme ich, von diesem Platz und diesem Fenster, damit du es nur weißt. Ein bißchen weiter hinten, in einem Zimmer in der Travessa das Freiras, hat den offiziellen Biographen zufolge der verhängnisvollen Leidenschaften sehr zugetane Romancier Camilo seine Dona Ana Plácido mit nordportugiesischen Liebeskünsten beglückt; weiter unten, am Ende der Rua de Arroios, lag das Liebesnest, in dem der Vetter Basílio des verehrten Eça de Queiroz zwischen den Bettüchern die närrische Luizinha vögelte, die sich dann im Schatten der Dachtraufen heimlich davonmachte. Arroios bot also vor einem Jahrhundert viel Stoff für Klatsch und Tratsch, die später die Geschichte zu Papier brachte. Ich hoffe, daß die Trinker meiner Kinderjahre auf dem Platz dort von all diesen Ausschweifungen nichts wußten und unschuldig im Schatten der Palmen und der Katzen auf den Dächern schnarchen konnten.

Ich denke in aller Keuschheit daran, denn auf halbem Wege zwischen dem hochgelegenen Reich der Katzen und dem Paradies der Vollzeittrinker wohnte meine Kindheit, die aus einem Fenster und aus Einsamkeit bestand. Von dort aus entdeckte ich eines späten Nachmittags, als ich auf dem Platz eine Menschenmenge mit zum Himmel gewandten offenen Mündern sah, einen Engel mit glitzernden Flügeln, der sich auf dem Kirchturm niedergelassen hatte. Nun, nicht mit Flügeln: mit einem Umhang. Einem zu beiden Seiten in Armlänge ausgebreiteten, blendendweißen Umhang. Dieser Engel bestand nur aus Satin und Licht (heute weiß ich, daß er nicht geschlechtslos war, weil ich mich an die Umrisse der in die Unendlichkeit weisenden Brüste erinnere), und er schien dort oben, wo ihm die Stadt zu Füßen lag, unsterblich zu sein.

Doch plötzlich erklang eine Trommel. Eine Trommel der Verkündigung, woher, war nicht auszumachen. Die Tauben auf dem Platz flogen senkrecht auf, und der Engel, der nicht allein Glanz, sondern Gaukler war, breitete den Umhang, die Flügel, noch weiter aus, trat mit einem Schritt vor ins Leere, ins Nichts und flog – hui! – herab, senkte sich (von den Zähnen gehalten) an einem Seil zur Erde nieder, das von der Höhe Gottes, von der Kirche, herab bis zum Platz reichte, auf dem die Trinker schliefen.

In dieser Nacht gab dort im Viertel, beim kleinen Jahrmarkt auf dem Largo do Leão, ein Zirkus seine Vorstellung, und ich träumte im Bett zur Musik des Karussells von Engeln auf Trapezen, die über Flammen flogen.

»Was tun wir, Lissabon, wir beide hier auf der Erde, auf der wir geboren wurden und ich geboren wurde?«

fragte Alexandre O'Neill, als er, die Schulter an den Türpfosten gelehnt, auf Kaiser Maximilian von Mexiko schaute, der als Denkmal auf dem Rossio steht und so tut, als sei er Dom Pedro IV. von Portugal.

Heute fliegen keine Engel mehr von der Kirche von Arroios über die Trinker hinweg, doch die Stadt birgt noch immer Geheimnisse, und Dom Pedro auf dem Rossio ist eines davon. Ob es nun wahr ist oder erfunden, bis heute weiß man nicht, weshalb der französische Bildhauer, der den Auftrag erhalten hatte, unseren König in erstklassiger Bronze zu gießen, nicht lange fackelte und irgendeinen Maximilian, der in einer Ecke seines Ateliers herumstand, nach Portugal schickte.

Rätsel wie dieses sind eine Blamage und ärgern, im Vertrauen gesagt, nicht nur sensible Geister, sondern auch vom Verstand geleitete Menschen können sie nur schwer verzeihen. Den Gelehrten raubte dieses Kapitel unserer Geschichte den Schlaf, und wenn sie an der Statue des falschen Königs vorbeigehen, senken sie den Blick in wortloser Scham, die ihnen nur allzugut zu Gesicht steht.

Der gewöhnliche Lissabonner läßt sich jedoch von solcherlei Verstößen gegen die Ordnung nicht beeindrucken, der gewöhnliche Lissabonner besitzt Mutterwitz und dazu noch eine gewisse Ungezwungenheit, die ihm erlauben, derart erschütternden Zufälligkeiten und höchst feierlichen Verwicklungen eine andere Wendung zu geben. Wenn er den Kopf hebt und den irregeleiteten Kaiser dort oben Grünspan ausschwitzen sieht, findet er dies möglicherweise sogar noch spaßig. Dom Pedro? Dom Maximiliano? Ist doch Jacke wie Hose, soll er meinetwegen Dom Pedro sein, warum auch nicht? So oder so, im Land selbst ändert sich dadurch nichts, und auf dem Rossio gibt es einen Fall mehr, über den man sich amüsieren kann.

O'Neill würde genauso reagieren, ich sehe ihn direkt vor mir: Ein flüchtiges Lächeln, ein Gähnen, und er würde seinem Tagewerk weiter nachgehen, denn unsere Stadt ist übervoll von Denkmälern für die, die keines verdient haben, und Bildhauern mit zwei linken Händen, angefangen vom Denkmal der Entdekkungen und dem heiligen Antonius in Alvalade bis hin zu dieser steinernen Vogelscheuche, die jemand vor dem Flughafen aufgestellt hat, um die Besucher zu verschrecken. O'Neill, der Dichter, der die harmlosen und bösen Streiche des Lissabons unserer Tage entzifferte, der es wie kein anderer an den Wendungen und Windungen seiner Sprache erkannte (jenes geheime Einverständnis, wie gesagt). Er behandelte es mit liebevoller Ironie, vom Barbier des Stadtviertels bis zum Beco da Mal-Amada, der Sackgasse der Ungeliebten, und – Junge! – mit was für einem Sinn für die Bedeutung und den Klang der Wörter. Doch auf diesem Rossio mit seinen Blumenfrauen und der Statue des Maximiliano-Dom Pedro mache ich noch einen Abstecher: Dort trifft man auch noch, das sollte man nicht vergessen, auf Bocage. Und Bocage war, obwohl er aus Setúbal stammte, einer der Dichter Lissabons, der die größte Lebenserfahrung hatte, obwohl er zu seinem Pech stets die Bücher Ovids unter den Arm geklemmt mit sich herumtrug.

Heute können wir ihn jederzeit im alten Café Nicola sehen, wo er zwei Jahrhunderte zuvor seinen Literatenstammtisch hatte und wo er zwischen Reimen und Pamphleten gegen die Gesellschaft der Polizisten und denunziantischen Mönche konspirierte, was ihn ins Gefängnis brachte. Wer hereinkommt, trifft gleich bei der Eingangstür auf ihn. Doch er ist nicht mehr der »magere, blauäugige Teufel mit der braunhäutigen Fratze«, wie er sich beschrieb, sondern er wurde in vergoldeter Bronze in eine Statue übertragen, damit er zu den Musen seiner Zeit paßte, die nichts weiter waren als übelriechende Preziöse. Im selben Saal sind noch immer die Mönchlein und die Literaten versammelt, die ihm das Leben zur Hölle gemacht haben, und ziehen übereinander her, doch heutzutage nur als Dekoration, es besteht also keine

Gefahr mehr. Sie sind als Porträts einer Vergangenheit mit schlechtem Gedächtnis an den Wänden angebracht, und möge die Erde, *De profundis ad Domine*, schwer auf ihnen lasten.

Bis zum Tod des Salazarismus war der Rossio, über den heute die Rückkehrer aus den afrikanischen Kolonien schlafwandeln, der Ort der literarischen und politischen Stammtische. Da gab es den im Café Portugal, wo von der Diktatur überwachte Schriftsteller Tisch an Tisch mit unstet blickenden Polizisten saßen. Da war der im Cave de Ouro, wo Jorge de Sena und Casais Monteiro ganze Nachmittage bis zum letzten Vers miteinander verbrachten, und wo Delgado, der furchtlose General, während einer Versammlung die Exkommunikation Salazars mit dem berühmten Satz verkündete: »Ganz ohne Frage, ich entlasse ihn.« Der Rossio und das Café Gelo, der Schützengraben der Surrealisten mit dem lebenden Gespenst eines Raúl Leal, der ein exoterisches Portugal proklamierte, und mit Mário Cesariny und Herberto Helder, die auf fernere Flüge verwiesen, ein anderes Universum, andere Lesarten. All das, all das.

Selbstverständlich hat sich auch Pessoa hier aufgehalten, das ist hinreichend bekannt. Pessoa, aber allein und nur auf dem Wege woandershin, denn er ließ sich ein paar Schritte weiter im Suiço mit einigen Dichtern der Abenddämmerung nieder, über die er gut Bescheid wußte. Dennoch wurde ihm auf dem Rossio, im Restaurant Os Irmãos Unidos, zum erstenmal ein Ehrenplatz mit einem Porträt eingeräumt, das zu einem der gelungensten Werke des Malers Almada Negreiros gehört.

Denkmal der heiligen Häresie (Teilansicht)
Aber daß der Kaiser von Mexiko als Standbild unrechtmäßig den Platz König Pedros von Portugal eingenommen hat, ist noch gar nichts. Die Kaiser haben ihr Leben lang nichts anderes getan, als etwas unrechtmäßig einzunehmen, und das Volk begrüßt sie im Vorübergehen nicht einmal mehr.

Mit Heiligenstatuen verhält es sich ganz anders. Heilige werden nicht einfach ausgetauscht wie Kaiser (zumindest ist hier in der Hauptstadt darüber nichts bekannt), doch auch wenn sie nicht vertauscht werden, verweilt niemand auf einem öffentlichen Platz vor ihnen, denn ein Heiliger verliert, wenn er jahrelang fern des Altars, den Unbilden des Wetters ausgesetzt, im Freien steht, das ihm gebührende Mysterium. Er verliert in der Alltäglichkeit der profanen Landschaft und inmitten der Schar der Sünder seinen Glanz und verschmilzt mit ihr.

Dennoch gibt es einen, der aus der Reihe tanzt und ohne Bibel und Kapelle unter freiem Himmel empfängt, zu jeder Tageszeit, bei Sonnenschein oder Regen: Ich meine den seligen Bruder São José Tomás, der erst gestern noch seinem Geburtsnamen nach Sousa Martins hieß. Wenn ich ihn sehen möchte, finde ich ihn im Doktorentalar bescheiden am Tor der alten medizinischen Fakultät stehen. Im Talar eines Doktors der Naturwissenschaft, nicht der Theologie. Als solchen hat ihn das Vaterland anerkannt, und als solcher wurde er als Statue vor dem Institut aufgestellt, in dem er der Meister der Meister war.

Campo de Santana, da steht er. Lange Zeit erfreute er sich eines stillen Angedenkens im Buch der Illustren der Nation. Niemand machte viel Aufhebens von ihm, zwischen Zypressen, die sein kaltes Grab bewachten, schlief er den Schlaf der Gelehrten. Wir waren es alle zufrieden, alles lief wie gewohnt, bis eines Tages ein an der Medizin Verzweifelter die Enzyklopädie unter dem Eintrag Sousa Martins, Professor (1843–1897), aufschlug, und da öffneten sich die Himmel über dieser Seele: Der Mann hatte eine Erleuchtung. Als er feststellte, wie viele Menschen der Verstorbene hier auf Erden geheilt, wieviel Hochachtung sein Wissen ihm an allen Universitäten eingebracht hatte und welches Vorbild an Güte er gewesen war, trommelte er noch ein paar weitere Verzweifelte zusammen, und alle machten sich flugs auf den Weg zu ihm. Will sagen, auf den Weg zu seiner Statue. Sie vernebelten sie mit mystischen Wolken, überhäuften sie mit Bitten und Gelöbnissen, und der Gelehrte, der bekanntermaßen sein Lebtag lang bekennender Häretiker gewesen war, sah sich nach seinem Tode zum Erlöser in einer Kampagne von Verkrüppelten gemacht, die heimlich zu ihm pilgerten.

Er wurde gegen seinen Willen vom Häretiker zum Heiligen und dies – eine einmalige Begebenheit –, ohne in der letzten Lebensstunde Reue gezeigt, ohne Zweifel angemeldet zu haben, einfach so. Von Schwärmen frommer Seelen verfolgt, wurde er bald in Abwesenheit des Vatikans kanonisiert und von Gläubigen mit umtriebigen Seelen und wirren Beichten zum Herrn der Wunder erkoren. Sollten Sie mehr Einzelheiten erfahren wollen, lesen Sie die in den Devotionalienhandlungen am Largo Martim Moniz ausliegende Literatur, oder fragen Sie einen der vielen sich in ganz Lusitanien herumtreibenden heruntergekommenen Apostel.

Und so wurde Dr. Sousa Martins in einer bescheidenen Blumenrabatte des Campo-de-Santana-Parks, den das Volk auch den Park der Märtyrer des Vaterlandes nennt, ohne Kirche und ohne Heiligenschein unwiderruflich zur Heiligkeit verdammt. Lange wurde er von armseligen Kerzen beleuchtet und von Krücken, Blindenbrillen und makabren Stiefeln umringt, die seine Wunder obsolet gemacht hatten, von Füßchen und Händen aus Wachs, von Ohren, Jungfrauenbrüsten – kurz, von einem Sammelsurium orthopädischer Orgien und den Blumen und der Devotion anheimgegebenen ausgesuchten Einzelteilen des menschlichen Körpers. Heute umgeben den häretischen Heiligen kleine Marmortafeln mit den Namen der Danksagenden wie Visitenkarten für die Ewigkeit.

Die Raben (Rua das Farinhas)

Wenn schon von Heiligen die Rede ist, muß auch São Vicente erwähnt werden, der sich in der Sé, der Kathedrale, befindet und Lissabon nur mit den Augen eines Toten gesehen hat. Pflicht ist Pflicht, und dieser Märtyrer ist sogar, obwohl er ganz und gar Spanier war, aufgrund von Legenden, die das Schicksal schrieb, eng mit dem Wappen unserer Stadt verbunden. São Vicente, das ist bewiesen, lief als schwimmender, von zwei Raben bewachter Leichnam in den Tejo ein. Nebenbei bemerkt, bereits ausgedörrt und verschrumpelt. Bereits als Reliquie für den Schrein, mit ausgefranstem Mund und gebleckten Zähnen. Dergestalt kam er hier an und hatte, obwohl er ein Heiliger war, für diese Stadt, die ihn aufnahm, kein Wort übrig. Ohne ein Dankeschön oder ein Dominus tecum zog er sich in die Kathedrale zurück wie jemand, der sich in eine Festung zurückzieht, und verlassen, ganz für sich allein, blieb er dort und ließ die Jahrhunderte über seinen Leichnam hinwegziehen.

Nicht so die Raben. Die Raben begannen, kaum daß sie nach jener wachsamen Reise festen Boden unter den Krallen hatten, herumzuhüpfen, um sich die Beine zu vertreten, und lebten sich, nachdem sie sich zu den Sackgassen und Gäßchen aufgemacht hatten, vorzüglich ein. Wenig später hatten sie sich zu Legionen von Kneipenvögeln vermehrt, die reizend anzuschauen waren. Zwei der Ältesten streiften so weit umher, daß sie im Jahre 1630, so steht es in den Büchern zu lesen, die Stadt durch eines ihrer Tore verließen und zur Bica de Arroios kamen. *Arroios*, man stelle sich das einmal vor. Damals eine Vorstadt der Verbannten. Ganz und gar unbekümmert, löschten die beiden Abenteurer ihren Durst, ruhten sich aus, und um dies Ereignis festzuhalten, ritzten sie ihr Bild in den Stein des Brunnens wie in einen Gedenkstein für Entdecker. Durch und durch portugiesisch, diese Vögel.

Doch wenn sie auch mal hierhin oder dorthin fliegen, um sich ein wenig zu zerstreuen, so leben die echten Raben in den verschiedenen Vierteln der Hauptstadt. Pátio do Corvo in São Vicente de Fora, Rua dos Corvos à Escadinhas in Santo Estevão, Terreiro do Corvo im Viertel der Kathedrale – wie man sieht, weist sie der Stadtplan sogar noch heute als

Respektspersonen aus. Als Vögel, die so viel Respekt verdienen, daß Júlio Pomar einen von ihnen an Fernando Pessoas Seite malte, und das mit voller Berechtigung, denn es handelt sich bei beiden um eine Lissabonner Legende.

Du, Blauauge, kamst mit einem Storch
auf die Welt, in der es keinen Fado gibt.
Mich Schwarzzopf aus Lissabon
brachte ein verzauberter Rabe

hörte ich vor Jahren eine Sängerin des Fado Vadio im Haus Nr. 13 der Rua da Atalaia singen, und ich behielt dies als eine Bürgschaftserklärung für die von uns so verehrten Vögel für immer in meinem Gedächtnis.

Ironisch und weise, waren die Lissabonner Raben Gestalten mit einem Gefühl von Nähe und volkstümlichem Instinkt. Jahrhundertelang waren sie in den Kneipen zu Hause, und die Kneipen waren die Schule, in der sie den Menschen und den Alltag der Stadt studierten. In Wahrheit war es dort, wo das Gefühl, wenn der Wein in Strömen floß, zum Fado veredelt wurde oder miesepetrig versauerte, dort, wo die Witze und Geschichten jene mutwillige Originalität besaßen, die das kulturelle Territorium absteckte, und all dies trug zur Bildung eines Stadtraben beträchtlich bei.

Vicentes, so nannte man sie. Ich selbst habe sie unzählige Male gesehen, wie sie Gespräche am Tresen mithörten und Desinteresse vortäuschten, um nicht aufzufallen. Oder wie sie an der Tür die Vorübergehenden hochmütig und zurückhaltend musterten. Oder auch wie sie, glatt gekämmt und glänzend, kurze Spaziergänge auf dem Bürgersteig machten, und dann hatten sie etwas von den Lissabonnern, die am Sonntag durch ihr Stadtviertel flanieren.

Ja, das ist er, der Rabe der Herrin des Tejo. Er kam auf gut Glück als Vogel, war weder heilig noch adlig (im Gegensatz zur Taube der Bibel oder zum Adler der Kaiser) und wurde so sehr zu einem von uns, daß er den Namen eines Heiligen bekam. Mehr noch: Wenn wir uns das Basrelief in der Rua das Farinhas mit der Inschrift SAM VECÊTE ansehen, werden wir feststellen, daß er nicht nur den Namen des Heiligen angenommen hat, sondern zum Bildnis ebendieses Heiligen geworden ist.

Heute kennen wir die Raben, wenn überhaupt, nur noch vom Stadtwappen. Die echten Raben sind verschwunden, und nur hin und wieder sehen wir mal einen, der im Exil vor den Toren der Stadt lebt. Das ist der letzte, denken wir dann. Es gibt keine Kneipen mehr, die anderen Raben sind alle weiß Gott wohin aufgebrochen.

Vielleicht sind sie ja aufs Meer hinaus und suchen dort nach schwimmenden Leichnamen.

Erst mal abwarten und dann losspucken (Karikatur von Botelho)

Zu Heiligen gewordene Raben, von den Gezeiten gebrachte Märtyrer und häretische Doctores, die Wunder verschreiben, so etwas gibt es nur in Lissabon.

Die Leute von hier sind ein Hafen- und Fadovolk, das alles nicht so eng sieht. Daher rührt die Unbekümmertheit, mit der es die Sünde mit der Tugend in ein Bett steckt, und die Gewitztheit, mit der es der Geschichte eines Unglücks eine burleske Wendung zu geben weiß. Aus Schamhaftigkeit kann der Lissabonner Freundschaft durch eine zärtliche Beleidigung ausdrücken, aus Verachtung greift er mit einem Lob an: »Ein gewiefter Junge, ein Teufelskerlchen«, nennt er einen ruchlosen Dealer. Halb ungläubig hört er ruhig zu, ja, ja, ist ja gut; und wenn er eine Warnung oder eine Erklärung vorbringt, tut er das leise. Läßt sich aber die Angelegenheit doch nicht auf diese Weise regeln, dann kann es passieren, daß er die Geduld verliert und dann – aus heiterem Himmel – plötzlich in Fahrt kommt.

Wenn mich beispielsweise ein »Lisbier« aus Madragoa, aus Alcântara oder Campo de Ourique, kurz, ein waschechter »Lisbier« von Häresien und diesem und jenem sprechen hörte, er würde zu allem nicken und nichts dazu sagen. »Wie der Frosch auf die Fliege warten«, nennt man diese Art des abschätzenden Verhaltens, und ich kenne, soweit ich mich erinnere, niemanden, der die Kunst besser beherrscht, den anderen erst einmal kommen zu lassen und zu sehen, worauf er hinauswill.

Bekanntermaßen verdient für einen wohlerzogenen »Lisbier« alles Respekt, was den Glauben, unglückliche Liebe oder Seelenangelegenheiten betrifft. Wenn das Gespräch aber zweideutig wird oder einen unverschämten Ton annimmt, dann ist nichts mehr zu machen. Der »Lisbier« wird dann »mit Verlaub« sagen, wird ganz wohlerzogen sein und dem anderen scharfzüngig seine Meinung sagen. Er hat seine Stichworte und seine Noten. Seine Rede nennt er Musik und seine Provokation Aufforderung zum Tanz, was will man mehr?

»Erst mal abwarten und dann losspucken.« Von hinten herum scharfzüngig die Meinung sagen. Es war sicher kein Zufall, daß Carlos Botelho dem Helden seiner Lissabonner Karikaturen den Namen Räusper-und-Spuck gegeben hat.

Und tatsächlich wird mit diesem »erst mal abwarten und dann losspucken« und mit der provokanten Aufforderung zum Tanz der Eindringling bearbeitet und die Diskussion zu einem Ende gebracht. Dabei kann die Stimme durchaus beinahe guttural scharf ausklingen, doch für jemanden, der Gehör und Verstand besitzt, ist klar, daß es hier häufig um mehr geht als Lautstärke und Krawall. Vielmehr handelt es sich um einen natürlichen Akzent, der möglicherweise ein Überbleibsel der alten Straßenausrufe ist.

Diesen Akzent, der der Stimme Farbe verleiht, spürt man im Fado der Stadtviertel und zwischen den Zeilen von Alexandre O'Neill. Er müßte auch bei Cesário zu finden sein, bei Cesário Verde, der, obwohl er einer der ganz wenigen ist, der ein ganz persönliches Lissabon und einen einzigartigen Blick für diese Stadt besaß, zur Strafe dafür eine verschämte Büste in einer vier Spannen großen Anlage drüben in Estefânia erhielt. Er hat Lissabon während eines kurzen, sehr kurzen Lebens erlebt, wer weiß, vielleicht fehlte ihm die Zeit, diesen der Stadt eigenen Akzent aufzuzeichnen. Doch Pessoa hat ihn auch nicht aufgezeichnet und ist der Stadt deswegen auch nicht weniger treu gewesen: »Lissabon ist mein Heim!« schrieb er, die Unterschrift lautete Bernardo Soares. Und die Stadt war wirklich sein Zuhause. Er bewohnte sie auf seine Art, kühl, in sich verschlossen, scheint mir, daher die illusionslose Intimität, mit der er sie zu Papier brachte. Er kannte sie von vielen Wohnorten her: aus Büros, der pombalinischen Unterstadt, aus von Galiziern geerbten Gasthäusern, aus Kaffeehäusern, wo es Espresso mit einem Schuß Tresterschnaps gab, Mietzimmern von Arroios bis Campo de Ourique (Wohnungen der Einsamkeit, Wohnungen), doch durchmaß er sie (las er sie, besser gesagt) auf Zeilen der Unruhe, stets mehr ihrer Seele als ihrer Stimme lauschend. Lissabon war für ihn ein Geisteszustand (»die Rua do Ouro hinauf, an alles denkend, was nicht Rua do Ouro war«, hat er die Stadt nicht so kennengelernt, Arm in Arm mit Álvaro de Campos?).

Um den waschechten Lissabonner Zungenschlag zu spüren, schlage ich deshalb immer wieder Alexandre O'Neill auf. António Lobo Antunes ist ein weiterer Schriftsteller, der ihn, den verschiedenen Gesellschaftsklassen aufs Maul schauend, ironisch und mit der Lissabon ureigenen Syntax, behandeln wird, mit der Syntax einer Stadt, die ihre Wurzeln verliert, und das ist der Grund dafür, daß sich sein Lissabon so anrührend in der Entzauberung, so orientierungslos darbietet. Dinis Machado (O que Diz Molero) zeichnet die Stadt mit Echos aus der Kindheit auf. Doch bei O'Neill ist es die Beinaheperversion des Gesangs, jenes durchtriebene Trillern, das auf der Provokation und dem abschätzenden Abwarten beruht, aus denen der Lissabonner seine ganz eigene Redeweise webt. Ich lese sie und höre bei jedem Satz die Stadt in diesem Tonfall, der sie einzigartig macht. Ein Tonfall, den ich nur im ursprünglichen, ganz im Stadtviertel verwurzelten Fado entdecke, den zu hören heute ein seltenes Geschenk ist.

Ja, ein seltenes, äußerst seltenes Geschenk. Nach Marceneiro, nach Amália und der alten Dynastie populärer Sänger hören wir ihn jetzt von Carlos do Carmo, dem »Mann der Stadt«. Von ihm und noch einigen wenigen. Nur bei ihnen besitzt die Stimme die ursprüngliche Färbung, die ihren Ursprung in den im Stadtteil üblichen Wortwechseln hat, und weh dem, der sich in der Hoffnung, ihn wiederzuerkennen, nach Noten singend folkloristisch an ihn heranmacht. Außer einem irgendwo im Bairro Alto gelegenen unmöglichen Eckchen, in dem es noch den Fado Vadio gibt, wird gemeinhin die Gitarre ständig unter maurischen Melismen und konsonantischem Jaulen mit sogenannten unverfälscht typischen Texten beliefert, damit die Leute dann sagen können, *this is Fado, this is Saudade.*

Camões/Rua do Alecrim

Die Rua do Alecrim hinuntergehen, am besten so um neun Uhr morgens und, wenn möglich, im Herbst. Ich lasse den bronzenen Camões mitten auf dem Platz zurück (stets mit einer Taube auf der Schulter, ich habe nie begriffen, wieso) und beginne mit dem Abstieg. Wenige Schritte weiter treffe ich auf einen didaktischen Eça, der einer nackten Schönen den Schleier der Phantasie lüpft, als würden derartige Intimitäten noch irgend jemanden in Erstaunen versetzen. Ich blicke nicht einmal zur Seite, gehe einfach weiter.

Da entdecke ich, als ich zum Ende der Straße hinunterblicke, daß die riesigen Kräne der Lisnave-Werft auf dem anderen Ufer sich beinahe auf dieser Seite, auf dem Cais do Sodré, befinden. Haben sie den Tejo überquert, oder ist der Tejo über Nacht geschrumpft?

Sebastião Opus Night, ein aktiver Anhänger des Whiskys in den Bars dieser Gegend, behauptet ständig, Lissabon sei nur ein *trompe-l'œil* (*trompe-l'œil*, das genau sind seine Worte). Nur läuft er von Geburt an mit einem Knick in der Linse herum. Opus Night, dieser Bruder eines Richters vom Opus Dei, ist in seinem ganzen Leben die Straße nie vor Anbruch der Nacht hinuntergegangen, und nur am Tag seines Begräbnisses wird er eine Ausnahme machen, denn laut Öffnungszeiten der Friedhöfe schließen die Toten um fünf Uhr. Bis dahin wird Opus Night, Opus Knight oder Copus Night weiterhin zwischen dem Lichtwechsel der Abenddämmerung und dem Kater von den Whiskys des Vorabends beteuern, daß Lissabon im Sonnenlicht zu nichts weiter gut ist, als ihm den Blick zu verwirren.

Das sagt er, doch er hat die Stadt nie in diesem Licht gesehen, das hätte gerade noch gefehlt; und würde er sie sehen, die Kinnladen würden ihm womöglich herunterfallen, weil es eine Stadt mit einer schrägen Geometrie ist, mit Hügeln, Verwerfungen, Sattel- und Muldenbildungen, mit Reflexen eines Flusses in ungewissen Farbtönen, je nach Tag und Gezeiten, ein Körper, der ohne Hast entziffert werden muß.

Oh, ja. »Wäre ich Gott, ich würde die Sonne über Lissabon zum Stillstand bringen«, schrieb Fernando Assis Pacheco in einem vom Licht (dem vielzitierten unvorhersehbaren Licht) schwindligen Gedicht. Einverstanden, aber die Sonne kann eine Stadt voller Launen wie diese niemals auf gleiche Weise beleuchten. Sie muß sich ihren ungeordneten Umrissen und Trieben liebevoll anpassen, ihrer Gelassenheit an einer

Stelle, dem Gewimmel der alten Viertel an einer anderen, und nur so kann sie ihr ihre einzigartige Farbe geben.

Farbe. Von Lissabon kann man behaupten, daß sogar die Farbenblinden über seine Farbe streiten. Ein Byronianer auf Durchreise empfiehlt, zum Beispiel, vor allem das pombalinische Ocker. Das Grün, das Grün, hält dem gleich jemand entgegen, der den Terreiro do Paço vor Augen hat, »sogar das Pferd von Dom José wird, vom Meer angefressen, allmählich grün«, sagte bereits Cecília Meireles. Oder das Weiß, das Weiß erinnert an den Schaum des Ozeans, an gekalkte Wände, das Mittelmeer, »man spürt eine weiße Nostalgie...« schrieb Mary McCarthy in einem »Brief aus Portugal«, und Alain Tanner, ein zivilisierter Filmemacher, hat sich nicht lange geziert und dies hier »Weiße Stadt« genannt.

Ist das Weiß im Film von Tanner nun die Farbe oder eine Metapher? Befragt er das Ungestüm eines Lichtes, das sich am selben Ort, im selben Augenblick, in derselben Farbe niemals wiederholt? Frage ich.

Aus diesem und aus anderen Gründen tun sich die Maler mit der Farbe unserer Stadt so schwer. Wir entdecken sie hin und wieder in den aquarellierten Zeichnungen von Bernardo Marques, ja, ein wenig; oder in der naiven Sanftheit von Carlos Botelho. Sie findet sich in jener beinahe unheimlichen Abenddämmerung des »Largo de Camões« von Abel Manta, in »Rua Augusta nachts« eines überaus bescheidenen konventionellen Malers wie José Contente oder in der Beschreibung des Alto de Santa Catarina von João Abel, dort ganz ohne Zweifel. Wir können sie in Blau in der Version von Vieira da Silva sehen, wie wir sie bereits auf einem berühmten Fliesenbild des achtzehnten Jahrhunderts gesehen haben, doch bei Vieira da Silva ist Lissabon eine Erinnerung, die sie im Herzen verwahrte, weil selbst bei ganz anderen Themen ihr Farbdiskurs vom Licht und ihrer Komposition her häufig ein Echo der Lissabonner Fliesen ist.

Die Alten im Park

Wenn die Sonne scheint, tauchen sie wie Katzen auf, allerdings in Gruppen. Von den Katzen wissen wir, daß es keinen anderen Ort gibt, an dem sie so gegenwärtig sind, ohne sich bemerkbar zu machen, wie Lissabon, doch was wissen wir über die Alten im Park? Hinter sieben Siegeln in ihrem Rentner- oder Witwerdasein verschlossen, wenn das schlechte Wetter sie auf der Hut sein läßt, springen sie auf die Straße, sobald sich die Sonne zeigt, und verteilen sich kartenspielend in den Parks. Sie bilden Gruppen auf Bänken, auf denen zuvor die Liebespaare saßen, eröffnen einen Spielsalon und das Gespräch, und von Überzeugung und Rost erfüllt, legen sie mit der Vorsicht, die sie das Alter gelehrt hat, das As und die Herzsieben ab.

Im Estrela-Park, der eigentlich das Territorium der Kinder ist, bilden sie Spielkartenverschwörungsarchipele, die der Fröhlichkeit, die um sie herum herrscht, abhold sind, und schlagen die Lebenszeit, die ihnen noch bleibt, mit Bedienen und Stechen tot. Sie sind nun einmal so, laß sie nur. Vom Katarrh und von Vorsichtsmaßnahmen verbraucht, haben sie sich alle in schläfrigem Starrsinn auf sich selbst zurückgezogen. In Principe Real, wo mitten in der Anlage der große, mütterliche, beinahe heilige Baum steht, sitzt ihnen der Verkehr im Nacken: Straßenbahnen, Busse, das aktive, unersättliche Leben. Aber sie weichen nicht zurück, sie bleiben vereint um das Kartenspiel, der Lektüre, die sie vor dem endgültigen Schlaf einlullt. Sie wissen genau: In ihrem Alter wird ihnen der Wettlauf des Lebens keine Trümpfe mehr geben. Lebensklug und besonnen geben sie sich mit denen zufrieden, die ihnen eine Partie Bisca oder Sueca bringt, und nennen das Punkte sammeln.

Doch oben auf dem Alto de Santa Catarina verbringen sie ihre Treffen mit Pech- und Glückssträhnen ganz ungehindert. Dort oben, hoch oben, fast direkt über dem Tejo und mit der Statue des Ungeheurs Adamastor als Beschützer, wägen sie die Spielzüge mit Blicken ab, die zu den Wolken gerichtet sind, und bewegen die stummen Lippen, als würden sie zu ihnen beten.

Die Stadt scheint dort stillzustehen. Die wenigen Leute, die da vorbeikommen, stammen aus der Nachbarschaft und verlieren keine Zeit damit, die leuchtende Leere zu bewundern, die sich über dem Fluß bis hin zur Linie des anderen Ufers auftut.

Die Alten auch nicht (ihr Horizont ist eng gesteckt, für mehr reicht das Leben nicht). Sie studieren die Karten, schätzen die Mitspieler ab, sind, kurz gesagt, in eine marginale Geheimbündelei versunken, dort auf dem Gipfelpunkt der Welt, die ihnen entglitten ist. Zu ihren Füßen fallen die Straßen und Treppengäßchen steil zum Conde Barão ab, doch sie, die diese seit jeher kennen, bemerken sie nicht einmal mehr. Sie nicht und auch nicht die Bica-Seilbahn, die zwischen der Wäsche vor den Fenstern, den Gesprächen von Tür zu Tür und sich balgenden kleinen Jungen gleichmütig hinauf- und hinunterfährt. Sie ist ein heiteres Gefährt, eine Institution der Nachbarschaft. Manchmal reicht jemand aus einer Taverne dem Fahrer ein Bier, und der Mann führt die Flasche an den Mund und trinkt mit langsamen Schlucken, damit das Bier bis zur Rückfahrt reicht.

Währenddessen liegt der Alto de Santa Catarina hoch oben in fernem Frieden, als hätte er nichts mit dem zu tun, was um ihn herum geschieht. Ihm leisten der Himmel und der Tejo Gesellschaft; und es herrscht eine ländliche Stille, die uns der Zeit entrückt. Hier kann man einsam über den Horizont hinausschauen, und wenn die Lissabonner sagen, sie gehen »auf den Alto de Santa Catarina, um Schiffe vorbeifahren zu sehen«, was soviel bedeutet wie in den Mond gucken, dann meinen sie genau das. Sie bezeichnen damit diesen Platz als den Aussichtspunkt einer geträumten Reise, die sich unseren Augen entzieht. Ich muß immer an diesen Ausdruck denken, wenn ich die Alten sehe, wie sie in ihrem dem Himmel so nahen Exil das Glück austricksen. Einer von ihnen, einer der ältesten, verkündete, er wolle, wenn er einmal sterben werde, mit einem Kruzifix in der Hand und einem Kartenspiel ins andere Leben gehen.

Das burleske Bestiarium (Palácio Fronteira)

Weit weg, in einem anderen Lissabon, in São Domingos de Benfica, gibt es ein geheimnisvolles Bestiarium, das seit mehr als dreihundert Jahren in einem Palast verwahrt wird.

Dieser liegt inmitten von Gärten und Wäldern am Fuße der Serra de Monsanto, und seine Majestät verdankt er einer Reihe hochgebildeter Marquis. Palácio Fronteira, so heißt der Ort. Architektonisch einzigartig, ist ihm in den Traktaten der Meister ein besonderes Kapitel gewidmet, und er besticht durch seine hinreißende Anlage. Als Heimstatt der Kunst ragt er noch mehr heraus, denn Kühnheit und Mythos springen einem überall ins Auge: als Figuren von klassischer Schönheit oder als höhnische, mit dem Bannstrahl der Kirche belegte Ungeheuer. Man spürt, wie eine teuflische Allianz des Heiligen mit dem Profanen unsere Blicke lenkt, wir befinden uns, daran besteht kein Zweifel, an einem Ort, der auf wundersame Weise dazu geschaffen ist, ein widernatürliches Bestiarium zu ersinnen und ihm ewige Wohnstätte zu geben.

Noch bevor wir auf diese Fauna stoßen und das verächtliche Lachen, das sie erfüllt, kündigt sie ein marmorner Priapus an, der in einer Art Kapelle oder Wundergrotte seinen gigantischen Phallus auf eine Kuppel richtet, die nicht von Engeln oder Himmelgepränge bedeckt ist, sondern von Vögeln mit Menschengesichtern. An den Wänden stehen anstelle von Märtyrern des Glaubens Frauen, denen Gliedmaßen fehlen und deren Brüste durch Blätter ersetzt sind; kein Wort, keine Inschrift erklärt ihre Anwesenheit in diesem Versteck. Nur der Phallus, der zerstörerische Phallus herrscht dort, zur Schau gestellt wie eine Standarte oder eine Buße.

Vor diesem Monster in der Kapelle sollte man verweilen, denn es war dies Monster, das die grausame Liebe hervorrief, die jemand aus Rache oder Verachtung zum Thema des Bestiariums des Palácio Fronteira gemacht hat. Der Mann hat, wie es scheint, tatsächlich gelebt, war ein Frauenheld unseres siebzehnten Jahrhunderts, nebenbei bemerkt Franzose. Und ein lasterhafter oder von lustvoller Gier getriebener frauenschändender Raufbold. Ein auf einem unbezähmbaren Penis reitender Chevalier, der in den Lissabonner Salons Komplimente austeilte.

Pascal Quignard hat ihn im Roman *La frontière* in ganzer Größe beschrieben. Senhor Jaume war sein Name, und soweit man weiß, gab es für den verräterischen Mörder und Alkoven-Dämon nichts, was ihn von seinen Verführungsritten abhielt. Die libertinen Engel breiteten ihre schützenden Flügel über ihn aus, das ist verbürgt, doch da sie aus Frömmigkeit Sadisten waren, stießen sie ihn später höhnisch in Ungnade, und der Chevalier wurde am Ende von der einzigen Frau kastriert, die er je wirklich geliebt hatte. Der einzigen. Punkt, Ende. *Acta est fabula*, sangen die Engel in der Kapelle und die Frauen mit den vegetalen Brüsten.

Punkt, Ende. Nein, doch noch nicht. Denn der nunmehr kastrierte, einsame und verhöhnte Deckhengst begab sich zum Herrn des Palastes, bat ihn um Milde und fand dort bis zum letzten Tage seines Lebens Zuflucht. In dieser barmherzigen Zeit hat jemand, der einen spöttischen Charakter besaß und niemals identifiziert wurde, nicht etwa die Tragödie des Chevalier de Jaume gezeichnet, sondern die Gesellschaft, in der er verkehrte.

Da ist sie. Ein Fabularium heuchlerischer Beziehungen ist auf diese Fliesen gemalt. Die dort dargestellten Menschen haben von Weisheit durchdrungene Affengesichter, und die Tiere sind in Ausdruck und Haltung menschlich. Es gibt Palastkatzen, die mit einem Affen-Mönch und Meister der Notenlesekunst Musik studieren, und es gibt andere Katzen auf einem Barbierstuhl, denen ein Affen-Mensch zu Füßen sitzt. In der Stube eines Baders streckt eine Katze mit strengem Schnurrbart und kaltem Blick die Pfote dem Physikus hin, der seine ganze Ignoranz hinter einem schnell ins Auge geklemmten Monokel verbirgt. Hinter ihm wartet eine andere Katze darauf, an die Reihe zu kommen, und noch weiter hinten ist eine damit beschäftigt, mit der ganzen Aufgeblasenheit eines Analphabeten auf dem Thron eines Scharlatans ein Papier zu lesen.

Katzen und Affen, vor allem Affen. Affen, die Horn spielen oder Pfeife rauchen, Affen mit Frauenbrüsten oder solche, die wie Götter in einer olympischen Kutsche spazierenfahren, Affen, Affen und noch mehr Affen. Irgendwo ein Löwe mit Menschenkopf, der mißmutig einen Sprung einübt, und ein Seejungfrauenhündchen, das mit einem Meeresengel spielt. Irgendwo auch eine Schlange mit dem Kopf eines Dauphin. Eine Provokation, eine Unverschämtheit.

Verläßt man dieses gesellschaftliche Bestiarium, das sich über die Fliesen auf den Bänken des Gartens hinzieht, blickt man noch einmal auf den von klassischen Statuen umringten Palast; an die aufgereihten Büsten von Königen und Adligen und an Chevaliers hoch oben an den Fliesenbildern der Fassade erinnert man sich. Doch ob man will oder nicht, was haftenbleibt, ist die Erinnerung an den Chevalier, der in alle

Ewigkeit festgehalten ist im Bild eines riesigen Geschlechtsteils, das ins Halbdunkel eines Schreines ragt. Ist es wirklich der Chevalier de Jaume, oder ist es Atis, der Geliebte, den Cibele strafte?

In seiner Nähe, im Park, tanzt eine marmorne Göttin, und ein Neptun bedroht uns mit seinem Dreizack. Die sind verrückt, flüstert uns eine Blume im Garten zu.

Andere Tiere, andere Lissabons

Rafael Bordalo Pinheiro erblickte das Licht der Welt in der Rua da Fé, und ich möchte wetten, daß von der Wiege an ihm stets eine Katze Gesellschaft leistete. Eine bürgerliche Katze selbstverständlich. Eine der vielen, die er überall hinterließ, angefangen mit der Karikatur seiner selbst bis hin zu den Katzen auf den Keramikgegenständen, die seine Genialität bewiesen. Katzen auf farbig glasiertem Ton: eine zornige auf dem Deckel einer Kaffeekanne, eine träge als Spucknapf, andere, die vom Grund eines Ziertellers hervorlugen oder als Relief eines Frieses in einem Salon.

Und plötzlich hüpft da ein Frosch. Das ist nicht verwunderlich, denn der Frosch ist eine der Lieblingsfiguren seiner Fabelsammlung. Doch die Kühnheit seiner Darstellungen überrascht: Auf dem Rossio können wir den Frosch auf den Fliesenbildern des Tabakgeschäfts Tabacaria Mónaco Zigarre rauchen sehen, das Ende des Jahrhunderts das Stammlokal der Intellektuellen mit Herculano an ihrer Spitze war, und wenn wir ihn als Nippes, als Haushaltgegenstand oder als glasiertes Relief haben wollen, müssen wir nur gut achtgeben, wir werden ihn schon finden. Er gehört zu den ländlichen Tieren, die Bordalo für die Dekoration eines städtischen Bürgertums wieder aufgriff, das das Landleben noch romantisch verklärt sah. Es sind alles einfache Tiere, die mit genüßlicher Genauigkeit wiedergegeben sind: die schlaue Eidechse, die hüpfende Heuschrecke, der Häher, die arbeitsame Biene, das Schwein der vielen Leckerbissen, der Truthahn, das Huhn auf der Stange. Dann kommen die Fische und Meerestiere des Bürgertums, das, die Serviette um den Hals, vor vollen Tischen saß, vom bescheidenen Krebs bis zur prachtvollen Languste oder dem volkstümlichen Stockfisch; alles dies schenkt einer gesättigten Gesellschaft Freude und ein Gefühl von Nostalgie. Selbstverständlich darf der Fächer zum Anfachen des Feuers nicht fehlen, der an der Wand hängt, zum Kunstwerk geadelt, zum Spaß, ein Lächeln.

Häusliche Ordnung, die Komposition des bürgerlichen Familienszenariums von Ramalho oder Eça de Queiroz. Dafür war das Bestiarium von Bordalo bestimmt, für niemand anders. Wenn ich eine Grille auf einem Kohlblatt als Dekoration eines Tintenfasses sehe, denke ich an einen Commendatore, der im trauten Heim eine Petition an Seine Hoheit verfaßt (zu seinen Füßen steht ein Spucknapf aus Fayence in Form einer Katze oder eines Riesenfrosches, da bin ich mir ganz sicher). Und wenn ich einen mit porzellanenen Miesmuscheln bedeckten Krug oder eine witzig modellierte Terrine in Form eines Huhnes betrachte; wenn ich weitergehe und den Blick über Zuckerdosen, Töpfe, emaillierte Kätzchen, Zahnstocherbehälter, ein ganzes Arsenal von Gegenständen in Tiergestalt schweifen lasse, dann wird mir, wie kann es anders sein, die köstliche soziale Ironie deutlich, die in einer solchen Kunst steckt. Eine Ironie, deren Schönheit handgreiflich, beinahe fleischlich ist.

Neben dieser Zoologie gibt es noch eine andere, deren Vorbilder der Meister auf den Korridoren des Parlaments sammelte und für die Seiten von *A Paródia*, von *Pontos no o I* oder von *António Maria* zu Karikaturen machte, die jeden umsichtigen Politiker oder ähnliche Tiere demontieren können.

Die, von denen ich jetzt spreche, sind verdiente Staatsbürger, die aus den gehefteten Buchrücken der Rechtsverordnungen schlüpfen; und wer sie einmal im Zustand innerer Rührung sehen möchte, braucht ihnen nur die Nationalhymne vorzuspielen oder sie an die Armen zu erinnern. Gott sei Dank gewinnen sie immer schnell die Fassung wieder. Sie richten sich auf, fahren mit dem Taschentuch über den Schnurrbart, und im Handumdrehen sind sie zurückhaltend würdig wieder dabei, mit den anderen die größten Schweinereien auszuhecken, nichts für ungut. Grafen, Minister, Pairs des Königreiches, alle sind mit dabei. Bordalo hat keine Umstände gemacht und ist über sie hergefallen, bevor es zu spät war. Mit der Hand des Karikaturisten (nicht mit der, mit der er voller Vergnügen und Sinnlichkeit den Ton formte) steckte er sie in eine Hölle voller glühender Lachsalven, schickte ihnen zur Erinnerung noch eine obszöne Geste hinterher.

Da werden sie nie wieder herauskommen, die Geschichte mag sie so oder so sehen wollen, und wenn wir heute in den Zeichnungen blättern, lernen wir ein Portugiesentum des Fin de siècle kennen, das niemand sonst so listig und boshaft betrachtet hat.

Heute ist der große Meister nicht allein. Wenn ich ihn im Museum am Campo Grande besuche, weiß ich, daß sich in diesem Hause auch die Cartoons von João Abel Manta befinden. Dies ist ein gelungenes Nebeneinander. Die würdige Fortführung einer Tradition, denn kein Maler unserer Tage unterbrach die Arbeit an der Leinwand und legte den Pinsel zur Seite, um so wie er den Alltag des Landes so humorvoll, scharfsinnig und mutig aufzuzeichnen.

Tiere sind auch auf diesem Blättchen zu finden, und ihre Ähnlichkeit mit den Menschen ist für nicht vorgewarnte Betrachter sehr verwirrend. João Abel Manta trug sie in einem gesonderten und extra bezeichneten Kapitel zusammen, damit es dort auch schwarz auf weiß stand: *Portugiesische Karikaturen der Salazarjahre*. Er zeigte sie in ihren Verzerrungen so real, daß aus ihnen ein Bestiarium des Schreckens, der Mittelmäßigkeit und des Aberglaubens wurde.

Der Meridian der Literaten

Fernando Pessoa sitzt im Regen vor dem Café A Brasileira. Drinnen im Café ist Almada. Oder er war dort. Ich war lange gewohnt, ihn dort an der Wand hängen zu sehen als Selbstbildnis aus den zwanziger Jahren in Begleitung zweier eleganter Damen, die darauf zu warten schienen, daß irgend etwas kommen würde. Irgend etwas, was wohl? Der zweite Futurismus? Der nächste Zug aus Paris? Bis heute vollkommenes Stillschweigen. Almada wurde nicht mehr mit ihnen in der Brasileira gesehen, und bei dem Regen versteht sich von selbst, daß er hier so schnell nicht wieder auftaucht.

»Strömender Regen, wachsende Traurigkeit, da hilft nur Branntwein, um die Wunden zu waschen«, sagen die Lissabonner Kneipengänger. Dennoch sitzt der Pessoa, obwohl er das in- und auswendig weiß, weil er an vielen Tresen Lissabons dezilitriert hat, weiterhin vor dem Café im Regen und dazu noch ohne Glas.

(»Da ist er, der Vater von allen«, sagte Sebastião Opus Night immer, wenn wir im Zwielicht den Chiado entlanggingen, und zeigte auf den Dichter. Es gefiel ihm nicht, daß sie ihn dort draußen hingesetzt hatten, damit die Touristen ihn sahen und ein Foto von ihm machten, nach dem Motto, du hier, du da, mit ihm. Er hätte es besser gefunden, sie hätten ihn auf ein Pferd gesetzt wie manche Helden auf Denkmälern, denn nach Opus Nights Meinung war Pessoa nicht gut zu Fuß. Auf jeden Fall sei er der Autor der *Mensagem* und als solcher Vater aller Arbeitslosen, die den guten alten Tejo entlang Gedichten nachjagen, sagte er. »Ja, auf dem Stuhl für den Gast von Pessoa wäre eigentlich nur Antonio Tabucchi der Richtige«, murmelte ich dann jedesmal, und Opus Night schwieg jedesmal. Für jemanden, der von Lissabon die Nase so voll hatte wie er, mußte Tabucchi ein verfluchter Schriftsteller sein, wenn er ihn überhaupt je gelesen hat.)

Das schlimmste ist der Regen. Um diese Zeit liegt Opus Night noch im Nachmittagsschlaf, um den Whisky vom vorangegangenen Morgengrauen abzubauen, und der arme Pessoa aus Bronze befindet sich schon seit Jahren jenseits der Zeit. Vor ihm auf dem Platz sitzt auf einem Sockel ein Mönch, der die Nutten liebte und vor über dreihundert Jahren lustige Verse geschmiedet hat und dem jetzt Tränen aus Taubendiarrhöe übers Gesicht rinnen. Chiado, um ihn geht es. Niemand kümmert sich mehr um ihn, doch von seinen Versen einmal abgesehen, imitierte der Mann zu Schleuderpreisen Stimmen und Tagediebe. Sagt man.

Das Merkwürdigste ist, niemand weiß, weshalb dieser Skorpion von einem Mönch, obwohl er ein mediokrer Verseschmied und aller Wahrscheinlichkeit nach auch noch korrupt war, zu einem Denkmal auf einem Platz und zur Ewigkeit aufstieg und sein Name auf dem Stadtplan Synonym für das Zentrum der mondänen und kulturellen Welt des Landes wurde. Das geschah mehr oder weniger zu der Zeit, als die Romantik ihren letzten Atemzug tat und die Bürger von Eça de Queiros den Passeio Público de Garrett verließen und zum Grémio Literário hinaufstiegen.

Chiado, ein Szenarium, ein Ritual. Mit qualmender Zigarre ließ Ramalho Ortigão an der Tür des Havaneza das *tout Lisbonne* seiner Zeit an sich vorüberziehen. Ultraversnobt wie ein Salonkater, war auch er eine der Figuren aus dem *Album de Glórias* von Bordalo, die live, mit Handschuhen, feinem Spazierstock und dem aus der Tasche des Fracks lugenden *Figaro*, zum mondänen Nachmittagsdefilee hierher versetzt wurde. Er begrüßte respektvoll Teófilo Braga, und möglicherweise diskutierten die beiden ein paar Absätze von Proudhon, das würde mich nicht wundern. Fialho de Almeida bedachte er nur mit einem guten Tag und auf Wiedersehen, denn eine literarische Parade mit einem Stutzer aus der Provinz wie Fialho war in seinen Augen etwas so Armseliges, daß man nur noch über den Kneifer linsen konnte.

Mit Eça traf er sich häufig, obwohl Eça ständig mit den Personen zugange war, über die er schrieb. Gleich unterhalb des Havaneza, im Hotel Universal, logierte auf seiner Durchreise in der Hauptstadt immer ein Gentleman aus seinen Romanen, und in der Konditorei Ferrari reservierte er, stets zu seinem eigenen Nutzen, einen Tisch für bestimmte Dialoge und Szenen für ein weiteres Kapitel. Wenn er flanierte, dann flanierte er immer in Begleitung des Ega oder des Carlos aus dem Roman *Die Maias* im Gleichschritt durch Loreto und über den Largo de Camões, und um die Boshaftigkeit auf die Spitze zu treiben, ging er sogar ins Conseilheiro Acácio, das gleich nebenan in der Rua Victor Cordon lag. Luísa, dafür sprach einiges, suchte er in den Anlagen von Pedro de Alcântara auf, denn dort vertrieb sich das Herzchen die Zeit, bevor es in die Arme des Vetters Basílio, dieses Schwindlers, sank.

»Den Chiado hinaufgehen.« Wenn jemand das damals sagte, war das so, als würde er ein Privileg des Jahrhunderts verkünden. Oper im Theater São Carlos, Soupers bei Tavares Rico, das Grémio Literário mit Herren, die auf dem Balkon zum Tejo auf die Passagierschiffe der königlichen Postlinie warteten und auf die Zeitungen aus England, meine Herrschaften, soviel Leben war wirklich ein Aufstieg.

Dies gab es einerseits, andererseits hatte der Chiado neue Höhen erreicht und war im Begriff, noch viel mehr zu erreichen. Nach Gründung der altehrwürdigen Buchhandlung Bertrand waren neue Buchhandlungen mit ihren literarischen und politischen Stammtischen hinzugekommen; und Bouquinisten;

und Bücherantiquariate. Wenn man noch etwas weiter bergauf ging, gelangte man zu den großen Zeitungen im Bairro Alto, Wand an Wand mit den Bordellen der flinken Messer und Geschlechtskrankheiten. Dann die Nationalbibliothek, eine weitere Errungenschaft. Und gleich darauf die Kunsthochschule, die die offizielle Kunst und die an der Fassade orientierte Stadtplanung in Frage stellte.

Von den Buchhandlungen verlagerten sich die literarischen und politischen Stammtische in die Cafés. Man brauchte ja nur über die Straße zu gehen, und dann war man schon in der Brasileira, Tisch an Tisch mit den Meistern der Künste und den kulturellen Bohemiens, einmal ganz abgesehen von den Journalisten, die überall herumschnüffelten und auf einen Sprung in die Leitaria do Araújo gingen, wo Stuart de Carvalhais zwischen zwei Gläsern Rotwein Karikaturen skizzierte.

Rua Garrett, der Hauptnerv des Chiado, wie jemand einmal gesagt hat. Aquilino Ribeiro, schwer an Jahren, an der Tür der Buchhandlung Bertrand, neben Columbano, ganz Kunststudent des neunzehnten Jahrhunderts, und auf dem Bürgersteig gegenüber Sá da Costa, António Sérgio im Gespräch mit einem Antero, der fast noch ein Kind ist. Weiter unten, Carlos de Oliveira ganz hinten in einem Café mit dem Namen Chiado, das nur noch in der Erinnerung existiert: er ist allein, ach nein, ich sehe, wie er gerade Raul Brandãos Huldigungen entgegennimmt. In eine Ecke setze ich einen durchreisenden Maler, der genausogut ein Emigrant aus den zwanziger Jahren sein könnte wie auch einer der Neuen aus Paris oder aus der Slade School in London, und in eine andere Gaspar Simões und einige Kritiker verschiedener Epochen, die mißtrauisch wie Katzen die vorbeiziehenden Dichter und Romanciers ausspähen. Rua Garrett, mehr als ein Jahrhundert lang der Meridian der portugiesischen Künste und der portugiesischen Literatur. Ballettänzer aus dem São Carlos, Sänger der Academia dos Amadores de Música, ein paar Schritte weiter entfernt. Journalisten, Möchtegerndichter, Verschwörer. Hin und wieder gingen Damen im Wind vorüber und Veilchenverkäuferinnen, was konnte einem so lebendigen Szenarium noch fehlen?

Doch es fehlte etwas, es fehlte immer etwas. Jede Nachricht, jedes Treffen ergab einen Gedanken, der gleich wieder in Frage gestellt werden mußte, damit umgehend ein neuer geboren wurde. Realismusse, Futurismusse, Surrealismusse und all die vielen anderen Ismusse, die die Künste noch lancieren würden, sie alle geisterten, einer nach dem anderen, durch die Klausen des Chiado.

Chiado, vom Feuer geschlagene Wunde

Fernando Pessoa und der als Chiado bekannte Mönch der »Kneipenhuren« (Alfonso Álvarez zufolge) sitzen weiterhin im Regen und nehmen keine Notiz voneinander.

Zwei Dichter Lissabons, zwei Schiffbrüchige des Feuers. Der kleine Platz, auf dem sie sich befinden (der einst von flammenwerfenden Fanatikern bei Prozessionen der heiligen Inquisition überfallen und dann von einem welterschütternden Erdbeben durchgerüttelt wurde), dieser kleine Platz, wie gesagt, hat vor einigen Jahren einen Brand überstanden, der ihm glücklicherweise nicht zu nahe kam. Doch dort, wo das Feuer hingelangte, blieben nur noch, wie bekannt, Trümmer, Asche, verbogenes Eisen und ein Schrekken, der uns die Seele zerriß.

Wenn ich heute durch dieses verunstaltete Antlitz Lissabons komme, sehe ich es als offene Wunde in unserem kollektiven Gedächtnis. Mehr noch: Es ist auch etwas von der Erinnerung an mich selbst, das dort zerstört wurde, denn auch ich ging in verschiedenen Lebensaltern meiner Bücher und mit Freunden aus verschiedenen Generationen den Chiado hinauf. Daher weiß ich, daß es, so schnell die Wunden dieser geisterhaften Fassaden auch verheilen mögen, immer eine Rauchwolke, einen schmerzlichen Schatten geben wird, der wie ein Nebel über meiner Vergangenheit liegen wird.

Nie wieder werde ich in die Konditorei Ferrari gehen, die aus dem vergangenen Jahrhundert stammt mit ihrer bourgeoisen Golddekoration und ihrem klösterlichen Backwerk. Und die drei Jahrhunderte alte Casa Batalha, wie lange noch werde ich mich an sie als eine anonyme, gegenwärtige und unbekannte Reliquie erinnern können? Und die Grandes Armazéns Grandella mit ihren kleinen Verkäuferinnen, die hinter der Ladentheke das ganze Jahr lang Telenovelas tagträumen.

Man kann Lissabon als Symbol definieren. Wie das Prag von Kafka, das Dublin von Joyce oder das Buenos Aires von Borges. Ja, das ist möglich. Doch mehr noch als die ganze Stadt ist es eher ein Stadtviertel oder ein Ort in der Stadt, die diese Definition und die Treue bestimmen, die wir ihr häufig unbewußt zuteil werden lassen. In diesem Falle ist es der Chiado. Seine kulturelle Geographie, seine Pracht am Tage, der provinzielle Friede seiner Straßen bei Nacht, so vieles, so vieles.

Doch der Chiado kann nicht auf einen Gedenktag, auf ein goldenes Buch, auf ein Belvedere beschränkt werden, über den die Frühjahre der Schönen Künste eines Landes wandeln. Er gehört auch zu unserem heutigen gesellschaftlichen Denken, zur Entwicklung unserer Politik, und das ist ein Kapitel, dem ein Ehrenplatz gebührt.

Noch heute, wenn ich auf den Largo Rafael Bordalo Pinheiro trete, jenen Platz mit dem mit Freimaurerfiguren dekoriertem Gebäude, wende ich manchmal den Blick zu dem alten Haus, das einst das Lissabonner Casino war, in dem die Conferências Democráticas stattfanden, die unsere Gesellschaft des neunzehnten Jahrhunderts für beendet erklärten. Antero, José Fontana, Eça und Oliveira Martins fallen mir sofort ein, denn sie waren es, die in jenen Sälen öffentlich der Modernität des Landes das Wort redeten.

Und wenn ich ein paar Schritte weitergehe und zum Largo do Carmo mit dem von Vögelchen übersäten Brunnen in der Mitte hinuntersteige, dann fühle ich, wie mich innerlich etwas kraftvoll aufrichtet, denn an dieser Stelle habe ich den Augenblick erlebt, der mich in meinem Leben als Staatsbürger am tiefsten bewegt hat. Largo do Carmo im Jahre 74, wer kann das vergessen? Es war Frühling, und die Hauptstadt rief vor den in einer Kaserne zusammengedrängten Herren der Diktatur die Nelkenrevolution aus.

Nach dem Brand bin ich noch manches Mal dorthingegangen. Die Flammen gelangten nicht bis hierher, gewissenhaft pickende Tauben bedecken den Platz, und man hört Wasser fließen. Chiado, der Friede nach dem Tumult. Wie schön, daß es einen Ort gibt wie diesen, dem trotz Erdbeben und Flammen das glückliche Los zuteil wurde, Schauplatz jener Stunde zu sein, die ein Land befreite.

Der Fahrstuhl zur Hölle

Lawrence Ferlinghetti, einige Monate nach dem Brand, als er mit dem Santa-Justa-Fahrstuhl fuhr, von dem er glaubte, er sei von Eiffel entworfen:

Das Männlein mit den Fischaugen
nahm den berühmten Fahrstuhl von Monsieur Eiffel
um hinauf- und hinunter-, hinunter- und hinaufzu-
fahren
doch den Stadtarchiven zufolge
drückte es den falschen Knopf
und fuhr immer weiter hinunter statt hinauf
bis zur Hölle von Herrn Dante
und man hat nie mehr was von ihm gehört
und es wurde auch nie mehr gesehen
das Männlein mit den Fischaugen
verschwand für immer und ewig
obwohl es noch merkwüdig nach totem Fisch riecht
an manchen Tagen …

Als der faulige Geruch nicht mehr spürbar war, legte der damalige supersozialchristliche Bürgermeister die Amtskette an und fuhr mit dem Fahrstuhl zu den

Trümmern des Brandes auf dem Chiado hinauf, um zu erklären, daß die Stadt nunmehr gefahrenfrei sei. Doch dort oben wurde er von einem freibeuterischen Windstoß erfaßt, bekam umgehend Monsterfischaugen und setzte den gleichen fauligen Geruch frei, der seit Tagen schon die Stadt bedeckte.

Lawrence Ferlinghetti hat nie erfahren, daß der Bürgermeister ebenjenes Männlein mit den Fischaugen war, der im Santa-Justa-Fahrstuhl auf dem Weg in Herrn Dantes Hölle war. Und auch nicht, daß die Bevölkerung sich gezwungen sah, ihn zu vertreiben, um sich vom Gestank zu befreien, den seine Seele ausdünstete.

Von Bar zu Bar (Fotogramm I)

»Die Zeit totschlagen« sagen wir, wenn wir sonst nichts zu tun haben. Für diese Zeit des Wartens oder der unvorhergesehenen Leere gibt es Zufluchtsorte, Bargänger beispielsweise können ein Lied davon singen; doch die tote Zeit wird dort häufig zu lebendiger Zeit und ist dann möglicherweise keine Wartezeit mehr. In Wahrheit glaubt nur der ahnungslose Trinker, daß er die Zeit überlisten kann, denn es ist die Zeit, die uns oft täuscht, wenn sie in gleichmäßigem, nicht in Zahlen meßbarem Rhythmus voranschreitet. Es wird schon seinen Grund haben, daß die Uhr im Lissabonner Argot »Krebs« genannt wird, der ja ein Tier mit trügerischer Gangart ist, das so tut, als liefe es rückwärts, sich jedoch seitlich vorwärtsbewegt, damit wir nicht merken, wohin es will.

In Lissabon kann man angesichts der Uhr auf einer bemalten Fliese im Graça-Viertel zu dem Schluß kommen, daß es an diesem Ort niemals zwölf Uhr mittags oder Mitternacht wird: Es bleibt elf Uhr dreißig, mag sich die Welt auch noch soviel um ihre Achse drehen, die Zeiger rücken nicht von der Stelle. Am Santa-Justa-Fahrstuhl steht die Zeit nicht nur still, sie ist blind, vollkommen blind. Zumindest zeigt dies die Uhr an, die die Steinsetzer dort am Eingang gelegt haben, denn obwohl sie ordnungsgemäß beziffert ist, unterscheidet sie die Stunden nicht von den Minuten, weil beide Zeiger groß sind. Verwirrender ist nur noch die Uhr in der British Bar am Cais do Sodré, die gegen den Uhrzeigersinn läuft und die Uhrzeit auf die Minute genau angibt. Diese Uhr geht wirklich rückwärts, sie ist ein »Krebs«, im wahrsten Sinne des Lissabonner Vokabulars.

Alain Tanner hat sie in *Die weiße Stadt* benutzt, diesem Machwerk, in das er Lissabon übersetzt hat, nachdem er die Stadt in einem sterbenslangweiligen Film böswillig schmutzig angemalt hat. Höchstwahrscheinlich hat er die Uhr in der British Bar als eine Metapher für den lusitanischen Saudosismus angesehen, die Kulturfranzen bringen das glatt fertig, und die kulturell ambitionierten »Portugas« sind ihnen dafür auch noch dankbar. Zeit, die zurückzählt, Nostalgien, Exotismen, diese Effekte verfehlen nie ihr Ziel, wenn die Anhänger zivilisierter Kunst sie wohlwollend betrachten. Hätte mein Sebastião Opus Night, der, was Lissabon angeht, immer übertreibt, diese Rückwärtsuhr durch die semiotische Brille des Galliers betrachtet, sein Kommentar hätte gelautet, daß hier bei uns sogar die Zeit in *trompe l-'œil*-Manier voranschreitet, da bin ich mir ganz sicher.

Für die Kunden der British Bar ist diese Kuriosität nichts als ein Willkommensscherz. Seit damals, als vor längst vergangenen Zeiten Bernardo Marques und Carlos Botelho dort vor Anker gingen, bis in unsere ungewisse Zeit bin ich immer mal wieder dort und schaue, mit einem Glas Ginger Ale vom Faß in der Hand, auf diese Zeiger, die rückwärts laufen und in der Zeit voran.

Ach ja. In der British Bar vergehen die Jahre, wechseln die Generationen, es kommen Literaten, Schmuggler, Schauerleute, dazwischen Mädchen aus der besseren Gesellschaft, doch der Geist und das Lokalkolorit bleiben unverwechselbar. Dieser Ort hat etwas von einem Hafenkai, ohne daß man irgendwo Wasser sieht.

Eine Losverkäuferin kommt herein. Ich kenne sie seit langem schon aus den Bars der Gegend und blicke sie an wie jemand, der sich an sie erinnert, als sie noch ein Klasseweib war, die Brüste vorgestreckt, Seidenstrümpfe und hohe Hacken. Ich sehe sie an mir vorübergehen, und durch die Art, wie sie es macht, schickt sie mir eine Botschaft. »Du fröntest der Unzucht, doch das war in einem anderen Land«, sagt sie zu mir, allerdings wortlos, die Worte habe ich gedacht, und sie sind von T. S. Eliot.

»Du fröntest / der Unzucht; doch das war in einem anderen Land / Und zudem ist die Frau gestorben.« Dieser Satz von Eliot hat sich mir eingeprägt.

Kein Zweifel, Barbesuche sind Seereisen ganz persönlicher Art. Auf der anderen Straßenseite liegt die Bar O Americano, deren Gallionsfigur keine Verwirruhr, sondern ein mächtiger ausgestopfter Auerhahn auf einem Wandaltar ist. Früher war dies der Tresen der Schweden, Dänen und Briten, allesamt angestellte der Schiffahrtsagenturen vom Cais do Sodré, und hier, es scheint der Tag dafür zu sein, stolpere ich über einen weiterne Dichter. Pessoa. Der Pessoa, immer der Pessoa, der Pessoa, unser Schicksal. Auch er war Stammgast hier, in den glorreichen dreißiger Jahren, regelmäßig und pünktlich zur Stunde der *morning drinkers*. Seereisen, das sagte ich ja schon. In den Bars am Cais do Sodré ist niemand davor sicher, einen herumtreibenden Dichter vor den Bug zu bekommen.

Heute hat O Americano nicht mehr viel Wasser unter dem Kiel, die Bar dümpelt auf der Oberfläche einer Vergangenheit von Trinkern auf englisch, die sich im Gin Tonic oder im Sling widerspiegelten. Jetzt liegt sie, wie man sieht, ohne diese Tresenseefahrer fast auf dem Trockenen und zeigt ihre Einsamkeit gerahmt in Schiffsausrüsterkalendern, auf denen Überseeschiffe an den Wänden entlangdampfen.

Immer noch die Bars (Fotogramm II)

Das Procópio wurde von einer leichten postromantischen Brise auf die Karte der Bars geweht, Samtstühle, Art-déco-Relikte, eine Pferdchenuhr, Guimard-Leuchter, alles in einem bürgerlichen Geschmack besonderer Art arrangiert. »Gefällt mir nicht«, sagte Sebastião Opus Night, der immer mißtrauisch ist, wenn er auf etwas Unerwartetes stößt.

Mir gefiel es. Erstens, weil das Procópio die intime Atmosphäre des Jardim das Amoreiras im Schatten der alten Bögen des Aquädukts der Águas Livres nicht zerstörte; zweitens, weil es in einem niedrigen, von

Kletterpflanzen bewachsenen Haus lag, wo für Freunde Filme von Charlie Chaplin gespielt wurden; drittens wegen des Brunnens. Ein Brunnen vor der Tür einer Bar ist eine Begrüßung, die selbst den übelsten Schurken anrührt.

Drinnen verdichtet sich Ironie, vielstimmige Wärme, zufällig Gefundenes und Unerwartetes liegt die ganze Nacht hindurch in der Luft. Auf gar keinen Fall Nüchternheit, sie ist nicht der gemeinsame Nenner der Leute aus Kultur und Politik, die sich in dieser Bar niederlassen und ihr den Geist einer Lobby verweigern. Dennoch beweist der Prémio Procópio alle Jahre wieder, daß die Künste und das politische Schachspiel zum Dialog in diesem Haus mit dem Brunnen vor der Tür und dem Whisky auf dem Tisch gehören, an dem Nuno Brederode Santos für den *Expresso* diktiert: »Es gibt nicht eingelöste Lissabons, Städte, die in uns entstehen.«

Das Procópio wird als Revival-Bar bezeichnet, doch diesen Geist, diesen Humor gibt es auch in einer bescheidenen Bar, im Osten von Campo de Ourique, die ganz der Erinnerung an Bordalo gewidmet ist. A Paródia. Eine Bar mit diesem Namen sagt schon alles. Sobald man die Tür öffnet: Karikaturen des Meisters an den Wänden und für einsame Stunden die Sammlung einer Wochenzeitschrift – *A Paródia* natürlich.

Doch auf einer anderen Route, bereits zum Chiado hinüber liegt die überzeugendste Revival-Bar der Stadt. Bric-à-brac, Trödel, sagte irgend jemand, und das paßt genau. Die Bar ging in einem eleganten, zweihundert Jahre alten Kolonialwarenladen vor Anker, und ich bin sicher, daß sie bei ihrer Ankunft noch den Duft nach Jasmintee darin vorfand. Man ließ den Namen Pavilhão Chinês, chinesischer Pavillon, stehen, respektierte die Fassade, trug Reliquien zusammen, Zeichen der Kriege und der Herren Könige, baute einen Altar aus volkstümlichen Tonfiguren (Bordalo, wieder einmal) und machte aus dem Ganzen eine Bar.

Die meisten Stammkunden, vielversprechende junge Leute – einige auf dem Weg zum Spät-Yuppie, andere vielleicht nicht mal dahin –, werden nie darauf geachtet haben, daß sie Anspruch auf Kultur umgibt. Zu ihrem Empfang stehen dort ein imposanter viktorianischer Tresen und eine farbige Büste der gesunden portugiesischen Republik, doch ich gebe zu, daß derlei Dinge und der ihnen innewohnende Humor zu beredt für den sachlichen Geist dieser leichtlebigen Konsumenten sind.

Nichts ist gewisser: Die Konfiguration der Bars ist etwas sehr Persönliches, denn jeder Trinker hat seine eigene Karte und jede Karte ihre eigenen Häfen. Wenn ich mich vor ein paar Jahren, statt in die English Bar oder in den Pavilhão Chinês zu gehen, zum Botequim aufmachte, der im Meridian des Graça-Viertels liegt, wußte ich, daß ich beim Anlegen erst einmal eine verschlossene Insel vorfinden würde, doch drinnen Natália Correia, die Matriarchin der Nacht, die umgehend das Fest für eröffnet erklären würde. Zwischen Bar und Literatenstammtisch stand ein Klavier, und es wurde auch gespielt. Und Literatur gab es von der Sorte, die man laut vorliest. Und Politik. Und manchmal auch Gesang.

Jeder Trinker hat seine eigene Karte, jede Karte ihre Häfen, also hißt die Segel, auf geht's, die Nacht ist noch jung.

Die Ferse des Odysseus

Im Körper einer Stadt gibt es immer ein empfindliches Gelenk, es ist das schwächste oder am wenigsten geschützt. Hier, in der Hauptstadt des Odysseus, gibt es für den, der sie zu entdecken weiß, mehrere Stellen, und es ist erstaunlich, daß einige verborgene Knotenpunkte, anonyme Rosen der offiziellen Landschaft sind.

Um sie kennenzulernen, muß man sich von der Schönheit des Offensichtlichen lösen, die romantische Praça das Flores oder den Mutter-Baum im Jardim do Príncipe Real einfach links liegenlassen und sich, sagen wir, zum ziemlich verrückten Glaspavillon der Tapada da Ajuda begeben. Hinter das Gefängnis Limoeiro gehen und den Blick über die unglaubliche Weite des Flusses schweifen lassen. Oder in luftiger Höhe auf dem Aquädukt der Águas Livres durch Lissabon gehen, wo die mörderischen Erinnerungen von Diogo Alves schweben. Oder am Tejo-Cigano entlanggehen, wo es vor gar nicht allzu langer Zeit noch bewohnte Schuten gab. Oder auf dem verlassenen Cais do Ginjal wandern und von der anderen Seite des Flusses das Verblassen des Lichtes über der Stadt erleben. Es gibt so viele Wege.

Wenn man also das offizielle Diabild, die Pfeile für die Touristen, Alfamas, Aussichtspunkte, Fado-Lokale vergißt, könnte man – zum Beispiel – zum Alto da Graça gelangen, einem verlotterten Platz, der nichtssagend ist und dem Blicks nichts bietet abgesehen von dem Teil mit der bepflanzten Terrasse, die auf eines der Lissabons hinausgeht, von dem die Reiseführer sprechen.

Ja, aber verläßt man diesen Aussichtspunkt, überquert man mit einigem Glück den Platz (mit dem Lärm der Straßenbahnen und dem Gewimmel der kleinen Läden) und geht man bei der Feuerwehrwache hangabwärts, dann kann man auf halber Höhe unvermittelt auf einen Winkel voller Schönheit treffen: Vila Berta. Ein Gebäude mit Fliesengemälden trennt sie von der Stadt, und geht man durch den Tunnel eines Durchgangs, dann liegt sie unvermittelt vor einem wie eine Straße. Zu beiden Seiten von Blumen gesäumte Häuser – und Stille. Ein plötzlicher, beinahe heimlicher Friede. Eine Intimität, die einem altbekannt vorkommt.

Ästhetik und Konstruktion der Vila Berta haben nichts provinziell bürgerlich Romantisches. Es gibt nichts Manieristisches und vor allem keine gleich ins Auge fallende Symmetrie, die die gelungene Komposition des Ensembles hervorheben soll. Ganz im Gegenteil, auf der einen Straßenseite gegenüber den bescheidenen Häusern ragen beinahe brückenschlagend eiserne Balkons in den Raum, und das Erstaunliche ist, daß dieses Gegenüber eine bezaubernde Harmonie schafft. Ist es vielleicht die Treue zu einer Epoche und sicheres Gefühl für Geschmack? Die eisernen Säulen und deren Gestaltung erinnern an die Schule Eiffels, und die Fliesenbilder besitzen die Farbigkeit des anbrechenden Jahrhunderts. Und die Blumen?

Blumen, im Frühjahr und im Sommer bedeckt sich die Vila Berta mit ihnen. Rosen an Spalieren und Fenstern, verrückte Rosen, Kletterrosen. Rosen und wie improvisiert hingetupfte Pflanzen. Wer sie gesehen hat wie ich, Kapuzinerkresse, die auf einem verlassenen Balkon aus einem Porzellanwaschbecken wuchert, der ist auf eine Avantgardeskulptur in einem Szenarium außerhalb der Zeit gestoßen. Szenarium? Ja, genau, Szenarium, Bühnenbild. Diese Vila Berta, dieser Hof hat etwas von einer offenen Bühne, man braucht nur hinzusehen. Auf der einen Seite zur Bühne hin geöffnete Balkons, im Hintergrund die Fassade eines Gebäudes mit seinen farbigen Verzierungen und dem Zugangstunnel zur Stadt.

Vielleicht sieht ja jemand durch diesen Zugang in einer Sommernacht den von Mondlicht beschienenen Rosenkavalier. Er wird erzählen können, daß er ihn in der Mitte des Hofes stehenbleiben sah, von Stille umgeben, in der hocherhobenen Hand die Blume, die ihn ankündigte.

»Hör mal, Daisy«

Hör mal, Daisy, als Álvaro de Campos dir das *Soneto Já Antigo* schickte, kannte hier kaum jemand deinen Namen. Stell dir vor, heute steht er sogar auf einem Bürgersteig auf der Avenida de Roma vor einer Boutique für Brautausstattung. Brautausstattung, hörst du: eine Anspielung, die genau zu dem Sonett paßt, das dich unsterblich gemacht hat. Ein Ort, an dem dein Name zu jeder Tages- und Nachtzeit von jedermann gelesen werden kann wie ein in seinen Weg gelegtes Geheimnis.

Ich weiß wohl, daß es die Avenida de Roma zu Álvaro de Campos Zeiten noch nicht gab (und dich gab es überhaupt niemals), doch die Bürgersteige Lissabons waren seit langem schon mit Arrangements aus Steinchen bebildert, die Dynastien von Handwerkern komponiert hatten, Steinsetzer nennen wir sie. Die solltest du mal sehen, die solltest du bloß mal sehen. Meister waren es, die keine Signatur hinterlassen haben, und das sind sie auch heute noch, doch geübt und geduldig wie sonst keiner. Mit geschicktem Hämmerchen schlagen sie in der gewölbten Handfläche Basaltstücke zurecht, die sie anschließend in das Weiß der Bürgersteige setzen wie jemand, der schwarze Diamanten faßt. Sie setzen ihren Stolz in ihre Kunstfertigkeit, sie sind bei Figuren ebenso Meister wie bei geometrischen Entwürfen, und falls erforderlich, legen sie auch kalligraphische Inschriften, deren Genauigkeit einem Lehrbuch der Feder entsprechen. Steinsetzer. Ich weiß nicht, wie sie auf englisch heißen, doch ich würde sie Illustratoren oder Juweliere der Bürgersteige nennen. Sie sind es, weißt du, die die Wege, die wir, die Lissabonner, täglich betreten, verschönern und mit Erinnerungen bedecken.

Wenn du, Daisy, statt in York zu weilen, wohin Álvaro de Campos dich geschickt hat, beschließen würdest, hier aufzukreuzen, würdest du die kunstvollen Pflaster sehen, die es hier überall gibt, in den Innenhöfen, auf den Boulevards, in den Gängen mancher Geschäftszentren und sogar auf den Friedhöfen. Auf den Friedhöfen, ich übertreibe nicht: Zumindest in dem vom Alto de São João ruht jetzt zwischen Gräbern und Zypressen ein im Schwarz der Trauer gezeichnetes, von der Dornenkrone umwickeltes, viele Male vom Pfeil der Liebenden durchbohrtes Herz. Ich lasse es als Warnung für den dort Gehenden hinter mir, und nicht weit davon entfernt, in Penha de França, erblüht vor meinen Schritten ein kunstvoller

Buchstabe, eine mit winzigen Steinen gestickte Initiale, als wäre es ein Monogramm auf der Aussteuer: Liebe, das sieht man gleich. In der anderen Richtung, Praça José Fontana, gibt es um den Musikpavillon des kleinen Parks herum Leiern (ich kenne ihn seit meiner Kindheit, er besitzt eine außerhalb der Zeit liegende bukolische Melancholie) und dort, in Richtung Ajuda, ein Frauenname: »Leontina« lese ich. Und bleibe stehen: Warum wurde dieses Versprechen des Herzens Buchstabe für Buchstabe auf einer Stelle hinterlassen, die von allen mit Füßen getreten wird?

(Auch dein Name, Daisy, obwohl er in der Poesie weitgereist ist, ist für denjenigen, der auf ihn stößt, ein Stein für Stein in den Boden der Avenida de Roma gelegtes Rätsel. Geh einmal hin und schau es dir an. Geh und versuch es mit deiner kleinen Fußspitze zu lösen.)

Und die Daten? fällt mir jetzt ein. Wieso all diese Daten, die wir hier und dort in Zahlen finden, die uns verwirren? Diejenigen, die wir vor bestimmten Geschäften lesen, erinnern an die Gründung, einen Handelsvertrag, das ist nicht weiter verwunderlich. Oder historische Daten, wir lernen sie, wenn wir über die Plätze und Boulevards gehen, es ist wie ein Defilee von Kriegen, Seefahrten und Entdeckungen. Doch was ist mit den Daten ohne Denkmal, Daten, die nicht eingerahmt sind und daher ohne Erklärung bleiben? Die finde ich ehrlich gesagt genauso peinlich wie die Daten, die gewisse Männer des Showbusiness und des Abenteuers als nicht zu tilgende Tätowierungen ihr ganzes Leben lang zu tragen verdammt sind.

Als eifrige Illustratoren und Kalligraphen füllen die

Steinsetzer die Wege aus, auf denen wir gehen, und verschwinden dann in der Anonymität. Aber in Junqueira haben sie die ganze Straße mit Kommata aus schwarzen Steinchen übersät, in Estrela im Hof eines Kindergartens Vokale gelegt, die man auf einem Bein hüpfend lernen soll, und in Benfica, in der Rua do Guarda-Jóias, gut gespitzte Schreibfedern. Wenn ich dann später in der Straße des Dichters Pascoias vor der öffentlichen Bibliothek noch über ein in Stein gezeichnetes Buch stolpere, dann, mein Mädchen, ist mir so, als hätte ich die ganze Stadt mit Schritten buchstabiert.

Steinsetzer. Wer je das Glück haben sollte, diese dicht über dem Pflaster hockenden Meister anzutreffen, wird an gebeugte Schreiber denken. Oder, wenn er sieht, wie sie in gepunkteten Linien wie die Graveure der menschlichen Haut Bilder schaffen, dann wird er sie vielleicht für Memoirenschreiber halten, die in beinahe ritueller Versenkung den Körper der Stadt mit basaltenen Tätowierungen überziehen, und dann ist es so, als würden die Figuren, die Daten oder die Symbole, die die Menschen in Szene setzen sollen, auch zur Selbstinszenierung der Straße werden.

Das ist wahr, Daisy. Diese Seejungfrau, die jeder von uns als Tätowierung eines Matrosen für Touristen gesehen haben könnte, liegt in glänzendem Stein auf dem Chiado in dem Rund um die Statue von Camões. Und die Delphine, die berühmten Delphine, die die edlen Wasser der *Odyssee* durchpflügten, sie sehe ich die Haut eines Teufels der Feira Popular schmücken, der Flammen zum Himmel speit, oder das Pflaster auf der Praça do Comércio vor dem Tejo bebildern.

Doch glaube nur nicht, daß die Kunst hier stehenblieb. Wenn ich einmal annehme, daß du, die kleine Engländerin der Sonette, eines Tages auf der Suche nach Álvaro de Campos in Lissabon an Land gehst, dann wäre nichts selbstverständlicher, als daß du von Blumen auf dem Bürgersteig der Travessa do Loureiro, dort in Santa Marta, begrüßt würdest, oder von einem Apfel des Sündenfalls, einem riesigen, prächtigen Apfel, der den Eingang zu einem Croissantladen am Campo Pequeno anzeigt. Warum ein Apfel an diesem Ort, würdest du mich fragen. Und ich würde antworten: Darum. In Lissabon, das man Schritt für Schritt durchmißt, gibt es noch viel aufzudecken.

Dieser Elefant zum Beispiel, der in der Rua Anchieta im Chiado-Viertel unter uns aus dem Schatten tritt, warum ist er dort? Und die Schlange aus kleinen Steinen auf de Praça do Príncipe Real? Ironie? Ein geheimes Spiel? Und das Wort »Elektrizität« vor der Tür eines Bestattungsinstituts?

Die sich widerspiegelnde Stadt

In Lissabon gibt es zwischen den Bildern auf den Bürgersteigen und den dekorativen Fliesen, den Azulejos, eine merkwürdige Verbindung. Oder zumindest scheint es so. Man kann eines schönen Tages den Blick vom Boden heben und auf der Wand vor sich die Gestalt sehen, die man gerade noch unter den Füßen hatte, doch jetzt in glasierten Farben oder in einer anderen Form. Vor allem Blumen.

In diesen Straßen fehlt es nicht an den Blumen der Steinsetzer. Ich trete auf meinem Weg auf ihre steinernen Blütenblätter, Daisy, ich trete auf sie, ohne mir dessen bewußt zu werden, doch wenn ich am Intendente ankomme, stoße ich auf sie auf edlen Fliesenbildern an der Fassade der Keramikfabrik Cerâmicas Viúva Lamego. Und derer gibt es hier viele, verteilt auf Villen und kleine Paläste, und es gibt sogar einen Bäckerladen (Padaria de São Roque, merk dir das), wo sie sich in feierlichem Prunk öffnen. Blumen als Reliefs aus glasiertem Ton suche ich an einem Gebäude am Campo Pequeno. Verfertigt wurden sie von Gabriel Constant. Und die im Art-déco-Stil in der Rua Rosa Damasceno, zum Beispiel. Und wenn ich sie im Jugendstil möchte, begebe ich mich in das immer wieder erwähnte Viertel Estrela d'Ouro, gehe in die Rua Filipe da Mata und stehe schließlich vor den Friesen der Wohnhäuser in der Rua Álvaro de Castro oder vor den Friesen im Lapa-Viertel, wo ich sie dann auch neomanuelinisch im üppigen Fayencefenster im Palast des Visconde de Sacavém in der Rua do Sacramento finde.

Neben den Blumen gibt es aber auch Vögel. Die Vögel sind ein weiteres Thema, das vom Azulejo auf die Bebilderung der Bürgersteige springt, angefangen bei der Taube aus dem siebzehnten Jahrhundert am Palácio Almada über die auf dem gepflasterten Bürgersteig in der Rua Camilo Castelo Branco bis zu denen, die Jorge Barradas für einen Park in Restelo malte, oder denen, die sich, sehr sophisticated, in den Azulejos der Metrostation Alto dos Moínhos spiegeln. Pfauen kann ich ebenso im Hof des Ajuda-Palastes sehen (von einem delirierenden Steinsetzer erfunden, möchte ich schwören) wie auf einem Wandbild von Júlio Pomar neben dem See im Campo-Grande-Park. Ein weiterer, einer mit sonnenförmig ausgebreitetem Schwanz, krönt eine Fassade in der Avenida Praia da Vitória, und es gibt sogar einen aufgeblähten Underground-Pfau, einen Blumen-Pfau oder Sternen-Vogel (wie auch immer) auf einem Pflastermosaikbild in der Metrostation Sete Rios. Merkwürdiger als dieser (und dazu noch ketzerisch) sind nur noch jene, die jemand vor weit zurückliegenden Jahrhunderten unter die Engel des Bildes in der Kapelle von Santo Amaro mischte.

Königliche Vögel und Cherubim. Von der Darstellung der gewöhnlichen Natur bin ich bereits zur Darstellung heiliger Dinge gekommen, und auch sie haben auf unserem alltäglichen Fußboden einen Platz, wie zum Beispiel jener heilige Georg, der auf einem Mosaikbild auf dem Largo da Graça den Drachen durchbohrt. Wenn ich dir nun noch einen anderen auf den Azulejos in der Rua D. Petro V zeige, wirst du sagen, Daisy, daß dies eine Stadt ist, die sich wiederholt. Ganz sicher wirst du das sagen, aber hat nicht schon dein hochgepriesener Álvaro de Campos, nachdem er Lissabon wieder besuchte, den Tejo und alles andere, erklärt, das hier sei alles monoton?

Monoton? Wenn mein Blick beinahe in Sichtweite des Flughafens in der Rua Lopes de Mendonça auf einen Schmetterling aus kleinen bunten Steinchen fällt, weiß ich, daß es in ein paar Kilometern Entfernung, bei der Bäckerei am Campo de Ourique, einen gibt, den Rafael Bordalo Pinheiro 1905 aus glasiertem Ton formte. Doch es sind dies nicht zwei wiederholte Bilder, ganz und gar nicht, es ist nur ein Schmetterling, der die Entfernung zwischen dem alten und dem neuen Lissabon überwunden hat und nach diesen neunzig Jahren, die er dafür brauchte, anders aussieht, aber dennoch derselbe geblieben ist.

Und so, liebe Daisy, wiederholt eine Stadt, die fähig ist, so viele Variationen zu jedem Thema zu finden, sich nicht, sondern schafft und gewinnt dadurch eine vielfältige Einheit. Für mich ist Lissabon, von dem man immer sagt, es sei aus Marmor und Granit, vielmehr eine Hauptstadt der Bürgersteige aus schwarzer Spitze, die sich in den Azulejos spiegeln, die die Stadt mit Farbe undGlanz bereichern.

(Greifbarer, seidiger Glanz, ich weiß nicht, ob ich mich verständlich mache. Und damit *farewell, my dove*).

Literatur unter der Erde (Die Untergrundbahn von Lissabon)

Genau. Eine Stadt, die sich vervielfacht, indem sie sich spiegelt. Ich verlasse die schwarzweiße Geometrie, mit der João Abel Manta das Pflaster des Restauradores-Platzes bedeckt hat, und wenn ich zur U-Bahn hinuntersteige, gehe ich an einer anderen Geometrie entlang, die die ganze Länge der Gänge überziehenden Azulejos von Maria Keil.

Ich fahre mit einem Zug, der an Kunststationen hält, sagt mir mein Blick. Haltestelle Avenida: die Geometrie oder, besser gesagt, die zur Geometrie erwählte Farbe auf einem Wandbild von Rogèrio Ribeiro, streng geordnet wie ein ungestümes Puzzle; dann, bei der Station Rotunda do Marquês, die Wände und Treppen entlang die immer wieder heruntergebetete Reihe der Tragödien und glorreichen Momente des Wiedererbauers der Stadt auf einem Comic von

Menez (Geschichte, die auf öffentlichen Mauern deklamiert wird wie auf den revolutionären Graffiti); und ebenfalls dort, ungewöhnlich im Hin und Her der Fahrgäste, ist der große Herr von Pombal höchstpersönlich auf einer Skulptur von Cutileiro anwesend als Kontrapunkt zur Statue über ihm, in der Sonne und den Wolken. Der Held in zwei Räumen und zwei Versionen; einer monumentalen und pompösen auf dem Platz; und hier, unter der Erde, als gesichtsloser Diplomat.

In der Station Sete Rios unter dem zoologischen Garten eröffnet sich ein geradezu fabelhafter Zoo: Wirklich, er gleicht einer Galerie von Skizzen aus der Natur, die ein gerührter Reisender (Júlio Resende) im Urwald der Unschuld angefertigt hat, und erinnert mich an einen Besuch bei den Fabeltieren, Federn, Farben und Überraschungen eines Kinderfestes, das dort oben stattfindet. Ich fahre durch diese Gänge, fahre noch weiter, und kurz darauf fühle ich mich wieder im Dunkeln, im Nichts.

Bei der nächsten Station werde ich Sá Nogueira treffen, der fröhlich mit saftigen Orangen spielt wie mit den Früchten des Paradieses. Ich fahre weiter (mit einer anderen Linie) und gelange auf das Territorium von Vieira da Silva, das ist nicht zu leugnen. Ich weiß, daß sie dort oben in der Eingangshalle als Signatur ein Selbstbildnis in der Maske eines Käuzchens hinterlassen hat, doch auch wer auf dem Bahnsteig aussteigt, kann die Handschrift der Malerin in den Wandbildern vor sich erkennen. Auf einem eine Schar gespenstischer Personen, über denen umherirrende Buchstaben fliegen. Verfolgte Intellektuelle, hat sie selbst gesagt: Sie blicken kalt, starr, wie vom Schicksal vertikal entzweigeschnitten. Ganz diskret, fast vergessen, eine alte Schreibmaschine, über deren Tasten eine abgehackte Hand schwebt.

Dieses fernab (sozusagen in einem Abseits) gelegene Werk, das zugleich Reliquie ist, hat für mich eine Bedeutung. Aber es könnte auch das Exlibris eines unterirdischen Zuges sein, der zwischen einem Zitat von Cesário und einem Bildnis von Camões die Literatur eines Landes durchquert.

Wenn ich doch niemals stürbe! Und ewig
die Vollkommenheit der Dinge suchte und erreichte!

sagt auf irgendeinem Bahnsteig der junge Dichter der *Sentimentos dum Ocidental*, und obwohl diese einfach so herausgegriffenen Verse vielleicht nicht die gelungensten sind, lesen wir sie als einen Leitspruch für diese Reise durch die Kehrseite der Stadt, durch die Orte, in denen die Bevölkerung das Licht wechselt und sich einsamer zeigt. »Die Vollkommenheit der Dinge suchen« ist eine Botschaft für den, der abfährt ein Eingeständnis der Leidenschaft, etwas zu erschaffen (und zu kommunizieren), die wir im gestalterischen Engagement der einzelnen Kapitel wiedererkennen (oder auch nicht), die die Untergrundbahn Linie für Linie, Stunde um Stunde mitteilt, um die Welt des Reisenden zu erweitern.

Im Gegensatz zu Cesário wird Camões erneut auftauchen, doch diesmal deutlich und in seinem ganzen Wesen, in bodenständiger Größe. Und zwar in der Station Alto dos Moínhos, gemalt von Júlio Pomar, und bei diesem Treffen unter der Erde ist mir so, als nähme ich hinter dem Dichter Echos, Harmonien wahr. Wenn ich sie höre, dann kommen sie gewiß aus dem Museu da Música, das wenige Meter von ihm entfernt auf dieser Strecke liegt, die sich mit der Stadt nicht nur wegen der kulturellen, literarischen Bilder, der geschichtlichen Signale identifiziert, sondern sogar bis hin zur Kunst der Töne reicht. Und die Klänge, die Buchstaben und die Figuren sind die universellen Stimmen unserer Kommunikation – in diesem Fall die unterirdischen Stimmen.

Deshalb habe ich, wenn ich in der Station von Alto dos Moínhos vor Camões stehe, das Gefühl, daß er vom Atem dieser heutigen Stadt umhüllt ist, von Tönen voller Abenteuer und Herausforderung wie die der *Música em Água e Mármore* von Jorge Peixinho oder einer Komposition, die dieser gleicht.

Dort ist Camões in Begleitung von Bocage, Pessoa und Almada Negreiros, und das ist gut so, denn die vier schrieben in Lissabon ihr Leben. Sonst zeigen sie sich alle sehr städtisch, will heißen, sind Pomp und Stereotypen abhold und von jener humorvollen Freiheit erfüllt, die zu Pomars Talent gehört.

Almada sehe ich dort als Schriftsteller. Wenn ich mich an ihn als Revolutionär erinnere, lese ich ihn stets noch staunender, als wenn ich ihn betrachte. Genauso. Noch heute ist in seinen Romanen und seinen Theaterstücken die Provokation enthalten, die mir wie Ironie erscheinen will, und in seiner Ablehnung des »Literarischen« liegt dieser Mut, beim Schreiben dem gesprochenen Wort und der Alltagssyntax zu folgen.

Und all dies, weil er Lissabon lebte, darin liegt das Geheimnis. Als Maler beschränkte er sich auf Bühnenbilder oder ähnliches, aber in der Prosa hörte er die Stadt von innen, fing den Klang ihrer Stimme ein, übertrug ihre Aussprache, und daher ist die Gesellschaft, in der er sich befindet, genau die richtige.

Nicht nur in Alto dos Moínhos kann man während dieser Reise an Almada denken, sondern auch in der Station Campo Grande. Dort hinterließ Bartolomeu dos Santos einen Kupferstich mit einer Bibliothek von der Größe eines Imperiums, als Autor des Romans *Nome de Guerra* ist er selbst Teil der neun Jahrhunderte portugiesischer Literatur, die das berühmte Traktat *Da Fábrica que Falece à Cidade de Lisboa* von Messére Francisco da Holanda, unseres universellen Botschafters, umgeben.

Angesichts dieser visionären Bibliothek fällt mir ein, daß draußen, nicht weit entfernt, eine andere liegt, die Biblioteca Nacional, und diese Kontinuität zwischen Äußerem und Innerem, zwischen Realem und Figurativem verleiht unserem Blick eine andere Dimension. Die Geometrie der Bürgersteige setzt sich als Geometrie der Mosaiken in den Gängen der Untergrundbahn fort, die unterirdische Version des Marquês de Pombal begleitet die Statue oben auf dem Rondell, der städtische Zoo, findet im imaginären Zoo von Júlio Resende seine Entsprechung, die dekorativen Steinmosaiken verlassen die Straßen und erneuern sich zum Beispiel in den Stationen Sete Rios oder Campo Grande, hier spiegelt sich die Stadt wider, vervielfacht sie sich. Von Station zu Station bringen mir die Wandgemälde und Skulpturen, an denen ich vorbeikomme, Lissabon näher, das über mir liegt, und meine Identifikation mit der Stadt.

Wenn es heißt, U-Bahnen seien Züge, die blind sind für die Welt, dann weigert sich die U-Bahn, die mich jetzt transportiert, blind zu sein. Gewiß, sie trägt mich in eingeschlossener Einsamkeit mit sich. Doch bei jedem Halt erinnert sie mich an die Stadt, zu der ich gehöre, und an die Kunst, die jenseits dieser Fahrt durch ihre Eingeweide liegt.

Als würde ich segeln, als würde ich segeln

Tagesende im Parque Eduardo VII. Als letztes Bild hole ich aus der Erinnerung eine der Möwen, die Pomar in Alto dos Moínhos hinterlassen hat, und sicher ihretwegen wende ich mich nun zum Tejo, dem Fluß, den sie liebt.

Gleich am Ausgang der Station kreuzt eine Karavelle mit voll gesetzten Segeln meinen Weg, die in Azulejo-Blau außen am Pavilhão Carlos Lopes angebracht ist. In Stein gehauen werde ich Schiffe mit hohen Masten am Chafariz d'El Rei, dem Brunnen des Königs, auf dem Terreiro do Trigo oder an der Fonte de São Lázaro, auf dem Campo Santana finden, und wenn ich den Boden, auf den ich trete, aufmerksam betrachte, wird es nicht lange dauern bis ich Meere, Erinnerungen, Seefahrten entdecke.

Eine Wanderung über die gepflasterten Bürgersteige Lissabons ist eine Lektüre, die mit unserem Erbe als Kinder des Ozeans zu tun hat. Auf dem Weg über die portugiesischen Bürgersteige überquert man legendäre umherirrende Karavellen oder Galeonen auf wohldurchdachtem Kurs, und gemalte Quadranten und Wellen lenken die Schritte. In Caldas, im Hof des Palácio dos Condes de Penafiel, gibt es eine Ecke alten Meeres aus weißem und schwarzem Kalkstein, am Platz des Marquês de Pombal ein weiteres Meer in sanften Kurven. Aus der Cervejaria da Trindade hingegen kommen sich brechende Wogen; auf dem Rossio branden im gesamten Raum um die Statue langgezogene Wellen, doch auf der Praça do Império ist die Zeichnung unruhiger, bläst doch auch der Wind ungehindert über den Platz. In den Rasen der Anlage ist ein riesiger, schön geschnittener eiserner Anker geschlagen (der Abschiedsgruß eines verlorengegangenen Schiffes?).

Auf diesem Platz mit seinen eintätowierten Wellen wechsle ich nun den Kurs, lasse mich treiben. Bisher bin ich an Daten von Seefahrern auf Statuen und auf der Tafel auf der Avenida da Liberdade vorbeigekommen, habe bereits Weltkarten befragt, die in farbigem Marmor dicht am Tejo ausgebreitet waren, und präzise aus Steinen gelegten Windrosen, ich kam an Galeonen in Basalt und auf Azulejos-Epen vorüber, und dann plötzlich blicke ich auf und sehe oben auf einem Gebäude ein elektronisches Plakat Werbung ausspukken. Den Apfel von Macintosh. Hard-Rock Leasing. 14 Uhr 05 Minuten, Crédito Plus, die junge Kreditkarte. Schreiend bunt, zitterndes Licht. In Null Komma nichts bin ich im volkstümlichen Viertel Estrela d'Ouro, umringt von Engeln und Blumen an Jugendstilfassaden.

Ich verweile nicht, gehe weiter, denn unter anderem trage ich die Möwe von Pomar in meinem Gedächtnis, den Vogel der Kais und Lissabons. Ich kenne eine aus schwarzen Steintupfern im Boden der Avenida Duque de Loulé, weiß von einer anderen auf einem Azulejo in einer Kneipe am Cais do Sodré. Und in diese Richtung gehe ich. Eine Lockheed der TAP durchschneidet den Himmel im Anflug auf den Flughafen, aber ich bemerke es kaum, während ich über ein Meer aus Stein durch Lissabon streife, als würde ich segeln.

Als würde ich segeln, als würde ich segeln.

Finis Terrae

Der letzte Blick auf die Stadt wird ein Vorhang aus wütenden Möwen sein, die zwischen mir und dem Tejo auffliegen. Dann werde ich in einer Café-Snack-Bar am Terreiro do Paço sitzen, wo die Fähren nach Cacilhas an- und ablegen, oder sitze dort immer noch, vom Fluß getrennt durch ein großes Fenster. Café Atinel, was für ein blödsinniger Name. Ich schaue auf die leeren Tische und frage mich, warum so ein Ort, ein so einmaliger Ort, so unbekannt sein kann. Ich bin wunschlos glücklich: Schiffe kommen, Schiffe legen ab, Leute treten ein, stehen am Tresen und gehen wieder hinaus, und ich sitze über dem Tejo.

Jetzt liegt die Stadt hinter meinem Rücken. Handel und Wandel, Menschenmengen, Europa, alles liegt hinter mir. Dort fragen die Leute einander alle nach der Uhrzeit, während man hier, an diesem vergessenen Zufluchtsort, den Ablauf des Tages an der Veränderung der Farbe des Tejo abliest, und niemand wird bestreiten, daß es ein ungeheues Glück ist, hier am Tisch über den Wassern zu sitzen, wo die Möwen unter unseren Füßen vorkommen und zwei Handbreit vor unseren Augen in einem kreischenden Tanz vorbeiziehen.

Eine gute Zeit, die Zeit dieser Einsamkeit. Eine

bessere Zeit war die, als man das Promontório da Lua noch ohne Fernglas auf dem anderen Ufer sehen konnte, rufen uns die ehrwürdigen Herren aus den Bibliotheken in einem Olissiponisch ins Gedächtnis, das einen vor Neid erblassen läßt. Eine Zeit, sagen sie, in der es am anderen Ufer Sand gab, aus dem Gold rieselte (Marcus Terentius berichtet davon), und himmlische Weiden, auf denen die Stuten vom Wind geschwängert wurden. Eine Zeit des leuchtenden Staubes und der mondenen Tränen. Und der Perlen. Und der Tritonen. Tritonen, die sangen wie jener, der in der *Descrição* von Damião Góis vorkommt.

»In einer anderen Zeit, vor langer Zeit, gab es in Lissabon eine Meerjungfrau...« Ich kenne Verse von Robert Desnos, die so beginnen, aber ich lasse es damit, glaube ich, lieber bewenden, denn der Tejo gehört weder dem Reich der Fabel noch dem des Gedichtes an, er fließt, ohne sich wehmütig zu erinnern. Und mit Lissabon verhält es sich genauso, da können wir ganz sicher sein. Allein das Wissen der Jahrhunderte und die Zeichen der vielen Welten, die die Stadt ausmachen, bieten mehrere Lesarten an, und daher hat jeder Besucher sein Lissabon, wie man so häufig sagen hört.

Deshalb sind wir, die wir dieser Stadt entstammen und zu ihr gehören, in unserer Leidenschaft so hin- und hergerissen. Wenn wir wie jetzt, über dem Fluß sitzend, versuchen, sie durch die Stimme der anderen zu lesen, kann es sein, daß wir uns noch mehr hin- und hergerissen fühlen, noch mehr schwanken. Zwischen dem Lissabon eines Tirso de Molina, der sie als »das achte Weltwunder« begrüßt, und dem Lissabon, das der geniale Fielding als einen leprösen Alptraum verfluchte, fließen unauslotbare Wasser. Beckford erlebte sie als Palast, Sade erfand sie als einen Kerker der Gehässigkeiten. »Lissabon bietet eine beachtlich vielfältige Auswahl für einen noblen Selbstmord«, schrieb einer der größten Erzähler der Stadt, Antonio Tabucchi. Stimmen, alles Stimmen. Blicke. Erinnerungen.

Wenn wir am Ende die Seite schließen, auf der wir die Stadt gelesen haben, entdecken wir, daß die Fensterscheibe des Cafés von einem Tanz wirbelnder Möwen verdeckt wird und daß es keinen Tejo gibt. Daß er hinter einem Gewirr von Flügeln verschwunden und nicht mehr die Ankündigung eines Ozeans ist.

Dann erkennen wir voller Zärtlichkeit, vertrauensvoll, wieviel tiefer wir noch in dieser Stadt, die uns aufbrechen sah, verankert sind.

DU LISSABON, SIE LISSABON

Anredeformen, mein lieber Cardoso Pires, gibt es in Deiner schönen Sprache wahrhaftig in beachtlicher Zahl. Zur Bestürzung des optimistischen Touristen, der am Lissabonner Flughafen aussteigt, bewaffnet mit dem beruhigenden *I speak Portuguese,* und zum Schrecken auch noch des eifrigsten Sprachschülers, der den Linguaphonekurs »Portugiesisch in vier Wochen« mitgemacht hat.

In so beachtlicher Zahl, daß es keine andere Sprache, laut den Worten des Linguisten Luis Lindley Cintra, Deines Gefährten im Kampf gegen jenen Salazar, der einst unsterblich schien (und den Du in den Zeiten, als Mund und Feder geknebelt waren, tatsächlich unsterblich gemacht hast als den fossilen Protagonisten Deiner »Fabel« *Seine Exzellenz der Dinosaurus*), daß es keine andere Sprache, wiederhole ich, in Europa damit aufnehmen kann und weltweit anscheinend nur das Japanische.

Das kann mit Recht jemand sagen wie ich, der eines Tages, bestärkt von den Vereinfachungen des grammatischen Lehrbuchs und überzeugt, das *Você* (in meiner Sprache das »Sie« in der ersten Person) sei bei allen Anlässen zu gebrauchen, arglos dem unendlichen hierarchischen Babel der zwischenpersönlichen Anredeformen entgegentrat, die das Portugiesische vorsieht. So kann es auch passieren, daß man hört, wie ein fußballspielender Gassenjunge auf dem Platz vor der Kirche im Alfama-Viertel folgendermaßen einen allzu individualistischen Spielkameraden anspricht: »Você devia ter-me passado a bola, seu palerma!« (Ungefähr zu übersetzen mit: »Sie hätten mir den Ball zuspielen müssen, Sie Arschloch!«) Oder man bekommt bei einer höflichen ehelichen Auseinandersetzung eines kleinbürgerlichen Paars folgende linguistische Perle aus dem Mund des würdigen Gatten mit: »A menina queira disculpar, mas não estou de acordo consigo.« (»Das Fräulein möge verzeihen, aber ich bin nicht mit Ihnen einverstanden.«) Und so betrachtet die einer bestimmten Schicht entstammende Dame, die nur mit »Dona Josefa« und nicht, wie es ihrer Klasse entspräche, mit »Senhora Dona Josefa« angesprochen wird, den armen fremden Besucher als echten Flegel.

Das alles wird noch komplizierter, wenn sich der mit voller Absicht gewählte Diminutiv in die Anrede einschleicht, was außerordentlich oft der Fall ist und die überraschendsten Nuancen zeitigt: Zärtlichkeit, Vertrautheit und Vertraulichkeit, aber auch in manchen Fällen das ausdrückliche Eingeständnis hierarchischer Unterordnung und beflissener Aufmerksamkeit gegenüber jemandem, der als höherstehend eingestuft wurde. Als Beispiel sei ein Satz angeführt, wie er in dem gar nicht so lange zurückliegenden Krieg in Afrika fiel, den Portugal gegen die »überseeischen Provinzen« Angola und Mosambik führte. Zitiert hat ihn mir gegenüber der Anthropologe und Schriftsteller José Cutileiro, derzeit portugiesischer Botschafter in Brüssel, wo ihm zweifellos der Gebrauch des aus der Französischen Revolution stammenden »vous«

und des »you« des pragmatischen Albions ein Trost ist. Bei dem Sprecher handelte es sich um einen Gefreiten, Adressat war ein Offizier: »Meu Capitão, a metralhadorazinha está prontinha.« (»Herr Hauptmann, das Maschinengewehrchen ist bereitchen.«) Und jener Hauptmann begriff dank dieser Diminutive im Nu, daß er auf diesen ehrerbietigen Gefreiten in jedem Fall zählen konnte: er stand ihm vollkommen zu Diensten.

Wer weiß, wie sich der Snob Beckford anstellte, als er sich nach Lusitanien flüchtete, um sich von der damaligen portugiesischen Aristokratie aushalten zu lassen (die er im übrigen, wie sein Tagebuch verrät, mit hochmütiger Verachtung strafte). Ganz gewiß ist er mit seinem unzureichenden »you« in zahlreiche Fettnäpfchen getreten. Lieber ist mir der Gedanke an Fielding, der zufällig in Lissabon gestorben ist (und nun auf dem Zentralfriedhof ruht); bestimmt haben ihn seine Ironie, seine Aufmerksamkeit gegenüber den linguistischen Unterschieden zwischen den Gesellschaftsschichten im Labyrinth der Umgangsformen geleitet.

Wie Du wohl weißt, lieber José (Du hast es sogar in diesem *Logbuch* freundlich erwähnt), bin auch ich auf dem Deck des Schiffes *Lissabon* spazierengegangen, nicht nur mit den Beinen, sondern vor allem mit den Schritten der Phantasie, der Eindrücke, der Empfindungen und der Erinnerungen. Aus diesem reichlich sprunghaften Umherwandern, das ich lieber »eine Halluzination« nannte, wurde ein Buch mit dem Titel *Requiem*, das ich in Deiner Sprache schrieb. Nicht so sehr als Gag, sondern weil sich das

Portugiesische anbietet, wenn man über Lissabon schreibt (und darin lebt). Vielleicht war es meine Art, der Stadt meine Huldigung zu erweisen. Und doch wagte ich nicht, sie direkt anzusprechen, eine der vielen Anredeformen zu finden, um zu sagen: Lissabon. Ich, der Toskaner aus einer küstennahen Region der Toskana, der ich mich in die Stadt verliebte, als ich ein junger Mann und sie eine Dame in reiferem Alter war, der ich mühsam die manchmal rauhen, manchmal sirenengleichen Klänge lernte, die Du in Deinem Buch so gut beschreibst – ich wußte nicht, wie ich mich an sie wenden sollte. Hochverehrte Senhora Dona Lisboa? Liebe Dona Lisboa? Meine Freundin Lisboa? Und welches Personalpronomen sollte ich benutzen? Vor lauter Verlegenheit ließ ich es ganz bleiben.

Du aber sagst du zu Lissabon, und zwar mit gutem Recht. Es ist Deine Gefährtin. Und wie eine Biene bestäubst Du ihren Kelch. Aus diesem Grund treibt sie im Lauf der Jahrhunderte in der portugiesischen Literatur beständig Blüten: weil es Schriftsteller und Künstler gibt wie Dich, die sich an Lissabon nicht nur in den Augenblicken der Gnade erinnern, sondern auch in den dunkelsten Augenblicken seiner Existenz, die Du gemeinsam mit der Stadt erlebt hast.

Und jetzt lichtest Du den Anker, als sei sie ein Segelschiff, und bist gleichzeitig Lotse und Bordschreiber. Deine Stadt, die nun an der Mündung des Tejo vor Anker liegt, hat sich ja in anderen Zeiten vom Anker gelöst und sich auf die Ozeane gewagt, dem Abenteuer entgegen. Und sie hat ganz Afrika umfahren, Indien und Malakka bereist, Brasilien entdeckt, hat »auf nie zuvor befahrenen Meeren«, wie der Dichter schreibt, Europa in die Welt und die Welt nach Europa gebracht.

Gern möchte auch ich mich auf dem Segler *Lissabon* einschiffen, mit einer bescheidenen Aufgabe betraut, die ich jedoch mit Freuden übernähme: als guter Schiffsjunge würde ich das Messing blank putzen. Wenn Du gestattest, möchte ich mit Dir dieses Schiff besteigen, das jetzt noch vor Anker liegt, aber bald, ganz bald davonsegeln wird.

Antonio Tabucchi

ANMERKUNGEN

Seite 8 Pedro Tamen (geb. 1934): Dichter, Mitglied des Vorstands der Calouste-Gulbenkian-Stiftung.

Seite 11 Camilo Castelo Branco (1825–1890): Schriftsteller. Sein bekanntestes Werk ist *Amor de Perdição* (1862, dt. unter dem Titel *Das Verhängnis der Liebe*, Freiburg i. Br. 1988). Weitere Werke: *Novelas do Minho* (1875/76); *Eusébio Macário* (1879); *A Brasileira de Prazins* (1882).

Seite 11 José Maria Eça de Queirós (1845–1900): der bedeutendste portugiesische Schriftsteller des 19. Jahrhunderts. Schrieb u. a.: *O Crime do Padre Amaro* (1876, dt. *Das Verbrechen des Paters Amaro,* Berlin 1930); *O Primo Basílio* (1878, dt. *Basilio,* Wien 1956); *O Mandarim* (1880, dt. *Der Mandarin,* Weimar 1919); *A Relíquia* (1887, dt. *Die Reliquie,* Leipzig 1918); *Os Maias* (1888, dt. *Die Maias,* München 1985); *A Cidade e as Serras* (1901, dt. *Stadt und Gebirg,* Zürich 1963).

Seite 12 Alexandre O'Neill (1924–1986): Gehörte zu den Gründungsmitgliedern des *Grupo Surrealista de Lisboa* (1947). Werke u. a.: *Tempo de Fantasmas* (1951); *No Reino da Dinamarca* (1958); *Abandono vigiado* (1960); *De Ombro na Ombreira* (1969); *A Saca de Orelhas* (1979); *As Horas já de Numeros Vestidos* (1981).

Seite 14 Manuel Maria Barbosa du Bocage (1765–1805): klassizistischer Dichter auf der Schwelle zur Romantik, der wegen Verbreitung republikanischen und atheistischen Gedankenguts ins Gefängnis kam.

Seite 15 Jorge de Sena (1919–1978): Dichter, Schriftsteller, Theaterautor, Essayist und Übersetzer. Schrieb u. a.: *O Físico Prodigioso* (1966, dt. *Der wundertätige Physicus,* Frankfurt a. M. 1989).

Seite 15 Adolfo Casais Monteiro (1908–1972): Dichter, Essayist, Literaturkritiker, Hochschullehrer. An ihn schrieb Pessoa 1935 den Brief, in dem er seine Heteronyme erklärte.

Seite 15 Mário Cesariny de Vasconcelos (geb. 1923): einer der bedeutendsten Vertreter der surrealistischen Bewegung in Portugal.

Seite 15 Herberto Helder (geb. 1930): Lyriker und Schriftsteller. Ihm wurde 1994 für sein Gesamtwerk der *Prémio Pessoa* verliehen, dessen Annahme er jedoch verweigerte.

Seite 15 Fernando Pessoa (1888–1935): bedeutendster portugiesischer Lyriker des 20. Jahrhunderts. Schrieb unter einer Vielzahl von Heteronymen – u. a. Álvaro de Campos, Alberto Caeiro, Ricardo Reis, Bernardo Soares – Werke der verschiedensten stilistischen Richtungen: u. a. *Mensagem* (1934, dt. *Esoterische Gedichte, Mensagem/Botschaft. Englische Gedichte,* Zürich 1989); *Poesias* (1945/46, dt. *Gedichte,* Zürich 1987); *O Guardador de Rebanhos* (1946, dt. in: *Alberto Caeiro. Dichtungen. Ricardo Reis. Oden,* Zürich 1986); *O Livro do Desassossego* (1982 postum erschienen, dt. *Das Buch der Unruhe des Hilfsbuchhalters Bernardo Soares,* Zürich 1985).

Seite 15 José de Almada Negreiros (1893–1970): Schriftsteller, Maler und Dramaturg. Verfasser eines futuristischen Manifests (1916).

Seite 20 Júlio Pomar (geb. 1926): Kunsttheoretiker, Maler und Bildhauer. War ein aktiver Gegner des Salazar-Regimes.

Seite 20 Fado Vadio: die heitere Spielart des Fado.

Seite 23 Cesário Verde (1855–1886): Lyriker; sein Werk *O Livro de Cesário Verde* wurde 1887 postum veröffentlicht.

Seite 24 António Lobo Antunes (geb. 1942): Romancier. Schrieb u. a.: *Os Cus de Judas* (1979, dt. *Der Judaskuß,* München 1987); *Explicação dos Pássaros* (1981, dt. *Die Vögel kommen zurück,* München 1989); *Auto dos Danados* (1985, dt. *Reigen der Verdammten,* München 1991); *Tratado das Paixões da Alma* (1990, dt. *Die Leidenschaften der Seele,* München 1994); *A Ordem Natural das Coisas* (1992, dt. *Die natürliche Ordnung der Dinge,* München 1996).

Seite 25 Alfredo Marceneiro, Amália Rodrigues und Carlos do Carmo: bekannte Interpreten des Lissabonner Fado.

Seite 26 Fernando Assis Pacheco (1937–1995): Dichter, Schriftsteller und Literaturkritiker.

Seite 27 Cecília Meireles (1901–1964): brasilianische Lyrikerin.

Seite 34 Rafael Bordalo Pinheiro (1846–1905): geistreicher Karikaturist, Keramiker und Dekorateur.

Seite 34 Alexandre Herculano (1810–1877): Historiker, Schriftsteller und Dichter. Schrieb u. a.: *Eurico, O Presbítero* (1844, dt. *Eurich, der Priester der Goten*, Leipzig 1847).

Seite 38 Antonio Tabucchi (geb. 1943): italienischer Schriftsteller und Professor für portugiesische Sprache und Literatur an der Universität Siena. Schrieb u. a.: *Notturno Indiano/La Frase che Segue è Falsa. La Frase che Precede è Vera* (1984/1987, dt. *Indisches Nachtstück*, München 1990); *Il Filo dell'Orizonte* (1986, dt. *Der Rand des Horizonts*, München 1988); *Un Baule Pieno di Gente. Scritti su Fernando Pessoa* (1990, dt. *Wer war Fernando Pessoa?*, München 1992); *Requiem. Uma alucinação* (1991, dt. *Lissabonner Requiem*, München 1994); *L'Angelo Nero* (1991, dt. *Der schwarze Engel*, München 1996); *Sostiene Pereira* (1994, dt. *Erklärt Pereira*, München 1995).

Seite 39 José Duarte Ramalho Ortigão (1836–1915): zusammen mit Eça de Queirós Herausgeber der Monatsschrift *Farpas*. Verfasser von kritischen Glossen zur Zeitgeschichte, Essayist und Journalist.

Seite 39 António Ribeiro Chiado (1520?–1591): schrieb Lyrik und burleske Theaterstücke; u. a. die Farce *Auto das Regateiras de Lisboa* (1550).

Seite 39 Teófilo Braga (1843–1924): Literaturhistoriker und erster Präsident der portugiesischen Republik (1910). War einer der Mentoren der *Geração de 70*, zu der auch Antero de Quental, Oliveira Martins, Ramalho Ortigão, Eça de Queirós und Fialho de Almeida gehörten.

Seite 39 José Valentim Fialho de Almeida (1857–1911): Erzähler und Gesellschaftschronist, Theoretiker des Naturalismus. Verfaßte u. a. die soziologische Artikelsammlung *Os Gatos* (1889–1894) sowie die Erzählungen *O Paíz das Uvas* (1893).

Seite 41 Stuart de Carvalhais (1888–1961): Zeichner und Karikaturist.

Seite 41 Aquilino Ribeiro (1885–1963): Schriftsteller. Schrieb u. a. den Roman *Andam Faunos Pelos Bosques* (1926).

Seite 41 Columbano Bordalo Pinheiro (1837–1929): Maler.

Seite 41 Augusto Sá da Costa: Buchhändler und Verleger, gründete 1913 die Buchhandlung Sá da Costa, die seit 1943 ihren Sitz in der Rua Garrett hat.

Seite 41 António Sérgio (1883–1969): Essayist, Kritiker, Pädagoge, Historiker, Soziologe, Philosoph und Politiker.

Seite 41 Antero de Quental (1842–1891): Dichter, Denker, Essayist und sozialistischen Ideen zugewandter Politiker. 1886 erschienen die gesammelten Sonette *Os Sonetos Completos* (dt. *Ausgewählte Sonette,* Paderborn/Münster 1887).

Seite 41 Carlos de Oliveira (1921–1981): Lyriker und Schriftsteller. Schrieb u. a.: *Casa na Duna* (1943, dt. *Das Haus auf der Düne,* Freiburg i. Br. 1989); *Uma Abelha na Chuva* (1953, dt. *Eine Biene im Regen,* Freiburg i. Br. 1988).

Seite 41 Raul Germano Brandão (1867–1930): Schriftsteller und Dramatiker. Verfaßte u. a. den Roman *Os Pobres* (1906).

Seite 42 João Gaspar Simões (1903–1987): Literaturkritiker, Essayist und Schriftsteller. Freund und erster Biograph Pessoas.

Seite 44 José Fontana (1841–1876): Anführer der portugiesischen Arbeiterbewegung, enger Freund von Antero de Quental.

Seite 65 Messére Francisco da Holanda (etwa 1518–1584): Künstler und Schriftsteller. Sein bekanntestes Werk, *Os Diálogos de Roma,* wurde 1860 ins Deutsche übersetzt.

M. M.-M.